„Deichschutz geht vor Eigennutz!"

(Erkennungsruf der norddeutschen Deichkatze)

MARTIN DODENHOEFT

TOM, DEICHKATER UND DETEKTIV

KRIMINALROMAN

Bibliografische Information der Deutschen Nationalbibliothek:
Die Deutsche Nationalbibliothek verzeichnet diese Publikation
in der Deutschen Nationalbibliografie; detaillierte bibliografische
Daten sind im Internet über dnb.dnb.de abrufbar.

© Martin Dodenhoeft, Terrasse 11, 34117 Kassel
Titelbild: André Balzuweit

Herstellung und Verlag: BoD – Books on Demand, Norderstedt

ISBN: 978-3-7412-5553-3

Der Insel Föhr und allen,
die sie lieben
und die auf ihr leben

PROLOG

Tom wacht auf, weil die beiden Ziegen, der General und der Adju, wieder einmal die Kühe zu drillen versuchen. Er fühlt sich nicht gut, bekommt eine Spritze vom Tierarzt und dämmert wieder weg ...

Traum oder nicht Traum ... das ist hier die Frage!

„In Reihe antreten, marsch, marsch!" Erste Stimme. Der General.

„Los, los! Das muss schneller gehen! Viel schneller! Und nicht so durcheinander! Wo sind wir denn hier? Seid Ihr Katzen oder was?" Zweite Stimme, deutlich höher. Der Adju.

Dazwischen ein Gebrummel, ein vielstimmiges ... was? Der Wecker? Nein. Läuten. Vielstimmiges Läuten. Klingeln. Bimmeln. Alarm. Alarm? Und dazwischen immer wieder dieses dumpfe Grollen.

Ein leises Lüftchen zupft an den Schnurrhaaren. Nur an einer Seite. Hmm.

Krieg. Sind wir im Krieg? Was für ein Krieg? Hier doch nicht. Hier in Utersum auf der Insel Föhr ist kein Krieg. Das gibt es hier nicht. Flugzeuge und Hubschrauber, gelegentlich. Landmaschinen, Autoverkehr, alles ganz normal. Silvesterfeuerwerk, Biikebrennen, das kennt man. Also was? Befördert durch die irgendwie aber doch militärische Geräuschkulisse kämpft sich mein sonst stets so reaktionsschneller Geist an den Zustand heran, den die Menschen „wach" nennen. Dieser Zustand, von dem sie glauben, dass er genau auf der anderen Seite von „bewusstlos" oder „schlafend" residierte. Menschen, na ja, wie sollten die das auch wissen, mit ihren höchst beschränkten Sinnen. Die kennen ja nur A oder B. Ein oder aus. Schwarz oder weiß. Gut oder böse. Krieg oder Frieden. Sind halt Grobsensoriker, diese Menschen.

Mein Rücken schmerzt. Ungewohnt, sehr ungewohnt. Dazu das linke Hinterbein. Ein pochender, ein klopfender Schmerz. Das Bein strecken. Hmmm ... nee. Geht nicht. Ja, was? Linkes Auge auf, einen Spalt nur. Erst mal peilen. Rechtes Auge ... rechtes Auge ... rechtes Auge? Hey!? Geht auch nicht. Was für ein Alptraum. Und dann dieses Gezeter draußen. Was war noch mit dem Bein?

„Tom, mein lieber, lieber Tom", höre ich da. Eine liebevolle, zärtliche Stimme. Tom. Das bin wohl ich. Eine sanfte Hand berührt meinen Kopf, meinen Rücken, dort, wo es nicht so schmerzt. „Mein Tom", sagt die Stimme sanft, „mein armer tapferer Kater. Du wirst wieder gesund, ganz bestimmt. Jetzt piekt es gleich ein bisschen, keine Angst. Dann wird alles wieder gut."

Kater. Ich? Ich bin offensichtlich Kater Tom. Ja, ist möglich. Was noch? Pieken!! Entsetzt reiße ich meine Augen ... nein, das linke Auge auf. Was Pieken ist, das weiß ich. Aufspringen, nur weg hier! Aber zu spät. Schon spüre ich den Stich in der Seite. Immer an der gleichen Stelle, verdammt noch mal!

Ein grobporiges Menschengesicht nähert sich mir. Mit grauem Bart. Ein Mann. Den kenne ich, nur zu gut. Gregor Börnsen aus Wyk. Der Tierarzt. Eigentlich nett, aber der Beruf! Und dann scharwenzelt er seit Monaten ständig um Frauke herum, obwohl er mit seinen 48 Jahren natürlich viel zu alt für sie ist. Er muss nach den Tieren sehen, ha! Ich habe genau erkannt, nach wem er hier sehen muss!

Frauke, ach ja, Frauke, meine liebe, unsere liebe Frauke. Frauke Johannsen. Was haben wir alles anstellen müssen, um sie aus dieser ganzen unseligen Mörderei zu retten, was ein Drama! Aber das ist ja nun vorbei.

Vorbei, vorbei ... Komisch. Meine Gedanken entfernen sich, werden leiser, undeutlicher. Dämliche Spritze. Als ob ich das nötig hätte. Diese Träume werden auch immer fieser ...

„FRANZTAG", VORMITTAG

So geht das los

Begonnen hat das ja alles an dem Tag, an dem der Franz hier aufgetaucht ist. Ich weiß es noch genau: Ferienanfang in Bayern oder was weiß ich wo. Weit, weit weg von meiner, nein, von unserer Insel Föhr. Die Fähren spucken in endlosem Strom Touristen, Autos, Fahrräder ... und Hunde aus. Katzen nehmen die Menschen nur selten mit nach Föhr. Werde ich nie verstehen. Das ist hier doch das reinste Katzenparadies! Und etwas Hilfe auf dem Deich könnten wir verdammt gut brauchen, und sei es von ein paar verwöhnten Hausmiezen. Aber Katzen kommen einfach nicht mit.

Ich hab' mal jemanden sagen hören, Katzen sollten nicht in die Ferienwohnungen, weil ja so viele Menschen Katzenallergie hätten. Dann kämen die nämlich in so eine Wohnung, wo vorher eine Katze gewesen ist, und es ginge ihnen sofort so schlecht, dass sie sofort wieder abreisen müssten. Und dann wollten sie natürlich für die Ferienwohnung kein Geld zahlen.

Wenn man mich fragt, dann würde ich das mal vor- und hinter- und seitbefragen. Früher gab es doch auch keine Katzenallergie, und auf einmal sind wir an allem Schuld. Ich denke eher, die Menschen haben sich das selbst verdorben, mit ihrer ungesunden Ernährung, mit ihrer ständigen Hektik und Jagd nach dem Glück und vor allem mit den vielen Medikamenten gegen alles Mögliche, was sie zu haben glauben. Na jedenfalls, diese Katzenallergie gibt's wohl, von mir aus. Kommt eben keine Katze mit, obwohl das eigentlich gut gegen die Inzucht auf der Insel wäre.

Es ist später Nachmittag. Wie meistens um diese Zeit liege ich auf meinem Freizeit-Horchposten im alten Apfelbaum, also eigentlich dem großen, breiten Querast weit unten, wie geschaffen für unsereinen. Ein Sprung, hopp, einen Meter geradeaus, an dem Knubbel vorbei, einmal drehen, und schon bin ich auf Station. Augen geschlossen, das linke Ohr auf neun Uhr, das andere auf zwei Uhr, man weiß ja nicht.

Zwei Uhr heißt, das rechte Ohr zur Straße hin. Angela, das gute Schaf, wird mir die zeitweise Teilung meiner Aufmerksamkeit verzeihen. Nach dem gestrigen Tag sollten sowieso alle Karnickel und Wühlmäuse am Deich zwischen Utersum und Dunsum erst mal unter Schock stehen, so wie ich ... so wie wir da aufgeräumt haben!

Ahh, gestern, ein Tag des Ruhmes und des Stolzes, ein Tag wie geschrieben für die ewigen Annalen der Föhrer Deichkatzen ... Was für eine Strecke! Sechs Kaninchen, drei Wühlmäuse, und beinahe noch die fette Bisamratte. Die ist aber wieder mal entwischt. Warte nur, ich krieg' dich noch! Die ganze Bande stand bewundernd um mich herum, selbst das freche kleine Schwarze. Aber ich schweife ab. Schließlich erwarten wir Gäste – unsere allerersten Gäste!

Frauke ist aufgeregt

Drinnen im Haus ist es um diese Zeit eigentlich viel schöner. Echt heiß, dieser Föhrer Sommer, jedenfalls seit einer Woche. Davor war das ja nicht so schön, dieser Wind! Aber egal. Drinnen ist es im Moment wenig angenehm, die reinste Hektik, nichts für mich. Frauke ist ganz aufgeregt. Den ganzen Tag ist sie durch die drei tiptop vorbereiteten Zimmer gerannt, hat hier zum fünften Mal an der Bettdecke gezupft, da zum siebten Mal den nicht vorhandenen Staub vom Schrank gewischt, dann noch zum neunten Mal die Handtücher in den Bädern gezählt, ob die auch reichen. Und dann hat sie gleich zweimal hektisch mit Jean-Marie telefoniert, damit er unbedingt vorher noch mal nach dem einen Wasserhahn schaut, der letzte Woche getropft hat. Vorher – bevor unsere Gäste kommen und gleich wieder abfahren, weil die Zimmer leider nicht ihren Vorstellungen entsprechen.

Also so was geht doch gar nicht! Die haben fest gebucht und müssen zahlen, das habe ich Frauke mitgeteilt. Aber die versteht mich ja nicht, nicht immer jedenfalls. Aber besser als viele andere. Wo bleibt nur das Übersetzungswörterbuch „Katze – Mensch / Mensch – Katze"? Wird echt Zeit.

Aber das halbe Haus ist trotzdem immer noch Baustelle. So ein Umbau kostet – und zwar Geld, Zeit, Nerven. Letzteres vor allem, wenn zwei wie Frauke und Jean-Marie zusammenkommen. Frauke: Nervös, aufgedreht, ungeduldig, ängstlich, dass es nicht rechtzeitig fertig wird, dass das Geld doch nicht reicht, dass die Handwerker nicht kommen, dass irgendwas fehlt und und und. Jean-Marie: Die Ruhe selbst. Morgen ist auch noch ein Tag. Wir schaffen das. Reg dich nicht auf. Dann eben übermorgen. Und so weiter. Er strahlt ja wirklich Ruhe aus, der passt gut zu den Friesen. Aber fertig sind wir trotzdem nicht mit dem Haus. Im Stall ist noch gar nichts gemacht. Ist klar, die Menschen mal wieder zuerst, an uns Tiere denken die zuletzt. Aber wir sehen das ja auch ein. Frauke braucht ja wirklich schnell Gäste, die bezahlen. Und jetzt geht das endlich los.

Die ganze Familie

Wir Tiere, das muss ich erklären. Also da bin ich natürlich, Deichkater Tom. Ich bin fünf Jahre alt, befinde mich also in der Blüte meiner Katzenjahre. Mein Fell ist silbergrau getigert und knistert manchmal, wenn man es streichelt. Bin halt so energiegeladen! Geboren bin ich hier auf dem Hof oben im Heu über dem Kuhstall, da war Frauke noch nicht wieder da. Meine Mutter lebt nicht mehr. Über meinen Vater hat sie leider nichts erzählt, aber was soll's. Der alte Kater soll mir doch egal sein.

Im Stall sind die Kühe, wenn sie nicht auf der Weide sind. Acht Stück haben wir, also Frauke und ich: Anna, Berta, Clara, Dora, Erna, Frida, Gesa und Hanna. Die sind alle ziemlich gleich alt und alle ganz lieb und geduldig, na ja, bis auf die temperamentvolle Gesa. Sie haben alle noch ihre Hörner. Kühe müssen doch Hörner haben, das hat schon der alte Bauer immer gesagt. Heute glauben die Kinder wahrscheinlich, dass alle Kühe lila sind und keine Hörner haben. Was soll man nur davon halten! Ich habe sie alle acht hier auf die Welt kommen sehen. Ihre Mütter sind nun auch schon nicht mehr da, von den Vätern ganz zu schweigen. So eine normale Kuh wächst ja sowieso vaterlos auf. Gewissermaßen vertrete ich bei ihnen die Stelle des gütigen Vaters.

Wenn man mich lässt. Das ist nämlich nicht immer so. Denn da sind noch die beiden Ziegen. Man weiß hier ja, im Stall sollen immer Ziegen bei den Kühen sein, dann bleiben die gesund, die, also die Kühe.

Unsere Ziegen sind, wie soll ich sagen, besonders. Und das nicht, weil sie Hörner haben. Komisch, bei den Ziegen kommt keiner auf die Idee, die Hörner abzusägen. Dabei stoßen die viel öfter zu als Kühe. Nun ja. Bekannt sind unsere beiden im Föhrer Tierreich nur als der General und sein Adju. Der General ist weiblich und heißt eigentlich Daniela. Sein Fell ist ganz weiß, nur auf der einen Brustseite hat er ein paar schwarze Sprenkel. Da hat ihn der alte Bauer, Fraukes Vater, einfach so genannt. Weil das so wie Orden aussieht. Und da ist auch was dran!

Der Adju, eigentlich Alberta, natürlich auch weiblich, ist kleiner, frecher und schwarz. Was mich zu der Überlegung bringt, wieso immer die Schwarzen die Frechen sind, also jedenfalls bei den Ziegen und den Schafen, die ich kenne. Das muss System haben. Im Stall sind die Ziegen ja ganz ruhig, ein Meckern hier, ein Meckern da, alles gut. Aber wehe, Frauke hat die zusammen mit den Kühen auf die Weide gelassen, dann geht das los! Dann müssen die Kühe, bevor sie mit dem Grasen anfangen dürfen, erstmal antreten, dann heißt das „In Reihe antreten, marsch, marsch!" Der General will ihnen nämlich die Stellen bekanntgeben, die heute befehlsgemäß abzugrasen sind. Dann dürfen die Kühe fressen, aber erst auf Kommando. Das wieder sollen sie möglichst in Reih und Glied machen. Der General hasst das, wenn sie als Sauhaufen kreuz und quer über die Wiese rennen. So ein Quatsch. Kühe sind doch keine Schweine! Und „Auf Kommando: Fresst!", so ein Quatsch! Aber der General redet meistens so. Ihm gefällt das auch nicht, wenn die auf einer Stelle zusammenstehen, weil sie dann natürlich auch ihre Fladen alle auf diese Stelle machen. Das geht nicht, meckert dann der General, wegen der Düngewirkungsverteilung sollen die ihre Fladen gefälligst gleichmäßig über die ganze Wiese verteilen. Wenn das man nur so einfach wäre! Fressen sollen sie nur an einer Stelle, düngen sollen sie aber überall, und dabei wollen die sich auf der Weide auch gern mal unterhalten, nicht nur im Stall. Aber dem General ist das egal. Sagt er.

Er hat irgendwann auch eingesehen, dass das nicht zusammengeht. Die Kühe können ja nicht beamen, noch nicht mal fliegen. Also meckert er immer wieder mal herum, lässt die Kühe aber schließlich doch grasen, wo und wie sie wollen. Wenn nur die Fladen gleichmäßig verteilt sind, sagt er, will er mal ein Auge zudrücken. Aber wehe, wenn das nicht klappt, dann ...

Die Kühe sind ja nicht doof, ich denke, die sind sogar viel schlauer als die Ziegen. Es fehlt ihnen nur an Energie und Streitlust. Die wollen nur ihre Ruhe, ihr saftiges grünes Gras, auch gern mal eine gemütliche Pause. Und ab und zu möchten sie auch mal die behörnten Köpfe zusammenstecken, tratschen und lästern (meistens über die Ziegen). Also machen sie, was die Ziegen wollen. Weil sie keinen Bock (Ziegenbock, har har!) auf den ewigen Ziegenmeckerstress haben, haben sie ein System entwickelt, und mit diesem System auch überaus kräftige Stimmen.

Was das heißt? Ganz einfach: Sie teilen sich jede Wiese (so viele sind es ja nicht) in Planquadrate ein. Wenn nun eine Kuh merkt, dass sie mal muss, dann teilt sie das voraussichtliche Fladen-Zielquadrat den anderen Kühen mit. Die können dann ihre eigene Fladenplanung daran ausrichten. Mit der Zeit sind sie immer besser geworden, und so hört man den ganzen Tag das Muhen, so nach dem Motto „Anna an alle, Planquadrat A6!" – „Berta, kannst Du auf D7, dann nehm' ich die E2!" – „Clara, Du hast F4 vergessen!" und so weiter und so fort. Ein lustiges Gemuhe gibt das, den ganzen Tag lang. Wenn wir 32 Kühe hätten, könnten die echt gut Schach spielen, Kuhfladenschach! Aber es sind ja nur acht. Aber das mit dem Schach, hmm ... da formt sich doch eine Idee in meinem Katzenkopf, eine Idee, wie wir Frauke helfen können. Helfen müssen wir ihr, sie hat ja so wenig Geld. Irgendwie müssen wir ihr helfen, Geld zu verdienen. Mit Kuhfladenschach, das wär' ja durchaus ... ja, warum nicht? Das wäre tatsächlich eine Möglichkeit. Da komme ich später nochmal darauf zurück.

Wo war ich? Ach ja, beim General und dem Adju. Dem General ist dies egal, dem General ist das egal. Hauptsache, er kann sich im Glanze des Kommandos über die Kuhtruppe sonnen. Und etwas von dem Glanz, meint der Adju, hätte er ja nun wirklich selbst verdient. Wehe also, die Kuhfladen werden nicht ordnungsgemäß verteilt! Ordnungsgemäß heißt natürlich ordnungsgemäß nach Meinung des Adjus. Der Adju allerdings hat das ausgeklügelte Schachbrettsystem der Kühe nicht durchschaut. Das heißt, er meckert auch dann herum, wenn es gar nichts zu meckern gibt, weil die Kühe ihre Verdauung halt strategisch geplant haben. Man muss ja die Wege bedenken, auf der so großen Wiese. Wie auch immer, hundertmal am Tag heißt es „Dem General ist das egal!"

Das ist übrigens auch der Lieblingsspruch vom Adju, wenn sich mal eine Kuh beschwert. Der Adju ist sowieso schlimmer als der General. Denn der stößt manchmal die eine oder andere Kuh mit seinen mickrigen Hörnerchen, wenn er meint, dass dem General irgendwas nicht gefällt. Die Kühe sind ja ziemlich geduldig und lassen sich viel gefallen, wenn man sie sonst in Ruhe lässt.

Aber einmal, als denen das zu viel wurde, haben die sich bei mir beschwert. Ich bin hier schließlich der einzige Mann im Haus und auf dem Hof, die höchste Autorität also, ist ja wohl klar. Außer Frauke vielleicht, na gut. Aber die ist kein Mann und hat auch keinen. Ich sollte doch, so die Kühe, bitte mal meine guten Beziehungen zu Frauke nutzen. Schließlich dürfte ich ja in ihrem Bett schlafen. Hätte ich das nur nicht erzählt ... seit die Kühe das wissen, lästern die dadrüber. Im Bett schlafen, das finden sie schon überhaupt eigenartig. Aber meine bewiesene Nähe zu Frauke lässt mich in den Kuhaugen schon als eine besondere Autorität erscheinen.

Und eigentlich ist das nicht so ganz genau die Wahrheit. Denn Frauke mag das leider nicht, wenn Tiere in ihrem Bett sind. Verstehe ich zwar nicht, aber nun. Menschen sind halt so. Ich schlafe nur manchmal AUF ihrem Bett, wenn Frauke das nicht merkt. Oder dadrunter, auf dem alten Bettvorleger. Aber das müssen die anderen nicht so genau wissen. Auch nicht, dass Frauke nicht so oft auf meinen Rat hört wie ich es gern hätte. Die Kühe glauben leider seit einer Weile, dass Frauke alles macht, was ich sage. Hättest du nur geschwiegen, geschwätziger Kater!

Jedenfalls habe ich die Ziegen ordentlich ins Gebet genommen. Das half erst einmal, aber dann doch nicht so lange. Manchmal habe ich den Eindruck, dass die Ziegen mich einfach nicht ernst nehmen. Hatte der General doch die Frechheit, mir ins Gesicht zu sagen, Katzen wären dressuruntaugliches Material, eine Schande für jeden Kasernenhof! Ziegen hören nicht auf Leute, die keine Hörner und keine Bärte haben, oder nur, wenn's was extra Leckeres zu fressen gibt. Der Adju sagt, das machen die nicht, weil sie nämlich von den Wikingern abstammen. Die hätten schließlich auch nicht auf andere gehört. Aha. Wikinger. Soso. Dann bin ich der König der Löwen.

Der König, das ist ein gutes Stichwort. Ich bin ja von Natur aus eher bescheiden, König muss ich gar nicht sein. Schließlich weiß ich: Ich bin nicht der Beste, aber es gibt nun mal keinen Besseren! Hat Angela, das weise Schaf, mal gesagt, da sprach sie ein wahres Wort gelassen aus. Nein, für einen König hält sich hier nur einer, und zwar der Egon. Egon ist der alte braune Wallach, der bei Frauke in Pension ist. Frauke kriegt Geld, wenn sie den Egon im Stall stehen lässt und ihn ordentlich füttert. Der Egon trägt die Nase so hoch, dass die bei Schietwetter mit tiefhängenden Wolken bald kaum noch zu sehen ist. Und das nur, weil er vor Urzeiten dreimal hintereinander beim Ringreiten gewonnen hat. Das lässt er jeden wissen, der ihm nicht schnell genug entkommen kann, die ganze Geschichte, jeden einzelnen Huftritt, und wie er den von Korn und Bier mittelschwer beduselten Reiter allein dank seiner, also Egons Begnadung zum Menschenkönig gemacht hat. Ohne mich hätte der nicht mal ein Fußballtor getroffen. Sagt der Egon. Na ja. Sage ich. Bei jedem Erzählen werden die Heldentaten größer, bald folgt der Egon seiner Nase in die Wolken. Unsereiner muss ihn dann schnell am Bein packen und wieder auf den Stallboden der Tatsachen zurückzerren. Jedenfalls ist der begnadete Egon jetzt hier zur Begnadigung, also zum Gnadenbrot, sein Fell wird hier und da grau, und über seine Großtaten beim Ringreiten in der Steinzeit weht schon lange der Dünensand des Vergessens. Das Ringreiten machen die inzwischen auch mit Fahrrädern und Treckern, das ist alles nicht mehr so wie früher. Irgendwie ist das ja auch tragisch – aber nicht mein Problem, habe genug um die Schnurrhaare.

Also, das sind nun alle dreizehn, die ganze Familie: Frauke und ich, die acht Kühe, die beiden Ziegen, und, na gut, auch der Egon, obwohl er hier nur in Pension ist. Das Nagegetier auf dem Hof zählt natürlich nicht dazu. Weil ich da in meinen dienstfreien Zeiten immer ordentlich aufräume, schwanken die Zahlen natürlich stark. Wir hatten letztes Jahr noch einen Hofhund. Aber der treue alte Bello ist kurz nach dem Bauern gestorben. Vielleicht erzähle ich ein anderes Mal von ihm. Jedenfalls hat er mir, schon als ich noch klein war, alles beigebracht, was man über Hunde wissen muss. Und ganz früher soll es hier mal einen bunten Papageien gegeben haben, als Fraukes Mama noch am Leben war.

Gut, dass er da ist

Jean-Marie habe ich vergessen, der gehört ja auch noch dazu. Er ist natürlich nicht da, sondern mal wieder auf der Insel unterwegs, um einem der Inselbürgermeister irgendein neues, fördermittelfähiges Projekt zur Belebung des Inseltourismus aufzuschwatzen. Dazu vielleicht später.

Jean-Marie Dupont wohnt jedenfalls bei uns, genau genommen seit unserem dritten Tag, also F r a u k e s und m e i n e m dritten Tag hier auf dem alten Bauernhof hinter dem Deich in Utersum. Angeblich ist er ein echter Pariser, aber ich weiß ja nicht. Fifi, die ich mal zufällig im Ual Skinne draußen unter einem schattigen Cafétisch getroffen habe, meinte, er hätte eher was Südfranzösisches an sich. Raum Marseille wohl. Muss sie eigentlich wissen, als echt französischer Pudel. Na ja, ist mir auch egal. Frankreich, Paris oder Marseille ist alles von Föhr so verdammt weit weg, dass uns das hier schietegal sein kann. Was ich weiß, dass er 56 ist und sich bisher mal hier, mal da, mal dort durchs Leben geschlagen hat. Außerdem hat er zwei Kinder, erwachsen, die aber nicht viel von ihm wissen wollen. Das merke ich, wenn er mal, selten genug, mit ihnen telefoniert. Was dahintersteckt, kriege ich auch noch raus. Genauso wie bei Mario, dem Freund von der anderen Frauke. Die andere Frauke ist übrigens die Chefin vom Ual Skinne und ganz lieb, die lässt mich gern im Restaurant unter den Tischen oder auf den Fensterbrettern sitzen. Nur ihr Freund

Mario, der ist überhaupt nicht so lieb. Jedes Mal jagt er mich aus der Küche, obwohl ich doch nur mal so sehen will, was er Leckeres für die Gäste vorbereitet und ob vielleicht zufällig was übrig ist. Ich glaube ja, der mag keine Katzen. Oder doch, aber er hat gesagt, am liebsten gebraten. Pfui, was für ein schlechter Geschmack!

Der Mario passt gut zu dem Jean-Marie, die hocken auch häufig zusammen und brüten über irgendwelchen Projekten, wie sie die Insel aufpeppen wollen. Dabei ist unsere Insel doch peppig genug. Jedenfalls, was das Wetter betrifft. Im Moment ist es aber schön sonnig und warm, nur schrecklich windig, wie so oft. Und ein Wetterchen ist im Anzug, wenn auch nicht sofort. Das merke ich an der Schwanzspitze und viel früher als die Frösche, die in den Stuben der Wetter-App-Leute ihre Leiterchen rauf- und runterklettern.

Meine Frauke

Wo war ich jetzt? Frauke und ich, sollte ich vielleicht erst einmal erzählen. Frauke ist die einzige Tochter, also eher das einzige Kind von dem alten Johannsen. Frauke ist jetzt 38, das weiß ich, weil ja nicht zu überhören ist, wie schlimm das für eine Frau sein muss, schon 38 zu sein und bald 39 und dann, oh Gott oh Gott oh Gott! Katzen wären froh, wenn sie überhaupt 38 werden könnten. Für unsereinen ist ja schon mit 15 oder 18 Schluss, und manchmal noch viel früher. Ich bin aber erst fünf, in der Blüte meiner Jahre. Damit ist aber ein gutes Drittel auch schon um. Mehr Dankbarkeit, ihr Menschen, für euer langes Lebendürfen! Oder hängt eure Badezimmerspiegel ab und schmeißt Eure Waagen in den Müll, wenn ihr das Elend nicht mehr sehen könnt.

Frauke ist genau wie ich auf der Insel geboren, hier auf dem Johannsen-Hof. Sie im Bett, ich im Heu, aber das ist schon der einzige wichtige Unterschied. Im Heu ist besser, aber egal. Meine Mutter ist zwei Jahre, nachdem sie mich gekriegt hatte, einfach gestorben. Eines Morgens lag sie im Heu und rührte sich nicht mehr. Vergiftet, meinte der Bauer. Wo und von wem, das haben wir nie herausbekommen. Rattengift war früher oft im Einsatz.

Auch Fraukes Mama ist früh gestorben, dabei war sie noch gar nicht alt. Ganz Westerlandföhr hat sich damals gewundert, dass der grumpfige Johannsen die junge hübsche Frau abgekriegt hat. Aber das war nun mal so, da beißt die Ratte ins Schilf, so oft sie will.

Jedenfalls war sie bald schwanger und hat Frauke gekriegt. Die drei haben hier zusammengelebt, bis zu dem Tag, dem bewussten Tag, dem bösen Tag ... also dem Tag, als Fraukes Mutter mit dem Pferd aufs Watt geritten ist und nicht wiederkam. Wiedergekommen ist nur das Pferd, später. Das hat der Egon erzählt, der muss es ja wissen, die Pferde stecken ja ständig ihre großen Köpfe zusammen. Frauke war da schon 17. Ein großes Drama muss das gewesen sein, ich habe davon gehört. Frauke weint heute noch ab und zu, wenn sie im Bett liegt oder wenn sie nur aus dem Fenster sieht. Und ich muss dann meine ganze Katzenschmusepower und Schnurrenergie einsetzen, damit sie aufhört. Nicht einfach. Bin ich denn Menschenpsychologe? Ich bin Deichkater, verdammt, dieses Geweine und Getröste machen mich ganz schwach. Aber für Frauke tue ich alles. Auch das, natürlich.

Die Insulaner reden immer noch darüber, jedenfalls seit Frauke wieder auf der Insel ist. Seit einem Jahr ist sie wieder hier, 20 Jahre später! Aber sonst passiert ja meistens auch nicht so viel hier. Der alte Johannsen hat damals, so sagen die Leute, einen Knacks gekriegt. Überhaupt keinen hat er mehr an sich rangelassen, nur uns Tiere. Zu uns Tieren ist er immer gut gewesen. Das kann ich selber bezeugen.

Frauke ist damals gleich von ihm weggegangen. Seine Schwester Ingken aus Hamburg hat sie mitgenommen. In Hamburg könnte sie eine gute Ausbildung machen, und vor allem wäre sie weg aus dem Elend. Da hat er dann wohl Ja gesagt. Obwohl er sie auf dem Hof schon hätte brauchen können. Aber er hat wohl auch gesehen, dass das auf Dauer mit der Landwirtschaft nicht so weitergeht, dafür war der Hof schon immer zu klein.

Frauke ist also nach Hamburg gekommen und hat seitdem ihren Vater kaum noch gesehen. Die Leute sagen ja, er wäre damals nach dem großen Unglück versteinert. Fraukes neue Mutter aber hat mal zu Frauke gesagt, dass er sich wohl sehr gegrämt hat, dass er nicht mehr für sie da war. Und da hat er dann eben so getan, als ob er gar kein Kind hätte. Aber Geld und Geburtstagsgeschenke hat er trotzdem immer geschickt. Dann kann er sie ja auch nicht vergessen haben. Meinte Frauke. Aber verstanden hat sie das alles nicht.

Geredet hat er in all den Jahren nicht viel mit ihr und sie auch nicht mit ihm. Bockig waren sie alle beide, und unglücklich dazu. So eine Art Unglück kommt ja meist deswegen, weil die Menschen nicht miteinander reden. Im Fernsehen sieht man das laufend. Erst ganz kurz vor Ende so eines Films kommen die dann doch noch mit Ach und Krach zusammen. Hätten sie vorher geredet, dann müsste so ein Film jedenfalls nicht so lang sein und es wäre wesentlich mehr Zeit für Katzenfutterwerbung oder Tierfilme mit Mäusen. Gute Tierfilme gibt es ja auch nicht mehr so oft. Im Fernsehen von heute findet man eher so was wie „Die lustigsten Hunde, die sich völlig dämlich anstellen" oder wo arme kleine Kätzchen so hinter das Licht geführt werden, dass sie irgendwas Ungeschicktes machen, was sie sonst nie machen würden.

Bei all dem Nichtreden und dem Unglücklichsein hat Fraukes Vater sie aber nicht vergessen. Denn als er vor einem Jahr gestorben ist, hat er ihr alles vererbt, was er hatte. Na gut, das war nicht so viel. Der Hof, nun ja, da ist an dem Haus und dem Stall schon lange nichts mehr gemacht worden. Gerade mal, dass die Löcher im Dach geflickt und die zerbrochenen Fensterscheiben ersetzt wurden, einige allerdings nur durch Bretter. Das ganze Vieh, das muss früher, also vor meiner Zeit, mal eine stattliche Herde gewesen sein. Viele Kühe und Schafe und Ziegen, das sieht man an dem riesigen Stall. Heute sind ja nur noch die acht Kühe und die zwei Ziegen da, und der Rentner Egon.

Was war da noch von dem Erbe? Der alte Eicher-Trecker. Nun ja, der müsste eigentlich ins Museum. Zum Glück ist Jean-Marie da, der kann eigentlich alles, auch Trecker reparieren.

Und dann ist da noch das Land. Da allerdings hat er etliches halten können, das meiste in der Nähe vom Hof auf Utersumer Gebiet, aber einiges auch weiter weg. Das hatte er zum Schluss fast verpachtet, fettes, fruchtbares Marschland. Geld hat er nur wenig vererbt, obwohl Frauke das jetzt wirklich gebrauchen könnte, wo sie doch jetzt Zimmer und Appartements für Kurgäste einrichten muss. Nur so kann man hier noch einigermaßen Geld verdienen. Mit der Landwirtschaft, das ist ja nichts für Frauke. Gerade mal, dass sie jetzt melken kann! Und ausmisten natürlich, aber das kann ja nun jeder. Unsere acht Schwarzbunten haben in der ersten Zeit einiges zu leiden gehabt, aber sich nie beklagt. Sind ja alles Gute. Jede von ihnen habe ich auf die Welt kommen sehen, also fast jede, die Gesa nämlich nicht. Die kommt ja von der Hallig Hooge.

Alle hat das überrascht: Frauke hat sich entschlossen, auf dem Hof zu bleiben! Ich finde das ja nicht so verwunderlich. Gibt es denn etwas Schöneres als unsere Insel? Sie hat zwar nicht richtig Bäuerin gelernt, sondern nur als sie Kind war, immer auf dem Hof geholfen. Und als sie dann in Hamburg war, da hat sie ja immer nur im Büro gesessen. Nun hat sie auch keinen mehr, der sie hält. Tante und Onkel in Hamburg sind beide gestorben, Geschwister und Cousins, Cousinen und so gibt es nicht. Leider waren die arm, da hat Frauke auch nicht viel geerbt, obwohl sie das gut gebrauchen könnte. Aber sagte ich ja schon.

Da gab es nur noch einen Freund, aus dem Büro, aber der war ein Idiot und ein Arsch. So nennt Frauke den immer, wenn sie halblaut mit sich redet und denkt, dass ihr keiner zuhört. Zu mir redet sie auch und glaubt, dass ich nichts verstehe. Ha! Ich verstehe ganz genau, was sie sagt: „Ein Idiot, lieber Tom, das sage ich dir. Drei Jahre lang hat er mich hingehalten und dann ist er doch bei seiner Frau geblieben. Scheidung, ach nee, teuer, und was sollen die Leute denken, er hat ja eine Position. Der Arsch! Der kann froh sein, dass ich seine bescheuerten E-Mails nicht aus Versehen ins Internet stelle!"

Und die Arbeit im Büro? So toll, dass man das ein Leben lang machen will, war das wohl nicht. Und schon gar nicht, wenn der

„Idiot und der Arsch" da immer rumhängt. Aber ganz gut bezahlt war die Arbeit. Ob Frauke das wohl vermisst? „Wenn ich nicht das ganze Geld immer gespart hätte, lieber Tom, dann müsstest du jetzt ausschließlich von Mäusen leben." Mäuse statt Mausen, hat sie mal mit mir gescherzt. Habe ich nicht ganz verstanden.

Ihr Geld war eine Hilfe, und außerdem sind da noch all die Leute, die sie von früher kennt. Hier auf Föhr hat sie gleich ganz viel Unterstützung gekriegt. Da sind vor allem noch die Freunde von früher, aus der Schulzeit, die hier wohnen geblieben sind. Ohne die hätte sie das erste Jahr bestimmt nicht überstanden. Kaum dass sie mit ihrem alten roten Volvo-Kombi da war, stand schon eine Nachbarin mit Kuchen vor der Tür. Ein Nachbar hat erst einmal für eine Weile die Kühe und die Ziegen versorgt. Einer hat den Trecker repariert. Der Bürgermeister und der Pastor waren da und haben sie persönlich in der Gemeinde begrüßt. Einer wollte, dass sie gleich sofort beim Ringreiten mitmacht. Aber sie hat ja kein eigenes Pferd, nur den alten Egon in Pension, wie das heißt. Den darf sie immerhin reiten, aber so gern reitet sie gar nicht. Seit der Sache mit ihrer Mutter.

Das ist schon toll, wie sich die Menschen hier gegenseitig helfen. Aber auf Dauer kann ihr die ganze Arbeit doch keiner abnehmen. Da muss sich schon jeder erst mal um seins kümmern. Einer von den alten Freunden hat dann Jean-Marie angeschleppt. Der brauchte unbedingt eine Wohnung, gegen Hilfe auf dem Hof. Erst hat er mich ja gestört. Aber das war doch eine gute Idee, ich geb's ja zu. Denn ich kann weder Wasserhähne noch Trecker reparieren, und außerdem habe ich echt meine eigenen Pflichten.

Manchmal geht meine Frauke so über das Land, langsam und ziellos, und schaut umher. Dann sehe ich an ihrem Blick, wie sie versucht, das alles in sich aufzunehmen, als wäre es fremd und sie müsste sich daran gewöhnen. Ganz verstehe ich das nicht, weil sie ja hier geboren ist und das doch alles kennt. Es hat sich auf der Insel in 20 Jahren schon einiges verändert, aber hier am Westende hinter dem Deich eigentlich nicht, und auf unserem Hof schon gar nicht. Nur dass weniger Tiere da sind.

Ich bin ja auch hier geboren, aber nie weggewesen. Ich kenne hier jeden Quadratzentimeter mit Vornamen, kein Baum ist von mir unbeklettert geblieben. Und dann der Deich ... das Wichtigste!

Was man über Deiche und Deichkatzen wissen sollte

Ich muss da ein wenig ausholen. Ist auch noch Zeit, der Besuch ist ja immer noch nicht da. Schätze, die Leute haben die Fähre verpasst oder sind erst mal beim ersten Großeinkauf im Supermarkt am Wyker Hafen. Als ob hier schon einer verhungert wäre, wir haben hier doch einen eigenen Laden!

Deichkatzen, das ist das Thema, mein Thema. Wer das hier liest, wird nachher um einiges schlauer sein. Was Deichkatzen sind, das wissen die Menschen natürlich nicht. Die mögen sich wohl über so manches wundern, aber die richtigen Schlussfolgerungen hat noch keiner gezogen. Ist auch besser so, nicht dass die uns noch ins Handwerk pfuschen. Also bitte: Lesen – kapieren – bewundern, aber hinterher nichts verraten!

Uns Deichkatzen gibt es schon sehr, sehr lange. Keiner hat je gezählt, wie viele Generationen braver Katzen und Kater gemeinsam mit anderen Tieren die Deiche vor Schaden bewahrt haben. Es begann, so heißt es, schon nach der „ersten großen Mandränke", der gewaltigen Sturmflut im Menschenjahr 1362. Unzählige Menschen und Tiere mussten sterben, als damals die nordfriesischen Uthlande untergingen und der sagenhafte Ort Rungholt vom Erdboden verschwand, als damals die Insel Strand und die Halligen entstanden. Seitdem gibt das ja auch die Insel Föhr. Früher hing die sogar noch mit England zusammen, kaum zu glauben! Damals schworen sich jedenfalls die Tiere, die die furchtbare Katastrophe überlebt hatten, den Menschen beim Schutz ihres gemeinsamen Lebensraumes zu helfen. Diese heilige Verpflichtung wird seitdem von Generation zu Generation zu Generation weitergegeben.

Nun hat es lange, lange gedauert, bis sich aus diesen urzeitlichen Anfängen die Organisation entwickelt hat, die heute besteht und zu der ich gehöre. Ich, Deichkater Tom, bin seit drei Jahren amtlich bestellte Erste Deichkatze für den Abschnitt Utersum – Dunsum 1. Dieser Abschnitt ist etwa 750 Menschenmeter lang, die erste Hälfte des Weges von Utersum bis zum Schöpfwerk West. Nicht gerade viel, wird einer da denken. Aber man muss dabei ja noch den Anmarschweg hin zum Deich bedenken. Außerdem bin ich eine Katze. Schon mal gehört, dass wir Katzen Lauftiere wären, die ewig irgendwo herumrennen und nicht müde werden? Nee, nee. Unsere Stärke liegt im Anschleichen, Lauern, Überraschen und Zuschnappen, nicht im Hinterherrennen, bis die Beute müde ist!

Mit meinem Teil des Deiches habe ich es ganz ausgezeichnet getroffen. Er ist zwar 250 Meter länger als fast alle anderen Abschnitte. Das ist viel. Aber die meisten Deichkatzen müssen immer erst mal kilometerweit laufen, bis sie an ihren 500-Meter-Standardabschnitten sind. Und dann müssen sie die ganze Zeit dableiben, weil sie ja sonst den Alarm nicht hören, geschweige denn rechtzeitig eintreffen würden, um Schäden am Deich zu verhindern. Ich hingegen kann eigentlich von zuhause aus arbeiten, die 200 Meter extra hin zum Deich mache ich mit links. Meistens bin ich aber in meiner Schicht am Stützpunkt, in dem kleinen Wäldchen unterhalb des Deichs. Da haben sich vor vielen Jahren mal Kinder eine kleine Hütte gebaut. Die Kinder sind nun groß, viele neue Kinder sind nicht da, die Erwachsenen interessiert das nicht. Also habe ich die kleine Hütte für mich ganz allein, vor allem bei Regen ist das sehr praktisch. Ab und zu bleibe ich auch zuhause, wenn nicht gerade Ostwind ist, jedenfalls. Der Weg ist länger, aber schließlich bin ich fit. Deichkatzen müssen fit sein! Dass ich nicht immer direkt am Deich bin, wird vom Vereinsvorstand ja nicht gern gesehen. Aber ich mach's trotzdem – so wie heute – und kann nebenbei ein Auge auf unseren Hof halten.

Und um das hier mal klarzustellen: Ich habe noch nie einen Alarm überhört. Das wäre auch fatal. Man muss sich dabei Folgendes vorstellen: Scharen von dummen, unverantwortlichen und unbelehrbaren Kaninchen, Maulwürfen, Wühlmäusen und noch anderen Nagern bis hin zur Bisamratte graben nämlich immer wieder gefährliche Löcher in die Deiche. Irgendwann werden die Bauwerke, so breit und hoch sie auch sein mögen, instabil. Kommt da erst mal Wasser durch, dann wird es gefährlich, und zwar für uns alle auf der Insel. Nur die blöden Nager kapieren nicht, dass sie dann auch selber dran wären.

So ehrwürdig wie wichtig: „Föhr Nutz"!

Und genau deshalb hat der ehrwürdige „Verein der auf der Insel Föhr lebenden Nutztiere" – kurz „Föhr Nutz" – uns Katzen nach der Erhöhung der Föhrer Deiche vor nun schon mehr als 100 Jahren die Aufgabe übertragen, die Nager von den Deichen zu vertreiben. Wie wir das machen, ist uns überlassen, Totbiss, Verzehr oder anderweitige Verwertung nach Belieben inbegriffen. Im Laufe der Jahre hat sich da eine gewisse Arbeitsteilung mit den Möwen herausgebildet, obwohl die ja jegliche feste Verpflichtung ablehnen. Aber in meinem Abschnitt läuft es einigermaßen.

Das mit den Wildtieren ist ja nun so eine Sache. Überhaupt ist der Rat der auf der Insel Föhr lebenden Wildtiere – kurz, „Föhr Wild" – seit jeher schon ein komischer Verein. Inselschutz, na klar, immer gerne. Aber sobald es um verpflichtende Aufgaben und Tätigkeiten, um Dienstpläne und Schichtzeiten geht, gibt es da auf einmal tausend Gründe, wieso dies nicht geht und das leider nicht möglich ist und was weiß ich. Ich glaube ja, dass dieser ganze Verein, der hauptsächlich aus Enten und Möwen besteht, nur ein großer Schwindel ist. Vor allem, seit ich mal von einer Möwe gehört habe, dass denen die Sturmfluten doch am Schwanzgefieder vorbei ...

Ähhemm. Ich hoffe, das lesen hier keine unverdorbenen Menschen- oder Katzenkinder? Na jedenfalls, diese Emma, Emma 18 281, hat mir mal ins Gesicht gekrächzt: „Sturmflut und Deichbruch? Mir völlig egal. Flieg ich halt nach Sylt!" Die Austernfischer piepen ähnlich. Kurzum, Föhr ist den Wildtieren, den fliegenden jedenfalls, doch möwenschietegal. Oder war das Emma 28 182? Die Möwen heißen alle Emma, und damit die sich auseinanderhalten können, haben die Nummern. Aber das ist so eine Sache. Wer kann sich diese dämlichen Nummern schon merken?

Auch so ein Thema. Unter den Mitgliedern von „Föhr Wild" gibt es nicht nur wenige Landtiere, eine Mitgliederregistrierung gibt es auch nicht – oder jedenfalls nicht mehr, seitdem die Sache mit den Mehr- und Vielfachregistrierungen betrügerischer Eiderenten auf verschiedenen Nordseeinseln aufgeflogen ist. Das ist lange her, aber seitdem hat da niemand mehr das Heft in die Hand genommen bei diesem komischen Verein.

Mir ist diese Sache jedenfalls nicht egal. Ich habe keine Lust aufs Absaufen, nicht mal aufs Schwimmen, und ich muss Frauke beschützen. Also nehme ich meine Pflichten sehr ernst.

Damit man sich jetzt keine falschen Vorstellungen macht: Das mache ich natürlich nicht allein. 750 Meter Deich ist ein schönes Stück. Da jetzt 365 Tage im Jahr Tage 24 Stunden lang Wache schieben? Dafür findet man keinen, die heilige Selbstverpflichtung von „Föhr Nutz" hin oder her. Also gibt das Schichtdienst. Je nach Jahreszeit, das heißt erwartbarer Deichnageraktivität, teilen sich grundsätzlich drei Katzen den Tag in zwei, drei oder vier Bereitschaftszeiten auf. Soweit die Theorie. In der Praxis ist immer mal jemand nicht da oder krank oder verreist, und Urlaub gibt es ja auch noch, und schon wuppt man auch heftige Tage maximal zu zweit. Da wird's dann schon mal eng.

Deichkaters Hilfstruppen

Wer nun glaubt, wir Katzen rennen den ganzen Tag den Deich auf und ab, rauf und runter, kreuz und quer, der täuscht sich. Denn es gibt ja noch die Hilfstruppen. Nein, nicht die Möwen, obwohl die nun echt den Überblick haben. Und die bräsigen Enten schon gar nicht. „Föhr Wild" ist ja nicht zuständig. Macht auch nichts, denn „Föhr Nutz" hat eine wesentlich verlässlichere Lösung gefunden. Da kann man leicht draufkommen. Denn wer treibt sich denn tagein, tagaus müßig auf dem Deich herum, ohne wesentlichere Pflichten als die, hier die Zeit totzuschlagen, das Gras kurz zu halten, die Grasnarbe zu verdichten, den stabilisierenden Grünbewuchs zu düngen und eventuell doch entstandene Kaninchen-, Maulwurfs- und Wühlmauslöcher wieder zuzutreten? Na? Na?? Richtig, Schafe!

Das Ganze muss man sich nun so vorstellen: Die Schafe sind überall auf dem Deich verteilt und knabbern da an dem Gras herum. Ein Schaf sieht jetzt eine Wühlmaus an der Arbeit. Dann stellt es sich sofort in Richtung Deichkatzenposten hin und macht „Blök!", und zwar im vorgeschriebenen Alarmblökmodus. Das hört das nächste Schaf in dieser Richtung und macht auch so ein „Blök!". In Sekunden bildet sich – „Blök! – Blök! – Blök! – Blök! – Blök!" – eine Blökstafette, bis spätestens das letzte „Blök!" das Deichkatzenohr erreicht. Dann weiß die Deichkatze genau: 350 Meter Nord, Wühlmaus an der Arbeit. Los geht's, und ehe der Schaden zu groß wird, ist die Wühlmaus aus dem Verkehr gezogen. Dankesbezeugungen der umstehenden Schafe, anerkennendes Kreischen einer zufällig zur Augenzeugin gewordenen Möwe, ruhmreicher Abgang der Deichkatze!

Also so ähnlich jedenfalls. Die Anerkennung hält sich leider, ist ja alles Routine, in engen Grenzen. Am Schicksal einer Wühlmaus und der Eleganz einer jagenden Katze haben die Schafe kein wesentliches Interesse. Aber ich bin ja auch echt nicht auf das Lob dieser faulen Wollerzeuger angewiesen. Ich weiß, was ich leiste, und ich habe auch stets dafür gesorgt, dass meine achtbare Bilanz zur Kenntnis von „Föhr Nutz" gelangt. Wozu hat man Freunde in der Verwaltung!

Alltag auf dem Deich

Ein wenig ärgerlich – na gut, besser klingt anstrengend – ist der Alltag auf dem Deich dann doch hier und da. Ich sag ja nur: Wetter. Den Schafen mit ihrer dicken Wolle ist das ja herzlich egal, aber der Dienst bei Regen und – zum Glück sehr, sehr selten – Schnee und Eis ist für uns Katzen eine echte Herausforderung. Nur die tapfersten und zähesten Katzen überstehen die harte Eignungsprüfung zur amtlich bestallten Deichkatze. Schnell, stark und wetterfest – das ist unser Motto!

So eine Salonmieze, die weiß ja nicht, was das heißt, ständig auf Posten zu sein, bei Wind und Wetter loszurennen, hunderte und aberhunderte von Metern in hohem Tempo bis zum Ziel ... und dann bleibt da natürlich wenig Zeit für ein standesgemäßes Lauern, da muss unmittelbar gehandelt, also zugepackt werden. Ich erinnere mich noch an das Desaster, als „Föhr Nutz" den Versuch mit Praktikatzen vom Festland gestartet hat. Die verwöhnten Miezen haben bis auf wenige Ausnahmen nach kurzer Zeit schlappgemacht. Schön standen wir da, als die reihenweise wieder abmusterten und fährenweise von der Insel verschwanden. Die Blamage der ganzen Nordseekatzenküste! Seitdem setzen wir konsequent auf Eigenausbildung, begleitet natürlich von ständig laufenden Imagekampagnen. Aktueller Slogan ist: Wir am Deich – stark, mutig, konsequent!

Das Gesamtproblem lässt sich nicht verschweigen – Fachkatzenkräftemangel, wenn nicht Deichkatzenausbildungskrise! Im Menschenbundesland Schleswig-Holstein gibt es an Nord- und Ostsee zusammen 431 Kilometer Landesschutzdeiche (die Außenlinie), dazu kommen die 569 Kilometer der zweiten Deichlinie und dann noch 96 Kilometer Regionaldeiche. Das macht zusammen 1 096 Kilometer Deich, also knapp 2 200 Deichkatzeneinsatzabschnitte zu je 500 Metern.

Für jeden Abschnitt benötigt man drei ausgebildete Deichkatzen, das macht einen Gesamtdeichkatzenstammbedarf von 6 600 Stück. Deichkatzen dürfen maximal fünf Jahre im Einsatz sein – dann lassen die Kräfte zu sehr nach. Und es gibt auch sonst nicht wenig Ausfälle, Kündigungen, Krankheiten, ja sogar Todesfälle. Deshalb müssen ständig neue Anwärterinnen und Anwärter ausgebildet werden, und das auch noch möglichst einsatzortnah. So kommen wir allein für Schleswig-Holstein auf einen effektiven Bedarf von gut 10 000 Deichkatzen. 10 000! Die tatsächliche Katzenstärke wird vom Landesdeichkatzenverband unter Verschluss gehalten, da kann man sich ja einiges denken.

Föhr ist nun eigentlich gut geschützt durch die vorgelagerten Inseln Amrum und Sylt, aber Deiche – gute Deiche! – sind trotzdem nötig, vor allem an der Nordseite der Insel. Als bei der Weihnachtsflut 1717 die damals noch schlechten Deiche brachen, wurde die ganze Marsch auf der Insel überschwemmt und wieder starben Menschen, Pferde, Rinder, Schweine, Schafe und viele andere Tiere. Immer wieder mussten die Menschen die Deiche neu bauen und immer wieder müssen sie die verbessern. Und das machen die auch. Heute sehen die jedenfalls ganz gut aus, die letzten Sturmfluten waren kein Problem, anders als für Sylt. Da gibt es ja auch nicht überall Deiche, und das Wasser reißt immer mehr von der Insel weg. Irgendwann fliegen die Möwen nämlich bei Gefahr nicht von Föhr nach Sylt, sondern von Sylt nach Föhr. So ist das! Je mehr der Wasserspiegel ansteigt, um so schlimmer wird es. Klimawandel, sagen die Menschen, es wird ja immer wärmer. Obwohl ... ich kann bei uns nichts davon merken. Wenn es etwas oder etwas mehr wärmer wäre, würde mir das schon gut gefallen. Außer heute, ist schon sehr warm. Aber auf mich hört ja kein Mensch.

Auf Föhr haben wir über 22 Kilometer Deich. „Föhr Nutz" hat deshalb theoretisch 135 Deichkatzen im Außendienst, und immer zwischen 15 und 20 in Ausbildung. Dazu kommen natürlich die Ausbilderkatzen und noch einige Verwaltungskatzenkräfte. Alle zusammengenommen sind wir plus/minus 170 an der Zahl. Wenn ich übrigens mal aufhöre, also in gut drei Jahren, dann werde ich vielleicht Ausbilder. Wer einmal am Deich ist, der bleibt, der kann da nicht wieder weg! Obwohl das Amt trotz der Winterpausen wirklich sehr anstrengend ist. Ständig dieses Rennen! Eigentlich ist das nichts für uns. Die Qualifikation schaffen deshalb nur die besten, die fittesten, die Katzen mit der größten Ausdauer. Selbst bei der Deichkatzenabschlussprüfung fallen regelmäßig viele durch und müssen wiederholen. Ich natürlich nicht, ich war einer der Besten, jawohl! Wie auch immer, mehr als vier, fünf Jahre am Stück hält das keiner durch. Wenn ich ehrlich bin, dann kann ich mir das doch ganz gut vorstellen, dass ich nicht mehr jeden Tag im Geschirr ackern muss. Natürlich will nicht aufhören, aber raus aus dem Schichtdienst, nur noch machen, was ich will, das hat doch was. Nun ja. Die drei Jahre halte ich jedenfalls noch durch und gebe alles, da wird niemand behaupten können, ich mache hier die faule Mieze!

Leider gibt es da einige, die uns Deichkatzen heute, in der ja ach so „modernen" Zeit, für altmodisch und überflüssig halten. Man könnte doch die ganzen Deiche ständig aus der Luft überwachen, mit Satelliten und Drohnen und was weiß ich, und man könnte überall Flutsensoren einbauen und so. Ja, könnte man, und was ist bei schlechtem Wetter? Verhindern die Sensoren, dass die Kaninchen Löcher graben? Und wer fängt die Wühlmaus? Der Deichgraf mit seinem Schimmel? Oder die deutsche Bundeswehr?

Ohne uns Deichkatzen wäre garantiert schon viel Schlimmes passiert. Das zeigt doch das Beispiel Dänemark. Da setzen die nämlich Deichhunde ein, schon immer. Nur – bei schlechtem Wetter gehen die Hunde nicht gern raus. Ja, ich weiß, wir ja auch nicht. Aber wir Katzen sind halt härter im Nehmen. Wühlmäuse zu fangen ist unter der Würde des gemeinen Deichhundes. Und was passiert? Kann man sich denken. Bei uns brechen die Deiche jedenfalls nicht so wie bei den Dänen.

Immer Ärger mit den Schafen (mit manchen jedenfalls)!

Was mir ja mehr zu schaffen macht, ist die Schafsfrage. Schafe gibt es ja eigentlich genug, Massen von Schafen, die noch tausend Kilometer Deich mehr bewachen könnten. Aber was es nicht mehr so gibt, das sind Menschen, die sich um die Schafherden kümmern. Also fehlt es irgendwann doch an Schafen, und wer soll dann das ganze Gras mähen? Die, die Mäh machen, können das viel besser als die Menschen mit ihren schweren Mähmaschinen. Gemäht werden muss. Sonst kommen ja die Nager erst recht. Und dann ... nicht auszudenken.

Bei uns gibt es aber noch genug Schafe, und dummerweise sind da auch einige dabei, die einfach keinen Anstand kennen und sich gegenüber der Würde meines Amtes dumm stellen. Mehr als einmal ist mir das passiert, dass da Alarm kommt, also „Blök! –

Blök! – Blök! – Blök! – Blök!", und ich dann natürlich sofort losrenne – Kaninchen an der Arbeit, auf 450 Meter Nord! Ich komme da an, und was ist? Kein Kaninchen weit und breit. Was ich aber im Vorbeirennen genau gehört habe, sind so Kommentare wie „Juii, unser TomCat ist wieder da!" oder „Hey, was ist das denn? Ein silbergrauer Blitz!" oder „Guck mal, der Tommy war früher aber schon mal schneller!"

Silbergrau bin ich ja, Tom heiße ich auch, und dass ich schnell wie der Blitz bin, genauso wie früher, das weiß ja jeder. Aber wenn ich dann am vermeintlichen Tatort ankomme und da ist nichts, weder Kaninchen noch Maulwurf noch Wühlmaus, dann werde ich schon mal misstrauisch. Da guckt dann das blöde Schaf und blökt herum: „Ich? Ich weiß nichts. Ich war das nicht" oder „Ja, da war so ein kleines graues Tier, da dachte ich, das müsste wohl so eine Maus sein. Ich bin ja neu hier" und dergleichen.

Im Moment geht das ja so einigermaßen, aber eines dieser Schafe habe ich genau im Visier. Das schwarze natürlich, wie immer, das schwarze mit dem peinlichen Namen Blacky. Zweimal im vergangenen Monat Fehlalarm, und wer immer mittendrin? Blacky und nochmals Blacky.

So geht das nicht weiter, ist ja klar. Nach dem zweiten Mal bin ich also hin zu Angela (spricht sich übrigens And-schela aus). Angela ist das Chefschaf in der Deichherde, und sie hat die beste und schönste und längste Wolle von allen. Ich kenne sie schon lange, und wir können ganz gut miteinander. Über die Jahre hat sich sogar eine gewisse Vertraulichkeit eingestellt. Da weiß ich Sachen ... Leicht hat sie's ja auch nicht. Die Schafe machen nämlich gern, was sie wollen, und Disziplin ist ja nicht so ihr Thema. Sie vergessen die einfachsten Regeln, melden sich zum Beispiel bei der nächsten Möwe krank statt bei ihr. Dann legen sie die Ködel oft genau in die Mitte des Deichweges, obwohl da die Menschen gehen sollen und die Schafe das genau wissen. Aber das macht halt so einen tollen Spaß, wenn die Menschen in die frischen Ködel treten und fluchend ihre Schuhe abwischen müssen.

Früher, da war das ja noch anders, sagt Angela oft. Da war mehr Zucht, da war der Schäfer mit seinem scharfen Hund viel mehr vor Ort, da hatten die Schafe mehr Respekt. Sie ist ja nur so eine Art Vertretung, und wenn sie was sagt, sagen die Schafe „Ja, ja" und drei Tage später haben sie wieder alles vergessen. Manchmal ist sie ganz verzweifelt.

Nun ja, sage ich mir, an sich trifft das auch auf uns Katzen recht gut zu. Unsere Regeln machen wir uns selber und lassen uns nicht von anderen herumkommandieren. Katzen sind schließlich keine Kühe. Aber das kann ich Angela natürlich nicht sagen, würde sie ja noch mehr herunterziehen. Außerdem, wer bin ich denn! Als Deichkater ist mein zweiter Vorname „Pflicht" und mein dritter „Verantwortung".

Angela hat jedenfalls versprochen, das „kleine Schwarze" im Auge zu behalten, auch wenn sie nicht glaubt, dass sich das noch mal ändert. Sie wird außerdem in nächster Zeit die Alarmketten nochmals systematisch einüben und den Schafen einschafen ... nein, einschärfen, dass Deichschutz kein Spielkram ist. Missbrauch kann ernste Folgen haben! Mal sehen, wie lange das hilft ...

***

EXKURS

Gänsefrage? Gänseplage!

Wenn da nur die Schafsfrage wäre, dann ginge das ja noch. Aber da ist noch die Gänsefrage. Weiß zwar kaum jemand, aber es wird bei uns hier allmählich dramatisch. Jedes Jahr fliegen hier gewaltige Gänse-Luftarmeen ein, verdunkeln den Himmel, fressen die Felder kahl und kacken überall hin. Auch auf die Deiche. Angela hat mir erzählt, dass sich die Schafe immer häufiger beschweren, weil entweder die besten Grasstellen abgefressen sind oder das Gras nicht mehr schmeckt, weil ... na ja, ich würde auch nicht aus einem Napf fressen, in den die fette Gans reingemacht hat. Und das kann ich nur bestätigen. Wenn man so im gestreckten Galopp über den Deich jagt, kann man ja nicht vermeiden, immer wieder mal in die Sch... hineinzutreten. Dann muss ich jedes Mal runter an die Nordsee und mir die Füße abspülen. Toll.

Die Gänse schwimmen natürlich auch immer im Wasser, in den Tümpeln und Gräben. Die Kacke geht da dann direkt rein. Erst beschweren sich die Frösche und Kröten, dann bleiben sie weg. Und das heißt, auch die Störche kommen nicht mehr. Unsere Insel verliert so immer mehr an Attraktivität. Wen interessieren nur diese Gänsemassen? Wer kann das wollen?

Neulich erst habe ich mitgekriegt, wie sich Frauke mit anderen Bauern und mit den Schafzüchtern über das Problem unterhalten hat. Vor allem auf Amrum scheint das erheblich zu sein. Hier auf Föhr geht es ja noch einigermaßen. Wir haben ja auch mehr Fläche, und die Gänse finden Amrum wohl besser. Trotzdem, auf der Marsch tummeln die sich manchmal in großen Scharen. Da muss was getan werden. Abschießen geht natürlich nicht. Dann kommt ja kein Tourist mehr, wenn überall auf Deich und Feld herumgeballert wird. Gift? Erst recht nicht. Das bedroht ja uns alle. Und die Naturschützer gehen sowas von auf die Barrikaden, das gibt richtig Ärger. Das ist also auch nicht möglich. Aber den Dreck wollen die Gänseliebhaber auch nicht einsammeln.

Einige Bauern haben Vogelscheuchen ausprobiert. Ohne Erfolg. Die Gänse lachen sich ringelig, lassen genau einen Meter rundherum frei und kacken den Rest des Feldes trotzdem voll. Befeuert von Friesengeist hat die Menschenrunde überlegt, was man machen könnte. Einer, ich glaube der Hanno Iversen aus Dunsum, hat ernsthaft vorgeschlagen, Wölfe auf die Insel zu holen. Da haben sie vielleicht gejohlt ... und ihn dann fertiggemacht, Raubtiere auf unsere Schafe und Kälber loslassen, das fehlte gerade noch. Und die Insel ist auch zu klein für Wölfe. Obwohl die bei Ebbe durchaus nach Amrum oder aufs Festland laufen könnten. Trotzdem, das geht gar nicht. Ein Wolf auf der Insel, das heißt Krieg.

Hanno hat manchmal merkwürdige Ideen, und das nicht allein: Wenn er davon überzeugt ist, versucht er die mit Gewalt umzusetzen. Er ist bekannt als der Obergrüne auf der Insel. Übrigens ist er auch 38 ... ach nee, der ist ja älter, also 40, glaube ich. Da war neulich so eine Feier. Hanno ist in Frauke verliebt. Sie aber nicht in ihn, da hat er selber Schuld. Hanno war ja mal ihre erste große Liebe, da war sie gerade 14. Und dann hat er einfach von heute auf morgen Schluss gemacht und sie konnte sich ansehen, wie er sich im Erdbeerparadies mit ihrer besten Freundin vergnügt hat, und das nicht nur beim Tanzen. So was vergisst man nicht, ein ganzes Leben lang nicht. Und dann ist, nein war er bis vor kurzem ja auch verheiratet, jedenfalls hat er zwei Kinder. Da kann er um Frauke werben, soviel er will, das nützt gar nichts. Aber in der Bürgerinitiative arbeiten sie wenigstens richtig gut zusammen. Da ist Hanno der Sprecher und Frauke macht den ganzen Schreibkram, Pressearbeit und Infopapiere und so was. Das kann sie richtig gut. Die jahrelange Büroarbeit war wenigstens doch zu was nutze.

Na wie auch immer, die sitzen also mit den anderen Bauern zusammen und halten Rat. Gift geht nicht, Vogelscheuchen nützen nichts, Bejagen bringt nichts, Wölfe sind konfliktträchtig und nicht mehrheitsfähig. „Hunde!" meint da einer. Ich falle fast vom Schrank, auf dem ich von oben die Versammlung überwache. „Hunde!", sagt Jens. Jens Iversen ist der Bürgermeister hier, nebenbei der größte Grundbesitzer – und im Moment so richtig heftig verkracht mit Hanno, Frauke und dem Rest der Bürgerinitiative. Das ist ihm aber egal, er „macht sein Ding sowieso", wie er immer sagt. Ein richtiger Sturkopf.

Hundewache auf dem Deich? Kann das eine Lösung sein? Während die Menschen eifrig diskutieren, Frauke mittendrin, mache ich mir so meine eigenen Gedanken. Unzweifelhaft haben die Gänse Respekt vor Hunden, vor größeren jedenfalls. So ein kleiner lärmender Fiffi wird ja gänsemäßig nur kurz angezischt und zur Not ein-, zweimal ordentlich gezwickt. Dann zieht er jaulend den Schwanz ein und aus ist's mit der Gänsepatrouille. Vergessen wir mal die kleinen Exemplare, die so nervig oder auch aggressiv sein können, dass die Gänse tatsächlich genervt abziehen. Aber größere bissige Hunde könnten die Gänse tatsächlich von vornherein vergraulen.

Nur ... was ist dann mit den Schafen? Lassen die Hunde die tatsächlich in Ruhe? Und vor allem: Was ist dann mit uns Deichkatzen? Nur wegen des Gänsedrecks den Deichschutz aufgeben? Das kann doch nicht sein. Also müsste man die Laufwege der Hunde eingrenzen, mit Zäunen am besten, damit die nicht überall hinkommen. Aber das sehen die schlauen Gänse natürlich und kacken dann halt überall da hin, wo die Hunde nicht drankommen. Also viel Aufwand für nichts. Nee. Mit Hunden wird das nichts.

Die Menschen hatten da auch keine Lösung gefunden. Es geht ja weniger um die Deichflächen als um die Felder und die Gewässer. Soll man da überall Hunde laufen lassen? Und wie viele bräuchte man dazu? Der mit der Hundeidee hat dann auch kleinlaut zugegeben, dass das wohl nicht möglich sei.

Zum Schluss hieß es nur, dann müsste man eben vom Staat Entschädigung verlangen, für die Ernteausfälle vor allem. Wenn der Staat den Natur- und Umweltschutz regelt und das gut findet, dass von Jahr zu Jahr mehr Gänse auf den Inseln sind, dann muss er auch an die Bauern Entschädigungen für den angerichteten Schaden leisten. Oder dann gibt es auf den Inseln eben keine Landwirtschaft mehr und nur noch Binsen, Gänsedreck und Touristen.

Mir ist das mit der Gänseplage auch nicht egal. Das mit der Kackerei schon mal nicht, und überhaupt: Die meisten Gänse sind recht unangenehme Zeitgenossen. Reden kann man überhaupt nicht mit denen. Spricht man mal eine ganz harmlos an, wird die entweder gleich aggressiv oder fertigt dich mit Sprüchen ab, so wie „Ja, da bin ich nicht zuständig, dann musst du den Schwarmführer fragen" – aber dieser besagte Schwarmführer, der ist natürlich nie da, wo sie einen hinschicken. Oder es heißt „Seit Jahrtausenden ziehen wir hier lang und haben Landerecht. Wir können uns hinsetzen, wo wir wollen, das ist Gewohnheitsrecht. Klag doch." Klagen. Bei „Föhr Wild". Sicher doch.

Das Thema hat es im vergangenen Jahr bis zum großen Deichkatzenthing auf der Lembecksburg geschafft. „Föhr Nutz" hat sogar Vertreter von „Föhr Wild" eingeladen, um die Frage gemeinsam zu erörtern und Lösungen zu entwickeln. Aber hat schon mal jemand gemischte Arbeitsgruppen aus Gänsen, Möwen, Schafen und Katzen zum Laufen gebracht, geschweige denn mit denen vernünftige Arbeitsergebnisse erzielen können? Große Pleite! In der Sache war da nichts zu machen, die Meinungen prallten aufeinander, keiner wollte nachgeben. Pochen auf Deichschutz hier – den Möwen und Gänsen egal: „Fliegen wir halt aufs Festland!" Pochen auf Gewohnheitsrecht da – den Katzen und Schafen egal: „Deichschutz geht vor Eigennutz!" Zum Schluss wurde das fast handgreiflich. Ich glaube, so schnell wird es kein gemeinsames Treffen dieser Art mehr geben. Also bleibt alles, wie es ist, und wir können nur hoffen, dass den Menschen doch noch etwas einfällt.

Ja, es sieht nach außen alles immer so einfach aus. Der Normaltourist kommt auf die Insel, sieht Schafe auf dem Deich, freut sich (außer, wenn er in die Ködel tritt) über die Natur, fährt wieder ab und das war's. Was für einen Aufwand wir treiben müssen, damit er überhaupt diesen Eindruck bekommen kann, das sieht er natürlich nicht. Stattdessen meckert er über die Kurabgabe. Ich finde ja, die Touristen sollten zusätzlich eine Deichschutzabgabe zahlen, zur Not in Katzenfutternaturalien. Sie werden ja schließlich mitgeschützt!

***

Die Bürgerinitiative – gegen den Ausverkauf der Insel!

Genug davon. Wo war ich eigentlich? Ach weiß ich auch nicht. Ist ja egal, es gibt so viel zu erzählen! Also die Bürgerinitiative, eigentlich die „Bürgerinitiative Westerlandföhr". 16 Leute machen da mit, das sind die im „harten Kern", wie Hanno sagt. Das sind an sich nicht viele, könnte man denken. Aber es kommen noch gut 120 dazu, aus Wyk und den Dörfern. Die sind der „Unterstützerkreis". Außerdem kommt es nicht so sehr darauf an, dass man groß ist, sondern viel mehr darauf, was man macht und wie man das macht und ob man andere Leute mitziehen kann.

Frauke gehört auch zu diesem „harten Kern", und das kostet sie viel Zeit. Dabei hat sie doch schon so viel zu tun, jetzt mit den neuen Gästeappartements und mit dem Hof ja sowieso.

Schon letztes Jahr, nach ein paar Monaten, ist Frauke in die Bürgerinitiative eingestiegen. Diese Gruppe will dafür sorgen, dass Föhr für die Menschen lebenswert bleibt, und zwar vor allem für die Einheimischen. Das findet Frauke gut, und ich auch. Da gibt es tatsächlich eine Menge zu tun. Wie auf den anderen Nordseeinseln hat der „Ausverkauf" der Insel nicht nur lange begonnen, sondern jetzt noch mal so richtig Fahrt aufgenommen. In Wyk findet man alle paar Meter so ein Immobilienbüro, da kann man dann an den Schaufenstern gucken, was so alles an Häusern und Wohnungen zum Kauf angeboten wird. Sogar eine alte Mühle ist dabei, aber ohne Preis. Wahrscheinlich hat überhaupt niemand so viel Geld, um den Bau zu kaufen und zu erhalten.

Als Frauke das vor einem Jahr gesehen hat, da konnte sie sich gar nicht mehr einkriegen. „Der Wahnsinn", sagte sie, „der helle Wahnsinn!" Und das stimmt. Einfache Bauern- oder Siedlungshäuser sind heute Millionenobjekte. Selbst die älteste Bruchbude wird auf den Markt geworfen, für Hunderttausende von diesen Menscheneuros. Und die Preise steigen beim Zugucken. Gibt ja immer mehr Leute, die sich so eine exklusive Ferienwohnung unter Reet leisten können und wollen. Und die Bankkreditzinsen sind heute so niedrig, dass die auch noch an das Geld dafür kommen, obwohl sie es sich vielleicht doch gar nicht leisten können. Oder es sind irgendwelche namenlosen Investoren und Investmentgesellschaften, denen es nur um drei Dinge geht: Geld, Geld und nochmals Geld!

Da muss so ein Immobilienbüromensch auf der Insel eigentlich nur ein, zwei Häuschen im Jahr verkaufen, dann braucht er den Rest des Jahres nicht mehr zu arbeiten. Sagt Hanno. Stimmt aber nicht ganz, da hängen noch mehr dran, die da mitverdienen. Sagt Frauke. Ganz hinten, ganz oben jedenfalls werden die richtig reich mit unseren Häusern. Sagt Hanno. Da widerspricht dann keiner mehr.

Es geht um's Geld – das große Geld!

Es geht um das große Geld, Hanno hat ja Recht, keiner widerspricht. Der Kuchen ist endlich groß, die Insel wird nicht größer, viele Neubaugebiete gibt es nicht. Und wenn erst mal jede Hundehütte luxussaniert und für explodierende Millionenbeträge gekauft und verkauft ist, wird's halt schwieriger. Das führt dazu, dass der Wettbewerb härter und die Methoden ruppiger werden. Hanno steigert sich regelrecht hinein. Hier kann man den Kapitalismus mit seiner hässlichen Fratze in Reinkultur erleben! War da nicht gerade was in seinem Nachbardorf Oldsum, wo einer – und der auch noch von der Insel – einfach einen 100 Jahre alten, schönen Baum auf einem privaten Grundstück neben seiner mit neuen Häusern bebaute Wiese hat fällen lassen? Stand dick und breit in der Zeitung. Und was lehrt uns das? So werden Fakten geschaffen! Weg mit dem Baum, auch wenn er mir nicht gehört und ich keinerlei Recht habe, auf anderen Grundstücken Bäume zu fällen. Schietegal! Und selbst wenn man den Verursacher zu einer saftigen Geldstrafe verknacken würde, dann würde der sich eins grinsen und die Strafzahlung durch Erhöhung des Preises seiner Häuser dreimal wieder herausholen. Der Herr hat ja noch etliche andere Millionenobjekte laufen, das kratzt den doch nicht. So ein Vorbild wiederum spornt dann auch andere an. Die Behörden sind mehr oder weniger machtlos. In Oldsum hatten die nicht einmal eine Baumschutzsatzung, wie sie doch in Deutschland jedes Kuhdorf hat. Und bis dann endlich eine ausdiskutiert ist, stehen auch alle anderen Bäume nicht mehr. Herzlichen Glückwunsch? Nein, wenn die Bürger verarscht werden, dann müssen und dürfen sie sich entschlossen wehren. Das ist Hannos Überzeugung, von der lässt er nicht ab.

Leider sind die Leute von der Insel am Ausverkauf der eigenen Heimat selbst schuld. Sie verkaufen ihre Häuser und Wohnungen an reiche Leute vom Festland, an Immobiliengesellschaften oder anonyme Investoren, die sich hinter wichtig klingenden Namen verstecken und wahrscheinlich in Russland, China, USA oder sonstwo sitzen. Denen ist unsere Insel scheißegal, Hauptsache Profit, Profit, Profit! Aber von nix kommt halt nix, wo ein Käufer ist, ist auch ein Verkäufer! Kann ich ja verstehen, da kriegen die einen ordentlichen Batzen Geld und können sich davon vielleicht sogar zur Ruhe setzen. Manch einer oder einem wird die Arbeit zu viel, der Unterhalt von so einem Reetdachhaus wird zu teuer ... und dann lockt da einer mit einer Summe in bar, für die man als Mensch ein ganzes Leben lang arbeiten muss.

Die Käufer wiederum wollen fast immer gar nicht hier wohnen, sondern die kommen vielleicht mal für zwei, drei Wochen im Jahr nach Föhr. In der Saison werden manche Häuser und Wohnungen wieder an andere vermietet, manchmal aber auch nicht. Dann verkaufen die Käufer an andere Käufer, da haben die Einheimischen dann gar nichts mehr mit zu tun.

So sterben die Dörfer aus. Die ganze Infrastruktur ist aber weiter teuer zu unterhalten, für immer weniger ständige Einwohner. Die Auswärtigen haben da hohe Ansprüche, soll ja alles besonders schön sein, wo sie sind und wenn sie mal da sind. Arbeiten wollen sie dafür aber nicht. Und extra zahlen wollen sie auch nicht. Geld haben kommt sowieso von Geld behalten.

Manch einer sagt ja, dass das gut ist, dass die Häuser gekauft werden. So werden sie wenigstens wieder schön gemacht, und die ganze Insel gewinnt an Wert. Dazwischen werden dann aber neue Häuser gesetzt, die äußerlich dem alten Stil nachgemacht sind, aber innen natürlich mit ordentlich Luxus ausgestattet sind. Bei uns in der Nähe baut jetzt einer, den niemand wirklich kennt, sogar ein Schwimmbecken neben das Haus. Viel Freude damit, sage ich mal. Wenn die Gänse den erstmal entdeckt haben, dann ist's aus mit der Freude am Planschen im Pool.

Von dieser ganzen Bauwut haben leider nicht alle etwas. Na ja, die Bauleute, die Handwerker schon. Aber weil das Wohnen immer teurer wird, können sich die Einheimischen, vor allem die jungen Leute, kaum noch eigenes Eigentum anschaffen. So müssen sie dann wie schon früher weg von der Insel, um woanders günstiger leben zu können. Auf Sylt ist das inzwischen so schlimm, dass für die Einheimischen auf dem Festland was gebaut worden ist, damit die wenigstens da billiger wohnen und dann zum Arbeiten auf die Insel kommen können. Viele wollen da überhaupt nicht mehr arbeiten. Wenn es dann, wie im Fall von Sylt, auch noch Probleme gibt, mit dem Zug auf die Insel zu kommen, dann lassen sie es. Auf dem Festland gibt es auch Arbeit. Ich fasse das nicht, was sind das für Zustände!

Auch auf Föhr ist das voll im Gange. Und so gibt es jetzt Baugebiete nur für Einheimische, sogar hier in Utersum! Mal sehen, wie lange das wohl funktioniert. Ganz nebenbei: In diesen ganzen Zeitweise-Wohnungen gibt es natürlich keine Tiere. Da kommen manchmal Hunde mit den Gästen mit, aber die fahren ja wieder weg, keiner bleibt da. Nur die wenigen, die abhauen, weil sie es mit ihren Herrchen und Frauchen nicht aushalten. Oder die, die einfach vergessen oder ausgesetzt werden. Die landen aber immer schnell im Tierheim in Wyk. Katzen? Fehlanzeige! Genau deshalb wird ein Problem auch für die Deichkatzen-Nachwuchswerbung auf uns zukommen. Wenn da nämlich keiner ist, dann kann auch keiner geworben werden. Man sieht hier wirklich nicht mehr viele Katzen in den Dörfern. Früher war das viel besser. Sagen die alten Katzen.

Das gefällt nun nicht jedem, weder Katzen noch Menschen. Also hat sich da diese Bürgerinitiative gegründet, schon vor ein paar Jahren, als Frauke noch gar nicht wieder auf der Insel war. Die haben sie gleich gern aufgenommen, sie ist ja eine Einheimische aus einer alten Föhrer Familie. Sofort nach ihrer Ankunft hat sie im Gemeinderat klargemacht, dass sie den Hof übernimmt und nicht etwa an irgendwelche Investoren verkauft. Tatsächlich stehen ständig irgendwelche Makler vor unserer Tür und wollten Frauke beschwatzen. Am hartnäckigsten ist die hübsche Blonde aus Wyk, immer dezent geschminkt, immer fein angezogen, immer mit ihrem schicken schwarzen Cabrio unterwegs. Vera Lehnert heißt sie. In den letzten Monaten sieht man sie häufig mit dem Jens Iversen zusammen – das ist doch wohl mehr als eine rein geschäftliche Beziehung. Also wir sehen so etwas ja sofort. Tiere haben ihre Augen überall, und vor allem die Emmas, also die Möwen. Zudem sind sie überaus geschwätzig. Ist irgendeinem Kind auf dem Sandwall in Wyk die Eiskugel aus der Tüte gefallen, weiß ich das schon eine Viertelstunde später. Ob die Frau von Jens das mit der blonden Vera weiß, na ja. Geht uns auch nichts an. Jens ist der größte Grundbesitzer, Bürgermeister, kennt hier jeden, da wird die Dame sich schon was ausrechnen. Damals, kurz nach Fraukes Ankunft, war die einzige Zeit in meinem Leben, wo ich mir beinahe einen scharfen Hund auf dem Hof herbeigewünscht hätte. Aber Frauke hat die alle freundlich und bestimmt abgefertigt. Verkauf? Niemals! Da waren wir alle sehr froh, und seitdem lieben wir Tiere sie über alles. Sie hält zu uns – wir halten zu ihr, so einfach ist das! Inzwischen hängt an der Tür auch ein Schild, das Frauke selbst gemacht hat: Makler draußen bleiben!

Wegen dieser Maklerplage – überhaupt viele Plagen hier, Gänseplage, Maklerplage, ha! – ist sie damals von selbst zu Hanno gegangen und hat gefragt, ob sie mitmachen kann, also in der Bürgerinitiative Westerlandföhr. Der hat sich gefreut, das war klar! Erst mal kennt er sie ja gut von früher, auch wenn da noch eine alte Rechnung offen ist. Und dann kann sie diesen ganzen Schreib- und Bürokram und Internet, das können die in der Bürgerinitiative gut gebrauchen.

So richtig in Gang gekommen war diese Bürgerinitiative früher lange nicht. Das spaltet die Leute ja auch. Die einen wollen gern verkaufen und ordentlich Geld einstreichen oder sie müssen das. Die finden eine solche Bürgerinitiative natürlich nicht gut. Viele andere reden nur, wollen aber selbst nichts machen. Oder sie glauben, das bringt ja sowieso nichts, weil das Geld noch immer gewonnen hat. Die halten Bürgerinitiativen für sinnlos. Und dann sind da noch die, die nicht mitmachen, weil sie Angst haben, dumm aufzufallen und dann irgendwann bei etwas anderem benachteiligt zu werden. So sind sie, die Menschen!

Frauke meint aber, wenn die Bürgerinitiative nicht so richtig läuft, dann liegt das vor allem an Hanno selber. Der weiß nämlich immer alles und, vor allem, alles besser. Nur er kann der Anführer sein. In Diskussionen ist er ruppig und fällt jedem ins Wort, auch den eigenen Freunden. Das ist ja schön, wenn einer so die Energie aufbringt und die Zeit investiert. Aber auf Dauer zermürbt das die Anderen. Die sind ja auch nicht doof, aber was sie sagen und was sie machen, ist Hanno ja nie gut genug. Weil die sich alle freiwillig engagieren, fragen sie sich natürlich, ob sie sich das auf Dauer antun müssen. Und dann: Muss man denn immer mit dem Kopf durch die Wand? Könnte nicht auch mal ein Kompromiss nützlicher sein als die erfolglose Rechthaberei? Zum Schluss erreicht man damit nämlich nichts. Die Gegner kriegen sogar noch zusätzliche Unterstützung, weil diese aggressive Einseitigkeit viele eigentlich nachdenkliche und interessierte Menschen abschreckt. Manche stört auch Hannos politische Einseitigkeit, sie wollen sich nicht vor den Karren irgendeiner Partei spannen lassen.

Seit Frauke dabei ist, ist Hanno immerhin etwas ruhiger geworden. Ich glaube ja, er hat erkannt, dass er mit seinen radikalen Ansichten keinen Blumentopf bei ihr gewinnen kann. Also hält er sich ein wenig zurück und lässt die Anderen auch mal machen. Im Moment ist auch jeder gefragt.

Ein neues Dorf zwischen Utersum und Dunsum!?

Die Bürgerinitiative hat jetzt aber erst richtig Fahrt aufgenommen. Wieso? Vor ein paar Wochen hat Jens Iversen die Bombe platzen lassen: Zwischen Utersum und Dunsum, direkt hinter dem Deich, soll ein neues Baugebiet entstehen! Jahrelang war die Rede von Neubaugebieten, Pläne hier, Pläne da, endlose Diskussionen, Bauland nur für Einheimische oder auch für Andere und so weiter und so weiter. Es ist aber nie etwas passiert. Also sind die Bürger irgendwann davon ausgegangen, dass da wohl nichts draus wird und haben ihre Aufmerksamkeit auf andere Dinge gerichtet. Und auf einmal geht es ruckzuck, man kann sich nur die Augen reiben und sich rasend schnell schlau machen, ob da nicht schon – dumm gelaufen, liebe Schlafmützen! – wichtige Fristen wie zum Beispiel für Bürgereingaben verstrichen sind!

Der Bebauungsplan liegt aus, und der Bürgermeister hat bereits in mehreren Versammlungen geworben: Da soll ein kleines neues Dorf entstehen, mit vielen neuen Häusern. Natürlich würden die im alten friesischen Bauernhausstil gebaut – außen, mit Reetdach. Innen sollen die selbstverständlich total modern sein, mit jeder

Menge Elektronik, mit Wärmedämmung nach neuesten Erkenntnissen, super-energieeffizient, wie das heißt. Hat Iversen gesagt.

Für die Finanzierung der ganzen Sache gibt es auch erhebliche öffentliche Mittel, zum Beispiel aus einem Programm der Europäischen Union zur Förderung von Gewerbe und Touristik oder so, das habe ich nicht alles verstanden. Jedenfalls soll die Gemeinde nur gering mit Kosten belastet werden. Hat Iversen gesagt.

Der Bürgermeister verkauft das Projekt und sich mit dazu recht gut. Schließlich entsteht da ja jede Menge neuer Umsatz. Da werden Straßen und Häuser gebaut, da werden neue Leitungen gelegt, das muss später alles fein instand gehalten werden. Das hilft den Betrieben auf der Insel, nicht zuletzt den kleinen Handwerkern. Wenn sich da neue Bürger ansiedeln, dann müssen die essen und trinken, die kaufen auf der Insel ein, die gehen auch zum Essen, das hilft all den Geschäften und Restaurants. Die brauchen Strom, der könnte von dem privaten Windpark geliefert werden. Die haben Internet und Computer und keine Ahnung, da muss die Computerhilfe aus Nieblum kommen. Es gibt Steuereinnahmen satt, und und und. Alles zum Wohle der beiden Gemeinden und der ganzen Insel Föhr!

Natürlich, das ist schwieriger Grund, aber wo ist das Bauen direkt an der Nordsee nicht eine Herausforderung? Da werden Pfähle gesetzt und das Ganze etwas höher gelagert, da entsteht fast so etwas wie eine große Warft, die im Fall eines Deichbruchs vielen Menschen Schutz und Rettung sein könnte. Gegen den Wind schützt man sich mit der Anpflanzung nordseesalzfester Vegetation, in ein paar Jahren oder Jahrzehnten hat man da ein wunderbares Walddörfchen!

Und der Clou: Mindestens ein Viertel der Grundstücke sollen Einheimische bekommen, zum Sonderpreis! Der Katzenbuckel dabei, so sag ich das mal: Wenn die sich das leisten können, natürlich. Und dafür müssen die doch wohl erst mal was Eigenes verkaufen, oder im Lotto gewonnen haben. Die Löhne auf der Insel reichen wohl kaum, dass sich junge Menschen ein solches neues teures Haus bauen können, nicht mal bei den niedrigen

Zinsen heutzutage. Irgendwie verstehe ich das nicht, das dreht sich doch im Kreis. Verkaufen, um kaufen zu können?

In der Bürgerinitiative haben die aber ganz gute Beziehungen, und so haben die herausbekommen, dass es noch ganz andere Pläne gibt. Statt niedriger Reetdachhäuser könnten da nämlich auf der gleichen Fläche auch mehrgeschossige fette Wohntürme entstehen, mit verschieden großen Luxusappartements, einem Hotelbetrieb, Sportanlagen, Wellness-Oasen und anderem – also allem, was ein wohlhabender Mensch so für seinen Luxusurlaub schätzt. Nur so am Rande sind da einige wenige Einzelhäuser eingezeichnet, wahrscheinlich die für die Einheimischen – wenn die das Geld aufbringen. Hanno weiß schon, wie das später ablaufen wird. Das behauptet er jedenfalls, wahrscheinlich hat er heimlich in Jens' Unterlagen geschnüffelt: Der Einheimische kriegt das Geld von einem, der es hat, einem dieser reichen Investoren. Vielleicht darf der einheimische Strohmann sogar eine Weile da wohnen. Und dann kommt nach Ablauf der entsprechenden Frist, in der er nicht verkaufen soll, der Geldgeber zum Zug und kann zum Doppelten verkaufen. Zwischendurch hat er von Strohmann oder Strohfrau sogar noch ordentlich Miete kassiert, unter der Hand natürlich. Saubere Geschäfte!

Auf der gleichen Fläche hat man mit diesem Geheimplan B, wie Hanno sagt, den Wert vervielfacht. Und es gibt keine Vorschrift, die das verhindern würde! Ein Riesenprojekt, das nicht nur viele, viele Millionen kosten würde, sondern auch das Gesicht der Insel im Westteil stark verändern dürfte. Man munkelt, dass da schon jetzt ein bekannter Architekt und Projektentwickler seine Finger mit drin haben soll, außerdem eine große Immobiliengesellschaft mit internationalem Renommee.

Seit das bekannt ist, weht Bürgermeister Jens Iversen eine echt steife Nordseebrise ins Gesicht. Jeder weiß ja, wem das Land gehört, wo das neue Dorf – oder sagen wir besser, Touristenzentrum – gebaut werden soll. Ein großer Teil davon gehört nämlich den Eltern der Frau von dem Jens, der Bärbel, geborene Lüdersen. Also profitiert ihr Mann „rein zufällig" mit von dem Projekt, da geht es „rein zufällig" um Millionen und Abermillionen. Der

Jens muss das also begründen und die Leute davon überzeugen, dass das Projekt trotzdem total wichtig und nützlich ist. Um schöne, bedeutend klingende Worte ist er dabei nicht verlegen: „Entwicklung und Fortschritt", sagt er. „Überwindung alter Strukturen", das tut ja not. „Ein Jahrhundertprojekt für Westerlandföhr" ist die Chance für den Westteil der Insel, der hinter dem Osten sonst noch weiter zurückbleibt, wer wollte das denn! Als stärkste Waffe kommt dann noch das Lockangebot „Bauland und preiswertes Wohnen für die Einheimischen" zum Einsatz.

Trotzdem, viele halten davon gar nichts. Einige wollen nicht, dass sich noch mehr ändert auf der Insel, das sind die Traditionalisten. Die „Versyltung" der Insel ist ihnen ein Dorn im Auge, die steigenden Preise, die Verdrängung der Einheimischen durch immer mehr Fremde, die hier gar nicht wirklich wohnen wollen. Die Umweltschützer sind sowieso schon aus Prinzip dagegen. Noch mehr Flächen versiegeln, die Vögel irritieren, das immer mühsamer zu erhaltende Gleichgewicht von Kultur und Natur stören, das geht gar nicht. Etliche mögen den Jens nicht und sind deshalb aus Prinzip gegen alles, was er macht. Alle diese Ansichten finden sich in der Bürgerinitiative wieder, und durchaus nicht immer harmonisch, nein. Ich habe schon öfter erlebt, wie die miteinander gezankt haben, da fallen dann böse Worte wie „Blut-und-Boden-Jünger" und „Ökoträumer". Manchmal verstehe ich die Menschen nicht. Statt für das gemeinsame Ziel zu kämpfen, fallen die lieber übereinander her und vergeuden einen Teil ihrer Kräfte damit, die „richtige", das heißt einzig legitime Motivation für das eigene Engagement haben und behaupten zu wollen.

Nur in Fragen Jens und Bärbel Iversen sind sich alle einig. Wenn der Jens wenigstens nicht selber die Taschen so weit offen hätte bei dem Projekt, dann würde man – bis auf die von der Naturschutzfraktion, die sind da walfischbeinhart – seinen eleganten Formulierungen vielleicht noch etwas abgewinnen können. Man lebt hier schließlich nicht auf dem Mond. Was dem Einen nützt, muss ja dem Anderen nicht unbedingt schaden. Aber so? Alles sauber, sagt der Jens natürlich, was sonst. Andere verkaufen schließlich auch ihr Land und ihre Häuser. Klar, ist ja auch so. Aber wählen wird den hier keiner mehr. Nur ist die nächste Wahl weit weg. Und die ist ihm dann garantiert egal. Lieber Millionär als kleiner Dorfbürgermeister, der hier auf der Insel eh nicht so viel zu sagen hat.

„Bürgermeister Iversen ist für Größeres geboren": Das ist der ständige Lästerspruch in der Bürgerinitiative. „Und zwar für Kiel!" ist die stete Antwort, wenn einer das gesagt hat. Inzwischen ist das wie eine Parole, und alle lachen dann. Aber mit Hilflosigkeit in der Kehle, denn der Jens hat noch immer gekriegt, was er wollte. Und eines Tages sitzt er dann in einem Ministerium in Kiel und hat das Sagen über die daheim- und sauber gebliebenen Besserwisser – so geht's zu in der Welt! Viele denken, dass das genau so kommen wird. Und die Bärbel ist schon sowieso stark dahinter. Die will schließlich nicht in einem kleinen Dorf auf Föhr versauern, das weiß jeder. „Und die süße Bärbel?" fragt dann einer, und die anderen sagen im Chor: „Die will hier nicht versauern!" Bärbel nimmt ja schon mal gern einen Schluck, und wenn sie genug hat, dann sagt sie das selbst. Und das war schon öfter der Fall.

Tja, der Jens, der weiß, was er will. Und wenn er das mal vergisst, dann bringt ihn die Bärbel schnell wieder auf Kurs. Das ist bei ihrem Mann aber nur selten nötig. Allein sein Bruder Hanno ist ihm an Entschlossenheit mindestens ebenbürtig, der Erfolg bleibt dennoch oft aus. Hanno ist halt überhaupt nicht diplomatisch, immer muss er Recht haben und mit dem Kopf durch die Wand. Kann ja auch mal nützen, so ein Kampfgeist, aber so was lieben die Leute auf Dauer nicht.

Bärbels Bruder Stefan hatte deswegen, wen wundert es, schon Schwierigkeiten in der Bürgerinitiative. Da hieß es: Sein Vater, seine Schwester und sein Schwager sind für das Projekt, er ist ja wohl der ideale Spion dieser Partei! Das hat er aber abgestritten. Erst als Frauke sich für ihn eingesetzt und darauf hingewiesen hat, dass schließlich auch Stefans und Bärbels Großvater dagegen sind, hat sich das Misstrauen weitgehend gelegt. Irgendwer hat wohl dem Stefan auch mal eine Unwahrheit erzählt, um zu sehen, ob der das an die Gegenpartei weitergibt. Hat er aber nicht, Test bestanden.

Ich selber glaube übrigens, dass eigentlich Stefans Schwester Bärbel den Jens antreibt, sich für das neue Dorf einzusetzen. Die wollte nie Bauerstochter sein, die wollte schon immer hoch hinaus. Nach Kiel halt, oder sogar nach Berlin. Und Tiere mag die auch nicht. Damit ist für mich die Sache klar.

„FRANZTAG", MITTAG

Bekannter mit Hund

Ein Autogeräusch reißt mich aus meinen Gedanken. Was kommt da? Eine alte Kiste, dröhnt genauso wie unser Volvo. Augen auf: Und tatsächlich! Ein alter Volvo-Kombi, genauso einer wie unserer, nur in dunkelblau, biegt in unseren Hof ein. Und hupt! Fast wäre ich vom Baum gefallen. Verdammt nochmal, was soll das hier in unserem ruhigen Dörflein! Ich höre Frauke kommen, eine Tür klappt, gleichzeitig steigt ein Typ aus dem Auto. Den schaue ich mir an: Dünn, dunkelblonde, aber wenige Haare, die er mit einer Handbewegung über den Kopf zu verteilen sucht. Nütschanix, möchte man da rufen, das hilft doch nicht! Wo nix ist, ist nix! Man soll doch zu dem stehen, was man nicht hat! Wohlgefällig betrachte ich mein Fell, keine Löcher, perfekter Wuchs, voller Glanz! Hat man schon mal 'ne Katze mit Glatze gesehen, außer den armen, hässlichen Mitgeschöpfen, die extra so verzüchtet worden sind und immer frieren müssen?

Egal. Jetzt ist Frauke da, und was macht sie? Fällt sie doch dem Typen direkt um den Hals und drückt sich richtig an den ran! Man glaubt es nicht! Hat sie nicht genug erlebt mit dem Idioten und dem Arsch, muss das sein? Und der Typ zögert natürlich nicht, streichelt ihr noch über den Rücken und küsst sie! Na gut, nur auf die Wangen, einmal rechts, einmal links, eideitei, aber das geht mir auch schon zu weit. Noch ein Mann. Langsam reicht's.

Frauke und die alte Clique

Seit Frauke wieder auf der Insel ist, scharwenzeln ständig die Männer um sie herum. Jean-Marie rechne ich mal nicht. Der will nichts von Frauke, wenn ich mich nicht wirklich ganz stark täusche. Außerdem ist er schon fast 20 Jahre älter. Wer ist da also? Zuerst der Hanno Iversen, der kreuzt hier fast jeden Tag auf. Na klar, das ist meistens wegen der Bürgerinitiative. In Wirklichkeit hat aber noch einen ganz anderen Grund. Der würde nämlich gern wieder mit ihr anbändeln, das weiß hier jeder. Frauke weiß das natürlich auch, aber zum Glück will sie ihn nicht. Der ist bestimmt genauso wie der „Idiot und der Arsch". Das sieht man ja schon daran, dass die Frau von dem Hanno ihn nach ein paar Jahren wieder verlassen hat. Die hat ihren Fehler eingesehen und ist mit den beiden Kindern rüber aufs Festland.

Hanno war wohl nie lange mit einer zusammen. Das habe ich zumindest gehört, und da muss er sich auch nicht wundern. Er lässt ja heute noch, wie sagt man bei den Menschen, nichts anbrennen. Auch meine Frauke hat er damals ver... also ähemm ... sehr verletzt, als sie in ihn verliebt war. Mit ihrer besten Freundin hat er sie betrogen! Da kann er sich die Mühe jetzt mal wirklich sparen, eine Frau vergisst das nicht. Soll er doch die Gila nehmen, die andere beste Freundin von Frauke. Die ist auch in der Bürgerinitiative und guckt den Hanno öfter mal ganz verliebt an, wenn sie glaubt, dass das keiner merkt. Ha! Also ob ich keine Augen im Kopf hätte! Die anderen Menschen sehen das wohl auch, aber das interessiert die nicht so. Denn die Gila guckt fast jeden an, der nicht wie ein Oterbanki aussieht. Hanno jedenfalls will bestimmt nichts von ihr, so wie er sie immer behandelt.

Also weiter: Da ist Hannos Bruder Jens, der Bürgermeister, der mit dem großen Plan. Der kommt hier auch ständig vorbei, und sülzt Frauke voll, aber nicht mit Liebesworten, sondern wie sie mit einem Schlag ihre Sorgen loswird. Der Hof bringt ja nichts, guck doch Frauke, die paar Tiere, was soll das, Frauke, und die Idee mit den Gästezimmern, nee doch, Frauke, das schaffst du doch nicht alleine, Frauke. Du hast doch auch nicht viel geerbt, Frauke, und was machst du, wenn das Geld alle ist, Frauke, und die Banken lassen einen ja eiskalt fallen, wenn man nichts mehr hat, das ist doch klar, Frauke! Er mag sie doch noch so von früher, ja Frauke, war doch eine schöne Zeit damals, das verbindet doch, Frauke, ich will dir ja nur helfen, Frauke. Frauke, Frauke, Frauke, so geht das die ganze Zeit. Aber Frauke ist genauso stur und hört sich das ganze Gelaber zwar an, sagt dann aber, ich schaff das, Jens, glaub mir, ich mach das schon! Und meine Tiere sind mein Leben, davon verstehst du, lieber Jens, offensichtlich gar nichts!

Ach, wenn ich sie nicht sowieso schon so lieben würde ... spätestens jetzt wäre es um mich geschehen!

Wenn sie ihn dann so abfahren lässt, ist er ordentlich sauer und zieht beleidigt ab. Nach ein paar Tagen ist er aber wieder da und fängt von vorne an. So als ob nichts gewesen wäre! Was will er? Ihr Land soll sie ihm verkaufen! Frauke, ich mach dir einen Spitzenpreis, den du von niemand anderem kriegst! Du könntest davon ein Super-Appartement in dem neuen Dorf kriegen, und dann ist immer noch einiges übrig, überleg doch Frauke! Für die Tiere können wir schon sorgen, das ist ja nun gar kein Problem, Frauke! Und wieder dieses Frauke, Frauke, Frauke! Dass ihr die Tiere viel bedeuten, hat er gelernt, aber er kennt meine Frauke trotzdem nicht. Niemals würde sie uns weggeben, egal an wen!

Mich wundert ja nur, dass die Bärbel, seine Frau, da nicht misstrauisch wird, weil er immer wieder zu Frauke fährt. Ich glaube aber, die will das sogar. Es geht doch um das ganz große Geld. Da vergisst sogar die Bärbel ihre inselbekannte Eifersucht. Dann kann sie endlich das so schicke wie teure rote Mercedes-Cabrio mit schwarzem Dach kriegen, was sie neulich in einer Zeitschrift beim Utersumer Dorfarzt gesehen hat. Selbst in Kiel oder sogar in Berlin wird so ein Auto von vielen mit Neid betrachtet, so was fahren schließlich nur Menschen, die es geschafft haben! Oder solche, die sich so eins leihen, um sich wenigstens mal wichtig fühlen zu können.

Wahrscheinlich drückt die Bärbel deshalb auch ein Auge zu, wenn der Jens und die blonde Vera die Köpfe näher zusammenstecken als es die Baupläne nötig machen. Vera Lehnert ist Maklerin, genauer Projektbeauftragte einer großen Bank für die Entwicklung des Immobilienmarkts auf den nordfriesischen Inseln. Die Banken mischen im Immobiliengeschäft auf den Inseln ordentlich mit. Das weiß ich von Hanno, der einen richtigen Hass auf Banken hat, seitdem sie ihm mal für irgendwas einen Kredit nicht geben wollten. Mit diesem Betongold lässt sich – anders als bei vielen Geldanlagen – aktuell noch ordentlich verdienen.

Die Vera ist wirklich schön, also für Menschenaugen, mit ihrem langen blonden Haar und den großen blauen Augen und dem großen roten Mund. Das war sie immer schon, habe ich gehört, denn auch Vera ist ein Inselkind. Wie so viele andere hat sie nach der Schule die Insel verlassen, um zu studieren – Betriebswirtschaft und Jura – und ihren Berufsweg zu machen. Das war, wie ich gehört habe, bei Banken in Hamburg und sogar in Amerika.

In Wyk direkt am Sandwall, an der teuersten Straße, hat sie nun ein sehr schönes, großes Büro mit noch zwei Mitarbeitern, und woanders noch mehr solcher Büros, auf Sylt sowieso. Und sie hat mit dem Projekt für das neue Dorf zu tun. Wie genau, das weiß ich nicht, das ist so komplizierter Menschenkram. Ich hörte jedenfalls auf einer Sitzung der Bürgerinitiative, dass sie hier auf Föhr alles mit dem großen Projekt regeln soll. Hat Hanno gesagt. Der hat auch gesagt, dass die Vera sehr ordentlich mitverdient, wenn da tatsächlich was gelingt. Da lässt man, nein, menschenfrau, sich womöglich auch mit so einem wie dem Jens ein. Auch das hat Hanno gesagt – und dann noch, dass sie zu den Feinden zählt.

Hanno macht sich das recht einfach. Er teilt die Leute in drei Gruppen ein: Freunde, Feinde und die Anderen, meistens nennt er die Deppen. Diese Deppen findet er am schlimmsten. Die sehen einfach nur tatenlos zu, wie nach und nach die Inseln kaputt gemacht werden und den Geldhaien alles in den Rachen geworfen wird. Sagt Hanno. Da passt das ja, dass die Vera mit dem Jens herummacht. Das sind beides Feinde, da weiß man genau, wie man die einschätzen muss. Und die Bärbel, hat er da noch gehässig gesagt, duldet das nur, weil sie sich selber und das Geld sowieso viel mehr liebt als den Jens. Ist ja schon eine Freude und eine gute Chance, wenn die Phalanx der Feinde solche Schwächen aufzeigt. Da sollte man ruhig mal was machen, um das zuzuspitzen. Sagt Hanno. Das gibt sowieso noch Ärger, meint er. Die Vera hat ja schon damals mit dem Jans mal was gehabt, lange bevor die Bärbel auf den Plan trat. Vera hat also die älteren Rechte, vielleicht will sie die ja jetzt wieder geltend machen. Ja, bei diesen Sachen weiß der Hanno bestens Bescheid, er übertrifft fast noch die Gila.

Ich kann mir das ja nicht vorstellen. Der Jens ist doch bestimmt nicht so blöd wie der Hanno ihn gern hätte. Wenn er die Bärbel verlässt, dann kann er doch seine Millionärspläne im Watt verbuddeln. Das macht der nicht. Was der Hanno mit dem „was machen" meint, kann ich mir allerdings gut vorstellen. Der erzählt der Bärbel einfach irgendwas über Vera und Jens, ob das stimmt oder nicht, egal. Wenn einmal Misstrauen da ist, geht das nicht wieder weg. Die Bärbel spannt dann ihren Vater ein, der sorgt dafür, dass der Jens aus dem Projekt irgendwie aussteigen muss. Der ganze Beziehungsstress lenkt die so ab, dass das Projekt nicht vorankommt.

Ich für meinen Teil denke, der Hanno vertut sich. Der kennt vielleicht seinen Bruder, aber die Bärbel unterschätzt er. Also geht das für ihn bestimmt eher nach hinten los. Aber er ist da völlig verbohrt, das meinen auch einige aus der Bürgerinitiative. Die wollen mit solchen Mittel nicht kämpfen, sondern nur mit legalen Methoden, auf dem Boden von Recht und Gesetz. Es gab schon mehr als einen Streit in der Gruppe, und nicht nur um dieses komische Dreieck von Vera, Bärbel und Jens. Da geht es immer auch um die Grenzen zwischen legaler und illegaler Äcktschen. Mit Mühe findet sich die Gruppe nach einem solchen Zank wieder zusammen. Frauke und der Gregor Börnsen sind fast immer die Schlichter. Abgesehen von dem Gebalze um meine Frauke herum und diesen fiesen Spritzen ist der Tierarzt doch mal für was Gutes zu gebrauchen.

Manchmal denke ich, der Hanno könnte auch so eine Spritze brauchen, oder eine ganze Kurbehandlung. Mir scheint er furchtbar eifersüchtig, irgendwie auf alle und alles. Ein armer Mensch ist das, so verbohrt, die ganze Welt ist schlecht, alle dumm und blöd, außer Hanno. Gut, dass wir Katzen da anders sind. Mit unseren Beziehungen machen wir jedenfalls nicht solche Umstände. Vielleicht, wenn's interessiert, komme ich da noch drauf.

Wo war ich eigentlich? Ach ja, bei all diesen Männern. Also Hanno und Jens Iversen, die beiden Brüder, haben wir. Der Stefan taucht hier auch ab und zu auf, Stefan Lüdersen aus Dunsum, aber immer nur kurz. Bei der Bürgerinitiative ist der auch dabei, redet aber nie viel. Hat er noch nie, habe ich mal jemanden sagen hören, immer der große Schweiger, ein Außenseiter schon damals, als es die Clique gab. Ganz anders als seine Zwillingsschwester Bärbel, die Frau vom Jens, die redet jeden an die Wand. Stefan und Bärbel sind zwei Jahre jünger als Frauke. Die sind alle damals in der Inselschule gewesen, die Brüder Hanno und Jens, die Geschwister Stefan und Bärbel, die schöne Vera, dazu die Gila Landring, Fraukes beste Freundin. Die alle zusammen haben zu ihrer Schulzeit so eine Art Clique gebildet. Die ging dann aber auseinander. Frauke und Gila verließen zuerst die Insel, die anderen gingen zum Teil auch weg, lernten ihre Berufe und das war's mit der Clique. Erst jetzt, seit es die Bürgerinitiative gibt, kommen die wieder zusammen, wenn auch auf unterschiedlichen Seiten.

Ach ja, dann gab es noch den Sieghard, Frauke sprach mal mit Gila über den. Den Nachnamen weiß ich leider nicht, sonst hat nie einer über den gesprochen. Der war der große Spaßmacher der Clique. In der Schule schwebte er immer am Rand des Sitzenbleibens, mit dem Lernen hatte er es nicht so. Er hatte immer ein Perry-Rhodan-Heftchen unter der Schulbank, zum Lesen während des Unterrichts. Die Heftchen waren wohl ziemlich spannend, jedenfalls hat der Sieghard im Unterricht kaum jemals aufgepasst. Die Hausaufgaben haben meistens andere für ihn gemacht, vor allem der Jens. Der hat dafür diese Perry-Hefte zum Lesen gekriegt. Den Schulabschluss hat der Sieghard mit knappster Not noch so geschafft, wahrscheinlich wollten die Lehrer ihn einfach loswerden. Nach der Schule verschwand er, einfach so. Irgendwer hat wohl mal gesagt, der ist nach Süddeutschland gegangen oder ins Ausland, weit weg von der Insel. Seitdem hat man nichts mehr von ihm gehört. Frauke und Gila finden das schade, er war immer so lustig und hatte tausend Ideen, irgendetwas Aufregendes anzustellen. Nachts nackt am Strand sitzen und Sangria trinken und wer weiß was noch. Ab und zu hat er den Anderen was von seinem Haschzeug besorgt, „nur zum Probieren" natürlich. Da gibt's so Geschichten ... das weiß ich alles aus den Gesprächen von Frauke und Gila, die bei ein bis fünf Gläschen Rotwein irgendwann beim „Weißt du noch" landen und von endlosem Gekicher begleitet sind. Hier interessieren die aber nicht, vielleicht ein andermal.

Der Stefan war von denen aus der alten Clique der allererste, der Frauke Hilfe angeboten hat, als sie zurück auf die Insel gekommen ist. Gleich seine erste Aktion war, den Stall auszumisten, wo unsere Kühe und die Ziegen im eigenen Dreck standen, weil Fraukes Vater zum Schluss mit dem Hof nicht mehr klarkam. Aber das ist eine andere Geschichte, für uns Tiere jedenfalls eine recht traurige Erinnerung.

Reden tut der Stefan nicht so viel, er macht wohl lieber was. Aber das gilt für viele hier. Nich' lang schnacken, Kopf in'n Nacken oder so ähnlich. Auf Friesisch klingt das etwas anders, aber die Touristen glauben, dass das die Einheimischen hier sagen, und dann sagen die das, weil das von ihnen erwartet wird, und dann ... ach lassen wir das. Stefan ist jedenfalls immer da, wenn man ihn braucht. Gelernt hat er Landmaschinenmechaniker, die kann man hier gut brauchen. Bei der Bürgerinitiative macht er auch mit, mehr oder weniger geduldet, sagte ich ja schon. Bei den Versammlungen redet er nicht viel. Aber wegen Hanno kommen die meisten anderen ebenso wenig zu Wort. Und man braucht ja in der Gruppe auch Leute, die nicht unbedingt Chef sein wollen.

Der Stefan guckt Frauke immer so komisch an, wenn er glaubt, dass sie das nicht merkt. Das habe ich genau gesehen. Wahrscheinlich ist er verliebt und traut sich nicht, ihr das zu sagen. Frauke mag ihn irgendwie, glaube ich, aber lieben tut sie ihn ganz bestimmt nicht. Das kann er sich gleich abschminken. Vielleicht weiß er das auch und lässt sie deshalb in Ruhe. Er ist nur gern in ihrer Nähe. Na denn. Jedenfalls ist er ein guter Freund, auf den sie sich verlassen kann.

Familie Lüdersen

Der Stefan kommt aus einer etwas komischen Familie. Sein Vater ist der Georg Lüdersen, 62 Jahre alt. Der war nur zwei- oder dreimal hier, einmal mit seiner Frau Elke, so einer ganz Schüchternen. Er ist der größte Bauer in der Gegend, hat hier und wegen seiner Frau auch noch woanders auf der Insel viel Land. Man munkelt, dass er Fraukes Vater in den Ruin getrieben hat, weil er auch sein

Land haben wollte. Der Johann Johannsen, also Fraukes Vater, hat es ihm aber nicht geben wollen. Und dann hat der Georg wohl irgendwas gemacht. Georg Lüdersen ist einflussreich, oh ja, viele hören auf ihn. Und er hat einen großen Batzen genau von dem Land, wo das neue Dorf hinsoll. Ist ja wohl klar, wieso er unser Land will! Frauke hat ihn natürlich weggeschickt. Ihr Land gibt sie ihm nicht, fertig! Sie hat sich ziemlich aufgeregt. Die Frau von dem Georg hat jedenfalls genauso wie eine Maus geguckt, bevor ich die schnappe und verspeise. Der Georg war wütend und hat geschrien, das wäre noch nicht das letzte Wort.

Georg Lüdersens Vater war auch öfter hier. Heinrich Lüdersen ist trotz seiner 86 Jahre immer noch fit. Nach dem Tod seiner Frau vor drei Jahren hat er vielleicht ein wenig abgebaut und ist altersmilde geworden, wie die Menschen das so sagen. Der alte Lüdersen, wie er hier heißt, hat wohl Probleme mit seinem Sohn, jedenfalls mit diesen Plänen für das neue Dorf. Ich denke, er ist einer von den Traditionalisten, die die Veränderung ablehnen, aber natürlich macht der bei der Bürgerinitiative nicht mit. Er kann sich ja nicht gegen die eigene Familie stellen. Ich habe aber selbst gehört, wie er Frauke zugeredet hat, sie soll ihr Land behalten. Wir sind Bauern, und wir bleiben Bauern, groß oder klein, das spielt keine Rolle, hat er gesagt. Wir haben genug Fremde auf der Insel, die kaufen, aber nicht wohnen, die alles immer nur teurer machen, genug ist genug! Hat er gesagt. Und dann hat er noch gesagt, dass er ihr beisteht, falls Georg, Jens und Bärbel Schwierigkeiten machen sollten. Frauke hat er ins Herz geschlossen, seit sie als kleines Mädchen öfter auf seinem Hof gewesen und immer gern geholfen hat. Er hat ja keine Töchter. Die Schwiegertochter konnte es ihm wohl nie rechtmachen, und die hartherzige Enkelin, nun ja, die kannst du sowieso vergessen.

Aber was kann der Alte schon noch machen außer Rumnörgeln, auf den hört doch bestimmt keiner mehr, weil er alles längst abgegeben hat.

Die Lüdersens sind keine heile Familie, alle hart und unfreundlich, bis auf die Elke. Die leidet so vor sich hin, ist aber zu schwach, irgendwas zu ändern. Stattdessen trinkt sie heimlich.

Das hat mir eine Kollegin erzählt. Deichkatze Matilda wohnt bei ihnen und bewacht den Deichabschnitt direkt vor dem Dorf Dunsum.

Und der Tierarzt, der natürlich auch noch!

Da sind natürlich noch andere Männer, aber die zählen nicht. Halt, einen habe ich noch vergessen! Ist völlig klar, wieso mir der nicht sofort einfällt, den würde ich gern aus meinem Leben streichen. Gregor Börnsen ist der Tierarzt, das sagt doch wohl alles. Der ist natürlich öfter mal hier, immer wenn mit Anna, Berta, Clara, Dora, Erna, Frida, Gesa, Hanna – den Kühen – oder den beiden Ziegen Alberta und Daniela, dem General, irgendetwas ist. Ich habe ja eigentlich nie etwas, nur will der mich ständig impfen und entwurmen, pah! Ich habe den Eindruck, dass er viel öfter vorbeikommt als nötig. Nur mal so, war gerade im Dorf, mal nach dem Rechten sehen, wie geht's der Mieze und der Stallbelegschaft, redet er, Unverschämtheit! Nur auf einen kleinen Kaffee will er bleiben, ist ja viel zu tun ... und dann bleibt er zwei Stunden und belauert Frauke, ob er nicht irgendwie näher an sie herankommen könnte. Das sehe ich genau. Dabei ist er schon 48, viel zu alt für sie! Und verheiratet, genau wie der „Idiot und der Arsch". Noch jedenfalls. Die Scheidung soll ja laufen, habe ich gehört. Soll. Genaueres weiß man ja nicht. Den soll sie mal besser schön auf Abstand halten! Aber ich bin mir nicht ganz sicher, was sie über ihn denkt. So eine Schulter zum Anlehnen, das vermisst sie wohl doch manchmal. Obwohl wir Tiere uns alle Mühe geben.

Also, da kommen schon einige Männer zusammen, die, warum auch immer, um meine Frauke herumkreisen. Und jetzt, nun bin ich wieder in der Gegenwart, ist da auch noch dieser Bernd. So heißt der mit dem alten blauen Volvo. Der große blaue Kasten steht direkt neben unserem alten roten Volvo, das gibt ein schönes Bild. Rot und Blau stehen da so richtig einträchtig, wie ein altes Autoehepaar.

Ein besonders ungebetener Gast

Und der Bernd-Typ ist nicht allein gekommen. Ich höre es und sehe es, nein, das will ich nicht, das kann doch nicht sein! Ein Riesenvieh von Hund steht hinten im Kofferraum von dem Kombi und bellt, dass der Wagen wackelt! Ein Hund! Was will der Hund hier, was soll das? Der soll doch hier wohl nicht wohnen? Das kann ja nur ein Irrtum sein. Wir sind ja gar nicht auf Hunde eingerichtet. Haben wir Hundekörbchen? Natürlich nicht. Abgesehen davon, dass das Riesenvieh allenfalls in eine Badewanne passt. Im Bett schlafen geht schon mal gar nicht. Das bricht ja zusammen. Ich fass' es nicht!

Der Bernd-Typ hat inzwischen die Kofferraumklappe aufgemacht und das dicke, weißbraune Riesenvieh ist rausgesprungen, will sagen, hat sich da mühsam rausgeschoben. Nun steht er da auf u n s e r e m Hof, blickt sich selbstgefällig um, schnuppert in alle Richtungen und wedelt mit dem fetten Schwanz. Frauke ist bei ihm, die hat nicht mal Angst. Wenn der jetzt zubeißt, ist es aber um dich geschehen, meine Frauke! Was soll ich tun, was kann ich tun?

Da gibt es nur eins: Ich springe vom Baum und im Galopp auf ihn zu, Maximalbuckel, Fauchen, Spucken, mit der krallenbewehrten Pfote drohen! „Verzieh dich, was willst du hier? Hier ist mein Hof, mein Land! Hunde verboten! Sieh auf diese Dolche!" Meine Krallen sind spitz und mörderisch wie Dolche, ja, das muss gesagt sein!

Bevor ich weitergiften und -drohen kann, sagt der doch ganz gemächlich mit einer tiefen, heiseren Stimme: „Jo mei, wos ist fei des? A depperte Katz!" Oder so ähnlich. Unverschämtheit! Er ist der Franz und wer ich denn wohl bin!

„Jo mei, jo mei, wer ist halt ich?" mache ich ihn höhnisch nach. So merkt er, wie komisch und unangemessen seine Aussprache hier bei uns im hohen, klaren Norden ist. Ich bin Tom und hier der Chef, stelle ich klar. Er ist doch sicher nur zufällig, aus Versehen hier auf den Hof gekommen?

Keineswegs beabsichtigt er das, knurrt der Hund. Kann der doch Hochdeutsch, was sollte denn das eben mit diesem Dialekt? Er will ja nun wirklich nicht in unserer Flachpampa – Unverschämtheit! – versauern. Seine Idee war das jedenfalls nicht, aber der Bernd hat ihn halt mitgeschleppt. Er, der Franz, nicht der Bernd, ist ausgebildeter Bergretter. Berge allerdings kann er hier nicht sehen. Wegen dem Bernd – wegen des Berndes, verbessere ich – muss er jetzt seine Pflichten vernachlässigen, nur um auf dieser elenden Kuhinsel vor Langeweile zu sterben!

Das geht zu weit, unsere schöne Insel so zu beschimpfen! Am liebsten möchte ich auf dieses eingebildete Hundevieh losgehen, aber der ist verdammt groß und sieht wehrhaft aus. Außerdem hat er um den Hals etwas hängen, das sieht wie eine Bombe aus. Frauke und der Bernd-Typ haben derweil geredet, und weil ich eine Katze bin, kann ich 50 Prozent meiner Energie auf den Disput mit dem Hundevieh lenken, 25 Prozent auf die Umgebungsgeräusche – nichts Besonderes, das Übliche, Wind, Möwen, Amseln und anderes Fluggetier, in der Ferne ein Trecker mit Mähbalken im Einsatz auf einer Wiese – und immer noch 25 Prozent auf Frauke und den Bernd-Typen.

Der Typ heißt Bernd Herzog. Er wohnt normalerweise in Mittenwald. Wo immer das sein mag, jedenfalls gibt es da Berge, wozu sonst der Bergrettungshund? Er ist hier jetzt auf Föhr zur Reha, sechs Wochen lang, vielleicht sogar noch länger. Dann muss er ja wieder zurück. Und was höre ich da? Fängt der doch an mit, Frauke, komm doch mit, in Mittenwald ist das genauso schön wie hier, nur mit Bergen, und einen Job könnte sie im Handumdrehen kriegen, und er würde sich natürlich um sie kümmern. Kümmern. Ha! Mäusken, ick hör' dir piepsen! Ich kann, wie man bemerken möge, auch Fremdsprachen, habe ich alles in der Ual Skinne gelernt.

Ja, alle wollen sie natürlich nur das Beste für meine Frauke, und in Wirklichkeit meinen sie doch nur sich selbst. Denn Frauke ist ja d a s B e s t e! Zum Glück lacht meine Frauke nur und sagt, er soll es lassen. Sie ist jetzt hier und jetzt bleibt sie hier! Das hört man doch gern. Was sollte auch sonst mit uns anderen werden, mit mir und den Kühen und den Ziegen? Da denkt ja so ein hergelaufener Bernd mit Riesenköteranhang nicht dran.

Sechs Wochen soll diese Reha also dauern. Mindestens! Das ist ganz schön lang. Der Bernd ist wohl nicht so gesund, da soll er erst recht die Finger von Frauke lassen. So einen Kranken kann die nicht auch noch brauchen, sie hat schon genug Sorgen. Sechs Wochen! Das heißt ... nein! Sechs Wochen, s e c h s g a n z e W o c h e n bleibt d a s R i e s e n v i e h in Pension – b e i u n s! In die Klinik darf der Bernd den nicht mitnehmen. Und Frauke kriegt von dem Bernd dafür Geld. Bestimmt aber nicht genug, ich kenne ja Frauke. Und was frisst denn so ein Monstrum jeden Tag? So viel Geld kann man ja gar nicht haben! Und hat eigentlich mal einer an mich gedacht? Wie soll ich das bitte aushalten, ein Hund im Haus? Als ob wir nicht genug Sorgen hätten!

Frauke und der Bernd haben natürlich bemerkt, dass unser Gedankenaustausch nicht von reiner Harmonie, geschweige denn Sympathie geprägt ist. Der Typ sagt zu dem Hund, dass er sich beruhigen soll ... und ehe ich mich's versehe, hat mich doch Frauke geschnappt und auf den Arm genommen! Wie sieht denn das aus? Klein-Tomchen muss vor dem großen bösen Hund beschützt werden! Wütend strampele ich mich frei, während dieser dämliche Bergfranz gröhlend lacht. Ach, diese Schande!

Frauke, ganz verdutzt, lässt mich runterspringen, und ich verziehe mich erst mal wieder auf den Baum. Da kommt der fette Hundeklops nicht hinterher, nee, tut er wirklich nicht, ist wohl zu schlapp. Berge will der retten, ha! Der schafft's doch nicht mal auf einen Baum! Ich kann mir hier jedenfalls in Ruhe überlegen, wie ich die Situation zu meinem Gunsten wenden kann.

In aller Seelenruhe laden der Bernd und meine Frauke inzwischen das Auto aus, dabei natürlich jede Menge Sachen für den Hund, was sonst? Der Bernd fährt ja schon in drei Tagen weiter zur Kurklinik. Da braucht er wohl nicht so viel Gepäck. Dann gehen sie ins Haus, der Hund hinterher. In m e i n Haus! Womöglich macht sich das Riesenvieh noch über mein Essen her! Ich brauche ja nicht viel – ich sage nur, Kaninchen, Mäuse und Anderes, stets frisch vom Deich. Aber Frauke stellt mir trotzdem immer ein Schälchen mit köstlichen Leckerlis hin, da kann ich tagsüber immer mal ein wenig naschen. Habe ich mir ja auch verdient. Also hinterher. Wenn der sich an meiner Schüssel vergreift, dann ist es aus mit meiner Gutmütigkeit!

IN DER KOMMENDEN WOCHE

Der Franz und seine Macke

Drinnen in unserem Haus bekommt der Bernd mit dem Vieh, also dem Franz, erstmal ein Zimmer. Drei Tage bleibt der Bernd, sechs Wochen bleibt der Franz – mindestens. Der Bernd wird natürlich öfter mal vorbeikommen, wenn die von der Kur ihn lassen. Aber das klappt wohl. Das habe ich selbst gesehen, wenn die Kurflüchtlinge sich im Ual Skinne bei der anderen Frauke und ihrem Mario die Bäuche vollschlagen, Alkohol auf Vorrat in sich hineingießen und auf der Terrasse eine Zigarette nach der anderen verqualmen, bevor sie am nächsten Tag wieder das strenge Regiment von Oberschwester Hildegard oder wie die heißen mag, einholt und sie alle gaanz, gaanz gesund leben müssen. Wobei das gute Essen in dem Restaurant so eine Flucht und die anschließende Strafpredigt immerhin rechtfertigt.

In der Küche kriegt der Franz einen eigenen Napf, einen großen, nein, einen riesengroßen, einen Mega-Monster-Atom-Napf hingestellt, in den meiner x-tausendmal hineinpassen würde. Die Schnauze von dem Franz, sehe ich, ist so dermaßen groß, dass die in meinen Katzennapf gar nicht hineinpasst. Eine Sorge weniger. Hoffentlich hat der Bernd auch für die Hekatomben an Hundefutter bezahlt, die der Franz täglich in sich hineinschlingt. „Ein Bergretter", sagt er immer, „muss stets auf Vorrat essen. Man weiß nie, wann der nächste Einsatz kommt und wie lange man draußen ist. Da braucht der Retter Reserven!" Und schmatzt dabei so laut, dass das bis Wyk zu hören ist.

Leider trifft das mit der Schnauze nicht nur für das Essen zu. Der Franz, das stelle ich in den nächsten Tagen fest, ist ja doch eher gutartig. Als Bergrettungshund muss der das wohl auch sein. Und so schließen wir Frieden. Ändern kann ich die Situation eh nicht, Frauke hat schließlich so entschieden. Der Franz frisst wirklich viel. Das ganze Zeug schleppt übrigens immer der Koch vom Ual Skinne an. Der Mario ist auch ein nicht ganz schlanker Gutartiger, und dazu noch recht redselig. In einer Tour ist er am Reden, am Erzählen, am Laut-Denken, am Reflektieren – was ich zuerst nicht ganz verstehe, Reflektoren, sind das nicht diese Leuchtedinger in den Fahrradspeichen, die sie unseren großartigen Katzenaugen nachgemacht haben? Dieses Reflektieren macht auch der Franz, sagt er, und erklärt mir: „So ein Bergretter muss ja seine Erlebnisse verarbeiten, bewältigen, nachdenken, wie er das nächste Mal noch effektiver in den Einsatz gehen und zum Erfolg kommen kann, wie man die Rahmenbedingungen berücksichtigt und was weiß ich noch alles. Also reflektieren!" Na gut. Der Franz nimmt das alles sehr ernst, sein Humor ist begrenzt. Er hat nur den dicken Kopf mit den langen Flatterohren geschüttelt, als ich ihn gefragt habe, wie viele Berge er denn schon gerettet hat. Haha! Na gut, ein Flachwitz. Also ein intellektueller Bergrettungshund. In meinem Haus. In Utersum. Auf Föhr. Da machst du was mit. Meine Einsätze am Deich kommen mir wie eine Erholung vor, endlich mal Ruhe, Konzentration ohne ständiges Reden, Diskutieren und Reflektieren. Selbst mein Deichschäfchen Angela kommt mir im Vergleich nahezu wortkarg vor.

Und was der Franz nicht alles erzählt! Von den Deppen, die mit Badelatschen an den Füßen auf Berge klettern wollen, im Sommer. Von den anderen, auch nicht schlauer, die mit ihren Skiern oder Snowboards, also solchen komischen Schneebrettern, an den Füßen und viel Vertrauen in eigene, nicht vorhandene Fähigkeiten die schwierigsten Pisten heruntersausen, im Winter. Die einen wie die anderen, sommers wie winters, liegen dann irgendwo mit gebrochenen Haxen herum, sagt der Franz, und der Bergretter muss kommen. Das tut er dann auch, und ich darf feststellen, dass mir der Franz eigentlich immer sympathischer wird. Der liegt anscheinend nicht gern auf der faulen Haut und lässt sich verwöhnen. Der hat ein ausgeprägtes Pflichtbewusstsein, der will was tun für seinen gefüllten Napf!

Und da haben wir das Problem, also sein Problem. Denn so was wie Berge gibt es ja bei uns nicht. Das hat der Franz gleich bemerkt. Die höchste Erhebung in der näheren Umgebung ist der Deich. Da muss der Franz fast weinen, als er das feststellt. Was soll ein Bergrettungshund hier nur anstellen, der wird ja nun wirklich nicht gebraucht. Wen soll man denn hier vom Deich retten? Die mit den Badelatschen, wenn sie ein Problem mit dem großen Zeh haben, schleppen sich selbst in ihre Quartiere oder lassen sich abholen. Und Schnee fällt hier sowieso nur äußerst selten, jetzt im Sommer schon mal gar nicht. Die größten Probleme entstehen den Menschen hier, wenn das Wetter gut ist so wie jetzt, durch Sonnenbrand und Sonnenstich. Der eine oder andere fällt auch mal vom ausgeliehenen Fahrrad – zu viel Rotwein bei Frauke, also der anderen Frauke, und Mario. Alles kein Drama. Heißt jedenfalls: Nix zu tun für so einen wie den Franz.

Tja, der Franz ... Bevor ich nun auf das große Abenteuer komme, muss ich wohl noch das mit dem Fässchen erzählen. Der Franz hat nämlich einen Spleen, obwohl er das entrüstet abstreitet. Er muss immer sein Fässchen dabeihaben, um den Hals, und wenn nicht, dann wird er höchst ungnädig. Noch besser: Das Fässchen muss immer voll sein. Und noch, noch besser: Er nimmt da gern mal einen Schluck.

In dem Fässchen ist nicht etwa Wasser, wie man so denken könnte, nein, nein, bester Rum muss das sein! Der Bernd hat extra drei megagroße Flaschen mitgebracht, man glaubt es nicht. Ein Bergrettungshund hat i m m e r ein Fässchen dabei. Sagt der Franz. Und das muss i m m e r voll sein. Sagt der Franz. Man weiß ja nie, wann die Katastrophe da ist. Und wenn sie dann auf einmal ganz plötzlich da ist, dann darf man nicht erst rennen, um das Fässchen aufzufüllen, dann muss man sofort voll einsatzbereit sein. Sagt der Franz. Voll? Frage ich. Aber der Franz versteht diese Anspielung nicht. Oder er kennt das schon und ignoriert es einfach. Wir sind aber doch nicht in den Bergen, Lawinen hat es hier auf der Insel auch noch nie gegeben. Außer wenn mal in einem Winter eine kleine Ladung Schnee vom Dach kommt und einen einpudert. Sage ich. Egal. Sagt der Franz. Vielleicht ist ja mal was im Watt, ein halberfrorener, verirrter Wattwanderer. Schon komm' ich mit dem Fässchen, ein zwei Schlucke wirken Wunder, und man kann das auch äußerlich anwenden, auf den erfrorenen Füßen. Sagt der Franz. Selten habe ich mich so vor Lachen auf dem Boden gekringelt, der ganze Staub von der Scheune sammelt sich in meinem Fell. Der Franz, unser neuer Wattrettungshund!

Danach hat er erst mal tagelang geschmollt, hat gelangweilt auf dem Hof rumgelegen, die Möwen angebellt, mit den Ziegen getuschelt, die Kühe auf die Weide begleitet ... und das ganze Dorf unsicher gemacht. Der Franz läuft hier natürlich immer ohne Leine. Ist ja auch keiner da, der mit ihm spazieren gehen könnte, außer mir natürlich. Einmal ist er angeblich sogar in Marios Küche gelandet. Mario macht hier die besten Würstchen weit und breit, da kann einer wie der dicke Franz natürlich nicht widerstehen. Mario hat ihn aber achtkantig rausgeschmissen, ohne Würstchen. Hoffe ich.

TAG 1, ABEND

Die Bürgerinitiative plant eine Aktion

Am dritten Franz-Schmoll-Tag komme ich erst am späten Nachmittag vom Dienst zurück, deutlich nach Ende der Frühschicht. Ab morgen wechseln wir übrigens, dann habe ich die Mittelschicht. Christian von der Post hat natürlich mal wieder die Ablösung verpasst, wird Zeit, dass ich übernehme. Wahrscheinlich gab's im Gasthof wie jeden Tag lecker zu essen und barmherzige Gäste, die dem ewig hungrigen Christian aus Mitleid das eine oder andere Stückchen Fleisch zukommen lassen. Da muss man ja dableiben, bis alle Chancen genutzt sind. Ich rede ihm ständig ins Gewissen, denn wenn mein leicht übergewichtiger Freund und Kollege so weitermacht, übersteht er den jährlichen Deichkatzen-TÜV nicht.

Was, davon habe ich noch gar nicht erzählt? Der Deichkatzen-TÜV, das ist nichts anderes als die jährliche Kommunikations- und Fitnessprüfung für die Deichkatzen und die Deichschafe. Eine Spielmaus wird auf dem Deich irgendwo abgelegt, ein in der Nähe stehendes Schaf wird angewiesen, den Blökalarm auszulösen. Dann wird erfasst, ob die Blökstafette funktioniert. Schließlich wird die Zeit erfasst, die die Deichkatze braucht, um das Ziel zu erreichen. Das Blöde ist, du weißt nie, wann diese Prüfung kommt. Außer natürlich, du hast Beziehungen zur DKZ, zur Deichkatzenzentrale. Ich habe die freilich, aber selbstverständlich habe ich das überhaupt nicht nötig, zu schummeln.

Wie auch immer, ich komme also nach einem Schwätzchen mit dem Christian – heute nix los auf dem Deich, nur die zwei Karnickel – von meinem Posten in der Mitte unseres Abschnitts nach Hause ... ach nein, das muss ich ja auch noch erzählen. Ungefähr in der Mitte unseres immerhin 750 Meter langen Abschnitts haben wir uns in einem kleinen Wäldchen am Fuß des Deichs ein gemütliches Lager eingerichtet. Die anderen beiden, also der Christian von der Post und die Mizzi von Lüdersens, die sind während ihrer Schicht immer da. Ich mache meinen Dienst ja lieber von zuhause aus, oder von der alten Kinderhütte am Anfang meines Abschnitts aus. Da sind natürlich die Wege länger. Aber ich habe niemals nie einen Blökalarm überhört und noch jede Prüfung glänzend bestanden. Also geht das so in Ordnung.

Ich komme also nach Hause ... und schon von weitem höre ich Menschen auf unserem Hof lärmen, Diskutieren nennen die das. Bevor ich mich wundern kann, fällt es mir wieder ein: Auf Fraukes Küchenkalender ist für heute BI-Treffen, 18 Uhr eingetragen. BI, das steht für Bürgerinitiative. Meistens kommt da nur der sogenannte harte Kern. Von diesen 16 Leuten kommen meistens so elf, zwölf, man hat halt auch anderes zu tun. Für die Gäste hat Frauke draußen Bänke und Tische aufgestellt, außerdem natürlich noch was zu essen gemacht – aahhh, Fraukes Spezial-Kartoffelsalat mit Speck und Würstchen! – und Bier geholt.

Eigentlich ist ja jeder von dem harten Kern mal dran, diese BI-Treffen zu organisieren. Eigentlich. Seit Frauke nämlich da ist, findet das fast nur noch bei ihr statt. Frauke, du hast doch so einen schönen Hof. Frauke, du hast doch so eine schöne große Küche. Frauke, wir bringen auch was mit. Frauke, nächstes Mal könnte das vielleicht bei mir stattfinden. Oder übernächstes Mal. So heißt das immer, und Frauke gibt immer nach. Hinterher schimpft sie dann mit sich selber. Frauke, du bist einfach zu gutmütig, Frauke, lass dich nicht immer so ausnutzen, Frauke, hau mal auf den Tisch. Sagt sie zu sich selber. Aber machen tut sie das nicht. Ich glaube ja, ein wenig freut sie das auch, dass die alle so gern bei ihr sind. So gehört sie richtig dazu und ist wichtig. Also anders wichtig als der Hanno, der tut ja nur so wichtig.

Aber Frauke i s t wichtig. Finde ich. Und nicht nur, weil sie den ganzen Schreibkram macht für die BI. Die BI-Leute muss man nur hören, da sträuben sich mir die Nackenhaare. Ach Frauke, du kannst das am besten! Frauke, bei dir geht das doch viel schneller! Frauke, deine Protokolle sind echt am besten, schau dir doch mal die alten von dem und dem an, da weiß ja später keiner mehr, ob er was und was er gesagt hat. Frauke, ich wollte ja noch helfen, aber nun muss ich doch los zum Melken! Und und und. Und Frauke macht und knurrt und ist doch ganz zufrieden. Soll sie halt. Solange nur meine abendlichen Leckerlis im Schüsselchen sind.

Puh. Also jetzt sitzen die da wieder, heute zu zwölft, essen, trinken und reden. Nicht weit vom Tisch liegt der Franz auf dem Boden, sehr gemütlich und sehr zufrieden. Da hat wohl mehr als nur ein Stück Wurst seine Richtung genommen. Hinten auf der Wiese, weit weg, sehe ich die Kühe und die Ziegen, ein Bild des Friedens in der Frühabendsonne. Gemolken sind sie, also die Kühe, schon. Nun genießen sie den schönen Abend und kommen nachher von selber rein.

Bei den Menschen ist das leider nicht so friedlich. Wie könnte es anders sein, Hanno führt mal wieder das große Wort. Jetzt ist er wohl dabei, mal wieder, man kennt es, Tacheles zu reden. Die BI bringt nichts, sie sind alle viel zu schlapp, man muss jetzt mal richtig auf den Putz hauen, eine Aktion starten – Äcktschen machen, sagt er – dass die Insel bebt und aus Hamburg Bild-Zeitung und Spiegel einfliegen.

Dass Zeitungen fliegen können, weiß ich übrigens aus leidvoller Erfahrung. Frauke meint ja, ich soll nicht an ihren Grünpflanzen knabbern, und ich bin durchaus anderer Meinung, jedenfalls bis die Zeitung fliegt. Aber Spiegel können doch nun wirklich nicht fliegen, was ist das nur für ein Gerede.

Ach, mein Hang zum Ausholen! Aber ich kann halt so schnell denken. Egal, was redet der Hanno? Den Bonzen mal ein paar brennende Reifen vor die Türen ihrer Luxushäuser rollen! Am besten Treckerreifen. Er hätte da noch welche! Nee, nee, nee, da kriegt er jetzt ordentlich Gegenwind. Mehr als einer in der Bürgerinitiative ist nämlich in der Freiwilligen Feuerwehr. Wenn die bei sowas mitmachen, dann war's das mit dem Feuerwehrdienst. Außerdem ist das gefährlich, und es verschmutzt die Umwelt. Davon lässt sich Hanno beeindrucken, nee, Umwelt verschmutzen geht natürlich nicht. Man ist ja für eine lebenswerte, saubere Insel.

Mit der Lebenswertigkeit oder wie das heißt geht das auf der Insel nicht gerade bergauf, das muss gesagt sein. Vor einer Weile haben die doch den Kreißsaal in Wyk dichtgemacht. Das heißt, wer als Menschenfrau hier ein Kind kriegt, der muss erst mal mit der Fähre aufs Festland und dann irgendwie zum nächsten Krankenhaus kommen. Da fährt man, nein frau, also los, mit oder noch ohne Wehen, mietet ein teures Zimmer, und dann kommt das Kind vielleicht doch nicht so schnell. Man, nein, frau, kann tagelang allein in dem Zimmer schmoren und weiß überhaupt nicht, wie das nun weitergeht. Zuhause sind vielleicht noch andere Kinder, wer kümmert sich um die? Hoffentlich gibt es da einen Mann oder Eltern, die auch so viel Zeit haben. Wie die Leute das organisieren, ist den hohen Herrschaften aber schietegal – außer die wollen demnächst mal wiedergewählt werden.

Also schön ist das nicht. Und da kann auch viel passieren. Bei Sturm und starkem Seegang fährt die Fähre nicht, und dann? Wie kommt die Frau in Not dann zum Krankenhaus? Vielleicht geht das dann noch mit dem Hubschrauber, mit einem kleinen oder dem ganz großen von der Marine, der kommt dann extra von weit her. Das kostet eine Menge Geld, aber das zählt ja anscheinend nicht. Es soll ja so ein Gutachten geben, wieso die Geburtsstation geschlossen werden musste. Aber der Herr Landrat hat das nicht rausgerückt. Wer weiß, was da drinsteht. Vermutlich, dass die Geburtsstation doch erhalten werden könnte. Eine andere Erklärung für die bescheuerte Geheimniskrämerei gibt das nicht. Aber weil man die Geburtsstation nun mal wegsparen will, und zwar auf Kosten der jungen Mütter, da lässt man das komische Gutachten lieber geheim bleiben. Zu Recht haben sich die Menschen unheimlich darüber aufgeregt.

Zum Glück bin ich ein Kater, das betrifft mich also alles nicht. Frauke will wohl auch kein Kind mehr haben, sie ist ja schon 38. Die Uhr tickt nicht mehr, die ist so gut wie abgelaufen, hat sie mir mal gesagt. Aber ich glaube das ja nicht. Frauke ist doch fit und gesund und sie wäre bestimmt für ihr Kind eine ganz gute Mutter, so wie sie es für uns Tiere ja auch ist! Sie hat bis jetzt nur keinen gefunden, dem sie so vertraut, dass sie ein Kind mit ihm haben möchte. Die Sache mit dem „Idioten und dem Arsch" hat sie nicht nur viel zu lange aufgehalten, sondern auch richtig misstrauisch gemacht gegenüber Männern. Mir macht das alles nichts. Wir brauchen hier keine Männer. Frauke hat ja uns, wir sind treu und enttäuschen sie ganz bestimmt nicht.

Hanno ist jedenfalls schon mal nicht der richtige, da kann er sich noch so wichtig machen. Jetzt redet er von der nächsten geplanten Äcktschen. Die wird in Wyk am Fähranleger stattfinden.

Spannend, mal hören, was haben die vor? Zwölf Leute setzen sich direkt vor eine der Rampen, genau wenn da die Leute von der Fähre runter auf die Insel kommen wollen. Die BI-Leute haken sich dann ein und gehen nicht mehr weg. Keiner kommt da vorbei, jedenfalls nicht die mit den Autos, alles staut sich. Die Leute werden natürlich sauer und fragen, was das soll. Und dann sind da die anderen von der Bürgerinitiative, die halten Transparente hoch und verteilen Zettel, auf denen der Skandal mit dem neuen Dorf hier und dem ganzen Spekulantentum auf der Insel beschrieben wird.

„Föhr ein l(i)ebenswertes Leben auf den Inseln" ist das Motto. Das kenne ich, weil ich Frauke gern über die Schulter schaue, wenn sie in ihren Computer tippt. Sie hat nämlich die Transparente entworfen und die Flugblätter auch. Ohne Frauke würden die BIler ganz schön ärmlich dastehen, das ist mal wieder der Beweis.

Die Bürgerinitiative besteht nicht nur aus den 16 Leuten. Frauke hat viele, viele Adressen auf dem Computer gespeichert, alles Einheimische und Leute, die hier schon länger wohnen und den Ausverkauf auf den Inseln auch Scheiße finden. Oh pardon, ich meinte, die das auch ablehnen. Man hat ja Kultur, auch wenn es mir bei diesem Thema schwerfällt, Ruhe zu bewahren. Frauke soll jetzt alle diese Adressen anschreiben und zu der Äcktschen nach Wyk einladen.

Einer, der Gregor Börnsen, unser Tierarzt, findet natürlich ein Haar in der Suppe und meint, das geht wegen der Datenschutzgrunzverordnung nicht. Was das nun wieder bedeuten soll? Können Daten grunzen? Die anderen fallen aber über ihn her, da geht's ab! Von wegen, man lässt sich doch wohl nicht verbieten, seine demokratischen Rechte wahrzunehmen! Dazu darf man ja wohl noch die Adressen von Bürgerinitiativlern und Interessenten speichern. Das wollten die doch wohl und damit Basta. Zur Not geht man damit bis vor das Bundesverfassungsgericht!

Da diskutieren die jetzt allerdings ziemlich lange hin und her, ob denn alle auch dichthalten werden und nicht einer oder mehrere von denen dem Asmussen, dem Chef von der Inselpolizei, einen kleinen Tipp geben. Das kann man ja wirklich nicht wissen, nicht jeder findet so eine Äcktschen gut! Wenn sich die Inselbesucher ärgern, kommen die womöglich nicht wieder. Aber das sollen sie ja ruhig. Sie sollen nur nicht alle Grundstücke und Häuser aufkaufen und alles megateuer machen.

Zum Schluss einigen sie sich darauf, dass alle eingeladen werden. Die sollen aber zum Platz vor dem Rathaus kommen und da eine Demo, also eine Demonstration, machen. Die kriegen dafür die gleichen Transparente und Flugblätter. Gar nicht schlecht, so ist die Inselpolizei abgelenkt. Noch besser wäre es natürlich, man würde diese Demo an einer ganz anderen, weit vom Fähranleger entfernten Stelle machen. Dann hätte es die Polizei nämlich schön weit, von dieser Stelle mit der nicht so wichtigen Äcktschen – B-Äcktschen soll die jetzt heißen – zu der Stelle mit der viel wichtigeren A-Äcktschen zu kommen. Schlau! Aber das Problem ist: Das Leben tobt nun mal hauptsächlich in Wyk, und nur zu Festen und besonderen Veranstaltungen auch mal in den Dörfern. Wen interessiert das schon, wenn hier in Utersum 100 Leute auf dem Deich hocken und Protestlieder singen? Keine Wühlmaus, sage ich!

Also nimmt man das in Kauf, dass die Polizei recht schnell da sein wird, sind ja nur wenige Hundert Meter von der B-Äcktschen zur A-Äcktschen. Die Polizei ist ja eher schwach, es sind nur zwölf Männer und Frauen, von denen drei hier nur während der Saison auf der Insel sind. Die können gar nicht alles gleichzeitig im Griff haben, außerdem sind nicht immer alle gleichzeitig im Dienst. Soll die Polizei doch kommen und am besten das Team Sitzblockade, so heißen die zwölf von der A-Äcktschen, wegtragen! Ob die das überhaupt schaffen, das ist mal dahingestellt. Am besten setzt man da die Dicksten und Schwersten hin, das würde ich ja vorschlagen, auf keinen Fall die kleinen Schlanken wie meine Frauke. Aber auf mich hört ja wieder mal kein Schwein.

Erst mal soll da eine Weile geredet werden, de-eskaliert heißt das. Das sollen die von der Polizei ja so machen, von wegen gleich zack-zack verhaftet und abtransportiert, nee, nee. Das bringt für die BI Zeit, Zeit für gute Bilder von der Äcktschen.

Gute Bilder sind nämlich die Hauptsache: Die Presse muss vor Ort sein, um Bilder und Interviews zu machen, und dann müssen die unbedingt berichten. Dafür muss man ja was bieten. Ohne Medienberichterstattung – was für ein Wort – bringt das nämlich alles nichts. Das wäre ja so, als hätte gar nichts stattgefunden! Einer soll sich also auf jeden Fall an den Ekke Knudsen vom Inselboten dranhängen und den ein wenig anfüttern, also neugierig machen. Natürlich könnte das zum Problem werden. Man muss ihm ja einen Hinweis auf die eigentlich viel wichtigere A-Äcktschen geben. Nicht dass der dann nur bei der B-Äcktschen rumhängt oder lieber ein Interview mit den blauen Quallen im Wattenmeer macht! Die Inselpolizei, wenn sie aufpasst, könnte auch mitkriegen, dass der Knudsen ganz woanders hingeht, und misstrauisch werden. Wenn der die B-Äcktschen links liegenlässt, dann riechen sie womöglich Lunte.

Egal, sagt Hanno, das Risiko muss man eingehen. Mit dieser Äcktschen kann man endlich mal die großen Medienorgane aufwecken, also vor allem Radio und Fernsehen, nicht zuletzt die wichtigen Nachrichtenmagazine, also den Spiegel und so. Na jetzt weiß ich es. Der Spiegel ist auch so eines von diesen Magazinen. So gesehen kann man natürlich damit werfen.

Das mit dem Knudsen und den Magazinen bringt Frauke noch auf eine andere Idee. Einige Leute von der Bürgerinitiative könnten doch selber Interviews mit den Inselbesuchern machen, was die von der Aktion und von der ganzen Entwicklung hier auf den Inseln halten. Man könnte auch Unterschriften sammeln, so wie die Leute, die für die Geburtsstation gekämpft haben. Das kommt dann auf Seite der Bürgerinitiative ins Internet, zusammen mit eigenen Fotos. Das geht nämlich durch keinen Filter. Der Inselbote bringt zwar bestimmt etwas, aber nur, wenn Ecke Knudsen auch Lust hat. Das weiß man bei dem nie so genau. Und dann soll jeder von den Demonstranten seine Kontakte im Internet informieren, feesbucken, zwitschern, wotts-eppen, instagremmen und wie das da heißt, damit die Anderen das sehen und gleich weiterverbreiten, mit anderen teilen, so heißt das. Dadurch kriegt man richtig Reichweite, Power, freut sich Hanno und will Frauke zum Dank – ha! – umarmen. Meine Frauke ist aber schlau und weicht schnell aus, sie muss neues Bier holen.

Dann wird noch beschlossen, dass alle Demoleute die gleichen T-Shirts anhaben sollen. Korporitt Eidentiti! Sagt Hanno. Das gibt uns ein Gesicht, Wiedererkennungswert! Sagt Hanno. Von dem Tag an wird man uns einfach nicht mehr übersehen. Sagt Gregor Börnsen, mein Tierarzt. Und dann machen wir noch richtig Äcktschen vor den tausend Immobilienbüros in Wyk, am besten auch noch an dem Tag. Man könnte an die Schaufenster über die Angebote Zettel kleben mit Mondpreisen oder Sprüchen wie „Sale! %%% Sale! %%% Alles muss raus! Nur heute: 90 % Rabatt". Oder sie kleben überall Protestplakate gegen den Ausverkauf unserer Insel mit Sprüchen wie „Hausverkauf = Inselmord!" oder „Je größer der Profit, desto schneller stirbt das Land!" oder „Spätestens wenn das letzte Grundstück in Investorenhand ist, werdet ihr hier nicht mehr zuhause sein!" oder so.

Die Projektheinis sollen nicht zur Ruhe kommen! Sagt Fraukes Freundin, die Gila Landring. Hanno grummelt nur zustimmend. Schon ärgerlich, wenn auch andere mal gute Ideen haben. Aber was der Mond damit zu tun hat, verstehe ich nicht. Da kann man doch nichts kaufen, der ist doch weit weg, oben am Himmel!

Alles toll – aber es ist natürlich noch nichts da. Und dann geht's los:

„Frauke, mach doch mal einen Entwurf für den T-Shirt-Aufdruck und am besten auch gleich für den Flyer und die Überklebezettel für die Immobilienbüros und die Plakate kannst du gleich mitgestalten, im gleichen Korproritt Diesein, ist doch alles ein Aufwasch!"

„Da könntest du auch gleich einen Kurztext für das Feesbucken und Zwitschern und Wotts-eppen entwerfen!"

„Wer denn sonst, Frauke, du bist doch so gut mit dem Computer! Frauke, bis ich das kann, ist die Äcktschen lange vorbei!"

„Ja, und das Protokoll sollte diesmal etwas schneller verteilt werden. Übrigens ist meine Mail von neulich an dich wieder zurückgekommen, stimmt noch alles bei dir, Frauke?"

„Vergiss nicht, Frauke, dass da bestimmte Sachen nur in der vertraulichen Version für den kleinen Kreis drinstehen dürfen!"

Und meine treue Frauke? Natürlich kann sie schon wieder nicht Nein sagen. Am besten näht sie die Hemden für die Eidentiti noch selber. Und ich kann mir heute Abend wieder ihre Selbstgespräche anhören, wenn sie wie üblich schief und krumm vor dem Bildschirm sitzt und macht. Wenigstens opfern sich drei andere, die die Transparente malen wollen. In zwei Wochen soll das soweit sein. Na dann.

Also ich bin ja auch nicht für dieses neue Dorf. Die ganze Ruhe am Deich geht kaputt. Die schöne Landschaft wird auch zerstört, wenn die da womöglich so hässliche Riesenklötze hinsetzen wie auf Sylt! Wenn das Dorf wenigstens für die Einheimischen wäre, zu günstigen Preisen, dass die hier auch einigermaßen preiswert leben können. Aber an den jungen Leuten von der Insel kann man ja nicht genug verdienen, zu wenig Profit!

Nach der Besprechung bleiben der Hanno und der Gregor noch da. Was wollen die noch hier? Erst Frauke mit Arbeit vollpacken und dann ihr die Zeit stehlen? Nein, ein Wunder! Beide wollen sie ihr helfen! Obwohl ... ich glaube ja eher, dass sie sich bei Frauke lieb Kind machen wollen, beide haben es doch auf sie abgesehen.

Da muss man, also ich, gleich was gegen machen. Als der Hanno beim Abräumen mit einem Kasten voller leerer Bierflaschen vorbeikommt, muss ich ganz zufällig schnell vor seinen Füßen vorbei. Was kann ich dafür, dass der nicht aufpasst, wo er seine großen Latschen hinsetzt! Jedenfalls scheppert es ordentlich, als er mitsamt Kasten hinsegelt. Der grässliche Fluch gegen mich und überhaupt alle elenden Katzenviecher ist nicht von Pappe. Pah, mich ficht das nicht an. Und außerdem ist das ein übler, übler Fehler. Denn gleich fällt Frauke über ihn her, dass er ihre Tiere in Ruhe lassen und lieber besser aufpassen soll, wo er seine Füße hinsetzt! Ein dicker, fetter Minuspunkt, Kamerad!

Und damit zieht er auch schon ab, der Hanno. Das ist zu viel für ihn. Bleibt der Gregor. Aber wenn ich jetzt gleich noch einmal in Erscheinung trete, fällt das auf. Hmm ... Idee! Ich teste meine neue Freundschaft mit dem Franz! Der Franz ist erst etwas bedenklich, womöglich kriegt er eine Spritze oder so etwas. Aber mein Appell an die Bergretterseele ohne Furcht und Tadel verhallt nicht ungehört. So fängt der Franz auf einmal schrecklich an zu winseln und rollt sich auf dem Boden, als ob er ordentlich Schmerzen hätte. Könnte ja sein, wer weiß das schon?

Frauke ist gleich ganz aufgeregt. Mit Hunden kennt sie sich zwar aus, aber so etwas hat sie noch nicht erlebt. Und dann ist das ja auch nicht ihr Hund, was soll der Bernd sagen, wenn der Franz hier sterbenskrank wird? Vielleicht, weil er was Falsches zu fressen gekriegt hat, von den vielen Leuten hier auf dem Hof, die dem armen, armen, hungrigen Franz gern etwas zustecken! Ja, das nützt nun alles nichts, zufällig ist ja ein Tierarzt da. Der Gregor muss den Franz also untersuchen, aber natürlich findet der nichts. Ich höre ihn so was von Schlawiner und Hypoko... Hypnoko... Hypochonder murmeln, denn auf einmal geht es dem Franz wieder ganz gut und er tollt fröhlich bellend auf dem Hof herum. Trotz seiner Größe und scheinbaren Schwerfälligkeit ist der Franz nämlich recht beweglich, man glaubt es kaum.

Weil es nun leider schon spät ist, muss der Gregor dann auch mal los, Frauke hat nämlich noch viel zu tun heute Abend. Helfen kann er ihr nicht, das macht sie nur nervös, wenn da am Computer einer neben ihr sitzt und in ihre Arbeit reinredet. Nee, so etwas geht nicht, wer mag das schon! Das sieht der Gregor dann auch ein. Wenigstens bekommt er von Frauke einen Abschiedskuss auf die Wange, das muss ihm erst mal reichen. Der Hanno hat jedenfalls keinen gekriegt. Da freut sich der Gregor drüber, das sehe ich genau. Frauke ist das vermutlich nicht klar. Menschen muss man immer richtig mit der Nase mitten hineinstoßen, von allein kommen die nicht mal auf das Naheliegendste!

Der Abend ist dann doch noch ganz gemütlich. Frauke holt den Laptop in die Küche und setzt sich an die Arbeit. Der Franz schnarcht satt und friedlich unter dem Tisch, ich sitze auf Fraukes Schoß, schnurre ein wenig zur Motivation und gucke, was sie so schreibt. Das mag sie gern. Nur die alte Küchenuhr tickt und Frauke klappert mit den Tasten. Warum kann das nicht immer so sein ...

Ein richtiges Arbeitszimmer hat Frauke ja nicht mehr, das ist alles umgebaut. Das alte Arbeitszimmer ist jetzt Teil eines kleinen Appartements mit zwei Zimmern, Küche und Bad. Da wohnt jetzt einer von den neuen Gästen drin. Inzwischen sind alle Appartements belegt. In dem kleinsten wohnt ein einzelner Mann, der hier auf der Insel während der Saison arbeitet. Sein Chef hat das im Voraus bezahlt, sehr praktisch. Tagsüber ist der immer weg. In den beiden größeren Appartements wohnen jetzt für zwei Wochen zwei Pärchen, ein jüngeres und ein älteres. Danach kommen dann andere Leute, wer, weiß ich noch nicht.

Auch das junge Pärchen ist immer unterwegs. Das Wetter ist ja schön. Meistens sind sie am Strand oder mit dem Fahrrad unterwegs, oder zum Shoppen in Wyk, oder im Ual Skinne und anderswo zum Essen. Die Frau von dem älteren Pärchen sehe ich oft schon am frühen Vormittag schwer bepackt zum Strand marschieren, Sonnenschirm, Decke, Kissen, Fressbeutel, Bücher, alles dabei. Manchmal fährt sie auch alleine mit dem Auto oder dem Elektrofahrrad weg. Ihr Mann sitzt die meiste Zeit nur in der Ferienwohnung herum, auf dem kleinen Balkon oder drinnen, und tippt auf seinem Computer herum. Zum Strand darf der mit seinem dicken Verband um den Fuß wohl nicht, und zum Shoppen will er schon gar nicht, mit seinen Krücken. Und wenn er sich doch mal aufmacht, dann hört man ihn gern mal jammern, die Memme!

Alles in allem sind es angenehme Gäste, man sieht und hört sie kaum. Nur beim Frühstück sitzen sie manchmal alle zusammen in der großen Küche. Frauke macht nämlich immer ein schönes Frühstücksbuffet für die Gäste, wenn die zu faul sind, sich selber was zu machen und das Frühstück mitbuchen. Natürlich bezahlen die das. Das Buffet finde ich richtig gut, da kann man nämlich, wenn niemand hinschaut, mal ein Stück Käse oder Wurst stibitzen.

Irgendwann habe ich keine Lust mehr auf den Bürgerinitiativkram. Außerdem muss ich jetzt meine abendliche Runde machen, es wird dunkel. Die zuverlässige Mizzi hat Nachtschicht auf dem Deich. Die Nachtschicht von 22.00 Uhr bis 6.00 Uhr am nächsten Morgen ist ihre bevorzugte Einsatzzeit. Ich mag ja lieber die Mittelschicht von 14.00 Uhr bis 22.00 Uhr. Ich frage mich gelegentlich, ob die liebe Mizzi nicht einen esoterischen Hang hat und ob wohl auch bei Vollmond ... Da komme ich sicher noch mal drauf zurück. Hauptsache, die Mizzi vernachlässigt nicht ihre Pflichten. „Föhr Nutz" erwartet stets höchste Disziplin!

Jetzt will ich aber erst mal sehen, ob unsere Kühe und Ziegen wieder im Stall sind und was der Egon heute noch auf Lager hat!

TAG 2, NACHMITTAG

Der Franz macht einen Stich bei den Schafen

Am Nachmittag – Dienstbeginn 14.00 Uhr! – und einem bis dahin eher langweiligen Tag nehme ich den Franz zum Dienst mit auf den Deich, zum ersten Mal. Ich bin da ja schon etwas bedenklich, denn Hunde sollen nicht allein auf den Deichen herumlaufen – außer natürlich, wenn das amtlich bestellte Deichhunde sind, aber die gibt es bei uns ja nicht. Natürlich ist der Franz keine Gefahr für die Schafe. Er ist ja schließlich ausgebildeter Bergretter, also höchst konzentriert und diszipliniert.

Wir dürfen nur nicht erwischt werden. Wenn ihn jemand von den Menschen erkennt, kriegt Frauke vielleicht Schwierigkeiten, das wollen wir doch gern vermeiden. Außerdem muss ich jeden Eindruck vermeiden, als würde ich einen Hund für den Deichschutz anlernen! So etwas sehen die Statuten von „Föhr Nutz" nicht vor. Falls eine von den frechen Möwen petzt, und das ist denen absolut zuzutrauen, und den pampigen Gänsen erst recht, muss ich mich womöglich alsbald vor der DAK, der Deichkatzenaufsichtskommission, verantworten. Habe ich da Lust drauf? Nein, natürlich habe ich keine Lust darauf, mich vor den humorlosen im Dienst ergrauten Amtskatzen rechtfertigen zu müssen.

Es läuft aber alles ganz gut. Der Franz kann sich sogar selber das Tor zum abgezäunten Deichgelände aufmachen und muss nicht wie andere Tiere unten herum durch das Wasser laufen. Die Schafe sind erst mal nicht so erfreut. Mit Hunden haben die überhaupt keine gute Erfahrung. Immer wieder lassen Menschen ihre Hundeviecher da frei herumlaufen, und die machen sich dann einen Spaß daraus, die Schafe zu jagen. So ein Tier muss ja seinen Instinkten folgen dürfen, lamentieren die Menschen dann, wenn sie erwischt werden. Aber das nützt ihnen nichts. Die Strafe wird gezahlt, da gibt es keine Ausnahmen. Ich sage ja: Im Wiederholungsfall Inselverbot! Aber auf mich hört ja keiner.

Ich habe Angela am Tag vorher schon mal vorgewarnt, ich werde doch nichts dem Zufall überlassen! Unser liebes Utersumer

Chefdeichschaf hat den anderen Schafen also erzählt, dass sie einen besonderen Besuch bekommen werden. Trotzdem trauen die sich erst einmal nicht heran, denn der Franz ist bedenklich groß, bald doppelt so groß wie so ein normales Schaf. Aber schließlich stehen sie alle um uns herum, und siehe da, der Franz ist auf einmal der Star! Die Schafe staunen alle nur so, was der von dem fernen Land mit den gewaltigen Bergen erzählt, die hundertmal so hoch wie der Deich sind und wo nur extrem begabte Huftiere wie die Gemsen überhaupt herumklettern können! Und wie er im Schnee am gefährlichen steilen Hang den Menschen das Leben rettet, die sich mal wieder völlig unnötigerweise selbst in Gefahr gebracht haben! Und was für ein Zaubermittel sein Fässchen enthält!

Dann lässt er die Schafe auch mal an dem Fässchen riechen, aber hier erweisen sie sich doch als vernünftige Tiere. Keines mag mal davon kosten, obwohl der Franz das allen gerne anbietet. Nur einen winzigen Schluck, das wirkt förmlich Wunder! Mir hat er ja vorgestern so einen Schluck angedreht, man, also katz, ist ja aufgeschlossen gegenüber Neuem. Aber den ekligen Geschmack habe ich immer noch auf der Zunge, der Rachen brennt noch nach, und von der gestörten Verdauung wollen wir mal lieber nicht reden. Ich kapiere nicht, wie man so etwas mögen kann, aber der Franz schwört darauf. Na ja, soll er halt. Aber ohne mich. Und ohne die Schafe. Nachher halten sie sich noch für Seehunde und fallen beduselt ins Wasser, was soll der Schäfer denken! Und wenn das rauskommt, dass das der Franz mit dem Fässchen war, dann kriegt doch Frauke die Schwierigkeiten. Das sieht der Franz schließlich ein. Soviel wollte er ja von seinem Fässchen auch nicht spendieren, man weiß ja nie, ob nicht doch ein Notfall ... Ja, schon klar. Notfall. Hier auf dem Deich. Mann, mann, mann.

Na ja, irgendwann haben die Schafe alles erfahren, was für sie von Interesse ist. So widmen sie sich wieder dem, was sie sowieso den ganzen Tag tun, nämlich nichts außer Gras fressen und rumliegen und rumliegen und Gras fressen. Zum Spaß machen wir aber noch einen kleinen Blökalarm, damit der Franz mal sieht, wie das hier so läuft. Da will er sofort mitmachen – als Saison-

Deichhund! Dann hätte er doch noch was Sinnvolles zu tun! Und auch, wenn er keine Mäuse frisst, könnte er die doch mit seinem Gewicht zermatschen. Oder bellen, bis ich dann komme. Ja klar, und die Deichnager merken nix davon. Mich schüttelt es, aber das kommt ja hier auf Föhr sowieso nicht in Frage, siehe oben.

Die Stunden vergehen. Schließlich dämmert es, was den Franz wundert. So spät? Ja, hier im Norden sind die Tage im Sommer nun mal viel länger als im Süden, wo der Franz herkommt. So bewundern wir gemeinsam mit den Schafen und unzähligen Menschen auf dem Nachbarabschnitt beim Utersumer Haus des Gastes den Sonnenuntergang bei Ebbe. Das ist besonders eindrucksvoll, weil sich die Sonne vielfach im Watt und den Prilen spiegelt, bis sie dann endlich hinter Sylt im Meer versinkt. Manche von den komischen Menschen klatschen sogar. Menschen!

22.00 Uhr: Schichtende, ab nach Hause, Abendbrot! Ich muss allerdings dem Franz versprechen, gleich heute in der Nacht noch einmal auf den Deich zu gehen. Heute ist Neumond. Das will der Franz erleben, wenn es ganz dunkel ist und nur die Leuchttürme ihr Licht über die Inseln und das Watt und das Meer senden. Später mal natürlich auch den Vollmond, wenn sich silberner Mondenschein über die wunderbare Natur des Wattenmeeres ergießt ... ach ich schwärme. Ähemm. Peinlich. Hoffentlich hat es keiner gemerkt. Schließlich bin ich ein Deichleistungskater und kein esoterischer Wattschwärmer.

Wattschwärmer, das muss ich eben noch erklären. Die gibt es nämlich wirklich. Das sind Katzen, die bei Ebbe in der Nacht auf das Watt laufen und geheimnisvolle Wattwurmbeschwörungen veranstalten. Damit sollen Sturmfluten verhindert werden. Dass ich nicht lache, so ein Blödsinn! Aber die Wattschwärmer glauben fest daran und sind völlig unbelehrbar. Ich habe mal gegenüber der Mizzi eine Bemerkung über diese eigenartigen, vernunftfreien Riten gemacht. Da hat sie aber gleich die Krallen ausgefahren! Man könnte verzweifeln. Statt dem Leben gerade ins Auge zu schauen und uns Deichkatzen bei unserem schweren Dienst zu unterstützen, verschwenden diese Katzen ihre Energie auf so einen Miezipitz.

TAG 3, NACHT UND MORGENDÄMMERUNG

Ein Toter am Teich

Gegen Mitternacht raschelt der Franz im Stroh herum – wir haben uns abends in den Stall begeben, nicht dass Frauke den Franz womöglich in der Wohnung einschließt – und will los. Raus will er, auf den Deich, jetzt sofort. Oh Mann, eigentlich habe ich jetzt dienstfrei, erst eineinhalb Stunden geruht und keine Lust! Aber versprochen ist versprochen. Also ziehen wir los, an dem neuen Stellplatz für Wohnmobile vorbei. Frauke hat dem Betreiber dafür etwas Land überlassen und kriegt von ihm eine kleine Gewinnbeteiligung. Kann sie gut brauchen.

Ein Hund, der an einem Wohnmobil angebunden ist, bellt. Soll er. Der ist nur neidisch, dass wir hier frei herumlaufen können und er nicht.

Es ist wirklich eine ganz wundervolle ruhige Nacht. Ich will hier ja nicht schwärmen. Fahren Sie doch selber nach Föhr! Jedenfalls gehen wir bis zum Ende meines Abschnitts und schauen immer wieder auf die See und die Leuchttürme. Unterwegs spähe ich natürlich nach Deichnagern. Ist nicht meine Schicht, aber wenn man schon mal da ist ... Aber die haben heute Nacht wohl auch wenig Lust, am Deich zu knabbern. Eigentlich komisch. Ist doch der ideale Zeitpunkt! Versteh die einer. Zurück nehmen wir dann die Straße. Die Büsche und Bäume am Straßenrand rauschen und knarzen leise im Nachtwind.

Da! Von weitem schon höre ich einen Radau am ersten Teich. Enten. Was ist da los, was haben die? Um die Zeit schlafen die eigentlich. Wer treibt sich da herum, ein Fuchs vielleicht? Vor Füchsen habe ich Respekt, auch wenn „Föhr Wild" vor Zeiten schon eine feierliche Erklärung abgegeben hat, dass den Deichkatzen durch Wildtiere niemals ein Schaden zugefügt werden darf. Für Enten gilt das natürlich nicht, so ist das halt. Die Füchse helfen uns Deichkatzen sogar gelegentlich, weil neben den Enten auch die Deichnager auf ihrer Speisekarte stehen. Trotzdem. Ich will mit denen nichts zu tun haben. Dass der große, starke Franz an meiner Seite ist, beruhigt. Der will natürlich auch wissen, was da los ist!

Hinter dem Deich liegen mehrere Teiche. Am ersten der Reihe, von Utersum aus gesehen, schnattern die Enten aufgeregt vor sich hin. Ich verstehe erste Worte, so wie Ruhestörung und Unverschämtheit und Teichverschmutzung und überhaupt.

Endlich sind wir da, und was sehe ich? Am Ufer liegt, wegen der Dunkelheit nur schemenhaft zu erkennen, ein längliches Bündel. Bei näherer Betrachtung sehen wir: Ein Mensch liegt da am Ufer, die Beine an Land, Oberkörper und Kopf im Wasser. Er rührt sich nicht. Was soll das? Übung im Luftanhalten?

Drängelt sich da doch der Franz an mir vorbei! Sein Job ist das, klarer Fall, knurrt er. Die drei Enten, die den Körper neugierig beäugen und schimpfen, dass die Schwanzfedern flattern, kriegen einen gewaltigen Schreck, als der große, dicke Franz auf einmal aus dem Dunkel auftaucht. Hui, wie schnell die raus aufs Wasser des Teichs fliegen können! Aus sicherer Entfernung schimpfen sie weiter.

Das Geheimnis der Bergretterei (?)

Ich beachte sie aber nicht, denn was macht der Franz denn da? An den Hosenbeinen hat er entschlossen den Menschen aus dem Wasser gezerrt und ihn dann umgedreht. Der liegt jetzt auf dem Rücken, wohl ein Mann. Kenne ich den? Aber es ist so dunkel, und außerdem macht sich der Franz an seinem Kopf zu schaffen. Maul-zu-Mund-Beatmung? Ist das das Geheimnis erfolgreicher Bergretterei?

Aber nein. Der Franz öffnet mit gekonnter Pfote sein Fässchen und Gluck! Gluck! Gluck! lässt er den Inhalt in den halb geöffneten Mund des Mannes laufen. Ich springe derweil dem Mann auf den Brustkorb, damit er das Wasser aus der Lunge kriegt, und gleich noch etwas Herzdruckmassage. Das hilft doch wohl eher als dem Ertrunkenen noch mehr Flüssigkeit einzuflößen! Das sage ich auch dem Franz. Aber der meint, das hätte eigentlich immer geholfen. Außerdem – wer sei denn hier der Retter? Oder wie vielen Menschen hätte ich denn schon das Leben gerettet? Da muss ich passen. Oder vielleicht habe ich Frauke mal das Leben gerettet, als sie so furchtbar allein und traurig war. Schnurrenergie, sage ich nur. Aber das ist ja schlecht nachweisbar. Und eigentlich weiß ich auch, Frauke würde sich doch nie etwas antun. Davon sage ich dem Franz lieber nichts. Erstens hat er gerade mit seiner Retterei zu tun. Und zweitens habe ich auch keine Lust auf all die Fragen, die er dann garantiert noch hinterherschießt. Und die Fragen der anderen Tiere, wenn der geschwätzige Franz denen das erstmal erzählt hat. Und das tut er, garantiert. Ruckzuck ist das auf der ganzen Insel rum, also jedenfalls in der Tierwelt.

Nee, das geht nur Frauke und mich was an. Ich bin schließlich ihr Bester, wie sie oft sagt, wenn wir alleine sind. Nur die unhygienische Küsserei auf den Kopf, die finde ich nicht so sonderlich angenehm, auch wenn Frauke das macht. Ich muss mich danach immer lange putzen, wer hat da schon Lust drauf.

Inzwischen ist das Fässchen wohl leer, es gluckert nicht mehr. Meine Brustspringaktion hat auch nichts genützt. Der Mann regt sich einfach nicht. Er ist wohl tot. Rätselhaft. Man legt sich doch nicht halb in den Tümpel und ertrinkt mal so eben! Oder hatte er einen Anfall und ist unglücklich in den Teich gefallen?

Endlich sieht der Franz ein, dass er nichts machen kann, und lässt von ihm ab. So kann ich ihn erkennen. Es ist der Bürgermeister von Dunsum, der Jens, Jens Iversen, das politische Talent der Insel! Ich verstehe das nicht. Der Jens war doch immer supergesund und superfit, der machte sogar bei dem Drei-Insel-Spektakel mit – Schwimmen von Amrum nach Föhr, bis das Wasser kocht, Radfahren auf Föhr, bis sich die Beine krummbiegen, mit Motorbooten nach Sylt düsen und da dann noch rennen, bis die Lunge platzt. Das ist jetzt hier ganz neue Mode. Jedenfalls hat der Jens da beim ersten Mal schon mitgemacht und war trotz seines Alters der Beste von ganz Föhr. Das stand dick und breit im

Inselkurier. Natürlich hat er das danach immer wieder mal raushängen lassen, zum großen Ärger seines Bruders und Intimfeindes Hanno. Hanno ist gut mit dem Mundwerk und beim Planen von Äcktschen, aber schlecht in Sport.

Der Franz gibt jetzt tatsächlich zu, dass er das mit dem Fässchen wohl etwas voreilig gemacht hat. Da war nämlich noch was, das hat er in der Aufregung aber nicht beachtet. Ja, was denn? Dem Franz muss man wirklich alles aus der großen Hundenase ziehen, mann! Der Geruch, sagt der Franz. Der Geruch, ja Was für ein Geruch? Blut, sagt der Franz. Ich rieche freilich nichts, aber die Nase vom Franz ist auch viel feiner als meine. So ist das halt bei den Hunden. Dafür können wir Katzen aber viel besser sehen. Nur sehe ich nichts. Blut ... Der Franz schnüffelt am Kopf. Eindeutig hier, meint er, und ehe ich was sagen kann, hat er den Toten umgedreht. Ich gehe nah heran und sehe es: Eine große Wunde am Hinterkopf!

Die kann sich der Jens sich nicht selbst zugefügt haben. Und hier am Ufer ist überhaupt nichts Hartes, wo er hätte drauffallen und sich so verletzen können, kein Stein, keine Baumwurzel, nichts! Also: Mord. Die einzige Erklärung. Mord in Utersum!

Soll man das etwa den Menschen überlassen? Nein!

Das wird einen Aufruhr geben, einen Aufruhr ... ist das gut? Nein, natürlich nicht. Der Jens ist umgebracht worden. Und was heißt das? Hanno, egal ob das der eigene Bruder ist oder nicht, und die anderen von der Bürgerinitiative kommen doch gleich als erste in Verdacht! Die haben den Jens doch so bekämpft. Und Frauke ist auch in der Bürgerinitiative. Und sie wohnt am nächsten zum Teich. Und der Jens hat ihr nachgestellt – könnte man sagen, weil er ja so oft da war. Und ganz früher war das auch schon so. Das hat Frauke mal der Gila erzählt, als sie über die guten alten Zeiten in der Clique der Oterbankis – so haben die sich genannt – geredet haben. Frauke hat zwar ein paar Mal mit ihm geknutscht, aber eigentlich wollte sie ihn nicht. Die war ja damals immer nur in Hanno verknallt.

Jetzt hat, nein hatte, der Jens sie wieder bedrängt, wegen Liebe oder wegen dem Land für das Dorf oder wegen was weiß ich. Das weiß ich leider nicht so genau, ich war ja nicht immer dabei, wenn der Jens da war. Vielleicht redet Frauke mal mit uns darüber, oder wenigstens mit ihrer Freundin Gila. Ist das eigentlich ein Mordmotiv, wenn man von jemandem ständig belästigt und bedrängt wird?

Was hat Frauke eigentlich heute Abend gemacht? Ich war ja nicht da! Gibt es andere, die ihr ein Alibi geben können? Nein, nein, nein, das ist gar nicht gut!

Das sage ich auch dem Franz. Der Schnellmerker kapiert das sofort. Noch besser: Er meint, wir, wir Tiere sollten das besser schnell selbst aufklären. Die Menschen, also die von der Polizei, stellen sich doch bei so was eher dämlich an. Sie haben ganz schnell einen Verdächtigen oder vielleicht eine Verdächtige – Frauke!? Und dann wird der oder die ordentlich unter Druck gesetzt. Das weiß ich aus dem Fernsehen. Meistens war es zwar jemand anders, aber egal. Ich will nicht, dass die Polizei meine arme Frauke durch die Mangel dreht.

Natürlich war Frauke das nicht, niemals nie würde die so was tun. Da kommt schon eher Hanno in Frage. Aber den eigenen Bruder totschlagen, bringt der das wirklich zuwege? Immerhin, hassen tut ... nein gehasst hat er ihn schon lange. Das weiß jeder. Hanno ist bestimmt sofort der Hauptverdächtige.

Tja, egal wer das war ... die Sache selbst aufzuklären wäre wohl gut. Ich habe so was aber noch nie gemacht, ich kenne so was ja nur aus dem Fernsehen, wo auch nur Menschen das machen und nicht Tiere. Und der Franz, kennt der das besser? Nee, natürlich auch nicht. Noch so ein Theoretiker. Mist. Trotzdem, so schlecht ist ja Fernsehwissen auch nicht. Da ist erstmal der Tatort. Da muss es Spuren geben. Die dürfen wir nicht zerstören. Nochmal Mist. Natürlich ist der Franz da herumgetrampelt, hat den Toten aus dem Wasser gezogen, ihn noch umgedreht ... dabei hat er garantiert wertvolle Spuren im Ufersand zerstört. Ja da gibt es einen echten kleinen Sandstrand am Teich, da kann man Menschenspuren gut erkennen. Sage ich dem Franz. Sieht er auch knurrend ein. Nun aber ist das zu spät.

Der Franz selbst hat aber am Ufer schon dermaßen viele Spuren erzeugt, dass mir fast schlecht wird. Wenn die Menschen das genau untersuchen, dann finden sie natürlich seine Hundetapfen überall im Sand. Na gut, warum auch nicht, Hunde laufen ja viele da rum. Aber der Franz hat den Toten auch noch aus dem Wasser gezerrt, hoffentlich sieht man das an der Kleidung nicht. Aber vielleicht doch. Der Sabber, das finden die. Und dann noch der ganze Branntwein! Eine wahrhaft dumme Idee vom Franz! Da kommt doch die Inselpolizei sofort drauf, dass der nur von einem kommen kann. Und von diesem einen, vom Franz, klar, führt die Spur direkt zu Frauke. Man wird sagen, sie und der Franz haben den Mann auf dem Gewissen! Und man wird sie verhaften. Und dann ist es aus mit unserem schönen Leben auf dem Hof! Und ich verliere womöglich noch mein Deichkatzenamt! Wir Deichkatzen müssen ja in gänzlich untadeligen Verhältnissen leben, das sagen die Vereinsstatuten.

Hoffentlich hat Frauke doch ein Alibi, vielleicht hat sie ja telefoniert oder sie ist doch noch weggefahren oder der Tierarzt war mal wieder „ganz überraschend" da. Wenigstens dieses eine Mal würde ich ja drüber hinwegsehen. Jetzt kann ich nur hoffen und beten. Möwenschiet und Schafsbockmist! Was machen wir jetzt?

Eigentlich gibt das nur eine Lösung – wir müssen den Mordfall selber aufklären, und zwar schnellstens. Das sage ich dem Franz, der jetzt allmählich kapiert, dass das nicht so gut war mit seiner Rettungsaktion. Gut gemeint ist halt nicht gut gemacht, so ist das hier bei uns! Mit Mühe kann ich mir die Bemerkung verkneifen, dass die viele Anstrengung in der Höhenluft wohl die Hundehirnfunktionen eingeschränkt haben muss. Oder es ist unsere gute klare Nordseeluft, die den Franz schwindelig gemacht hat. Geht ja vielen so.

Denk, Tom, denk! Denk, denk, denk! Erstmal lassen wir hier alle Spuren verschwinden, die auf uns hindeuten könnten. Und dann müssen wir die Mordsache sowieso selbst in die Pfote nehmen, weil die Inselpolizei ja keine Spuren finden kann. So schwer kann das ja nicht sein, das weiß ich aus dem Fernsehen, wenn ich beim Tatort immer am Sonntagabend auf Fraukes Schoß sitze. Jeder Fall wird zuverlässig aufgeklärt. Und die Menschen im Fernsehen haben noch nicht mal die Möglichkeiten wie wir, sie können ja nicht richtig mit uns Tieren reden. 100 Mäuse oder von mir aus auch Enten könnten hier Zeugen gewesen sein, das würde den Menschen gar nichts nützen.

Zeugenbefragung (1)

Enten. Zeugen. Na klar! Damit fangen wir an. Was haben die drei Enten gesehen? Das mit den Enten ist freilich ein ganz eigenes Kapitel. Die Diskussion mit diesem Geflügel liegt mir nicht so, die Viecher machen mich ganz fusselig. Wie sie so durcheinanderschnattern! Nee, nix gesehen, oder doch, was war denn das da, war das ein Auto oder ein Trecker, nee, kein Trecker, aber was für ein Auto, nee, keine Ahnung, seit wann bestimmen wir im Dunkeln Autos, Diesel oder Benzin, also nee, auf so was achten wir ja wirklich nicht, oder hat das doch nach Diesel gestunken, kann ja sein, aber genau weiß man das nicht mehr, so ein Entetag ist ja lang und man hat so viel Eindrücke, und ja, war denn da noch ein Mensch, kann sein, oder doch nicht, hast du noch einen gesehen, kann wohl sein, oder vielleicht zwei, kann wohl sein, oder zehn!!!, kann wohl sein, also sind wir hier auf der Polizei oder was, schnatter schnatter schnatter schnatter schnatter! Arrghh!

Der Franz löst mich ab, bevor ich den blöden Enten an die langen Gurgeln gehen kann, egal ob die im Wasser schwimmen oder nicht. Ich kann auch schwimmen, wenn es sein muss, und zwar sehr gut und sehr schnell. Gehört zur Deichkatzenausbildung.

Mit seinem südländisch-gebremsten Bergrettertemperament ist der Franz womöglich geduldiger als ich. Sehe ich und sehe ich ja ein. Wenn man aus Enten etwas herauskriegen will, muss man da anders rangehen. Sagt mir der Franz. Später. Woher weiß der das eigentlich? Gibt es Bergenten? Oder eine Fernsehkrimiserie mit

Enten, die ich nicht kenne? Nun ja, lassen wir das auf sich beruhen.

Resultat, nach geduldiger Kleinarbeit vom Franz: Da war nur einer, also außer dem Toten. Der hat neben dem Toten, dem Jens, gestanden, als der schon so halb im Wasser lag, Mehr haben die nicht gesehen, weil die da nämlich gerade erst angekommen sind, als die beiden Männer da schon waren. Und dann ist der eine weggegangen, und dann haben die ein Auto gehört. Ob das auch eine Frau gewesen sein könnte, fragt der Franz. Gute Frage. Wissen die Enten aber nicht. Nö, da haben wir nicht drauf geachtet, ist doch nicht wichtig, meinen die. Außer die haben Brot für uns Enten dabei. Dann sind das aber meistens Kinder oder alte Leute. Also da hatte jetzt keiner Brot dabei, also waren das auch keine Kinder oder alten Leute. Entenlogik! Hmmpf. Soweit zum Thema Zeugenaussage.

Der Franz schnuppert noch einmal gründlich überall herum, Spuren hin oder her. Jetzt ist das auch egal. Blöd ist nur, dass da eine ganze Menge Geruchsspuren sind, ganz schwach alle nur noch. Tagsüber sind da öfter Leute, manchmal spielen sogar Kinder am Teich, so wie Frauke und ihre Freunde ganz früher. Trotzdem: Vielleicht, nein, ganz bestimmt ist der Geruch von dem anderen Mann dabei! Sollte der dem Franz je begegnen, würde er das erkennen. Sehr gut, sehr gut! Da müssen wir vielleicht nur warten, bis der Kerl zufällig mal beim Franz vorbeikommt. Dann haben wir ihn! Ach nee. Das gilt ja auch für die anderen Menschen. Dann haben wir eben mehrere. Aber das ist immer noch besser als gar nichts.

Von Frauke kann der Franz nichts riechen, die war wohl schon so lange nicht mehr hier, dass auch nicht ein Duftmolekül von ihr hier geblieben ist. Wenigstens etwas.

Ich schaue mich ebenfalls um. Mit meinen guten Augen finde ich vielleicht die Mordwaffe. Falls der Täter sie hier weggeworfen hat. Aber so dämlich kann man ja eigentlich nicht sein, dass man die Mordwaffe mit den ganzen eigenen Spuren dran gleich neben dem Opfer liegenlässt. Aber ich finde nichts. Vielleicht liegt sie im Wasser, aber wie soll man die in dem schlammigen Teich und dann auch noch im Dunkeln finden? Auch wenn das unwahrscheinlich ist, dass sie dort liegt – ich werde doch morgen die Bisamratte bitten müssen, den Grund abzusuchen. So groß ist der Teich ja auch wieder nicht. Aber die Menschen machen das wahrscheinlich sowieso.

So, das nützt nun nichts, wir finden nichts weiter, und aus den Enten ist auch nichts Gescheites mehr herauszuholen. Was bleibt uns noch zu tun? Wir müssen noch mal zu Angela und ihrer Herde. Vielleicht hat ja eines der Schafe etwas Verdächtiges gesehen oder gehört! Also auf.

Leider wird schnell klar: Die Schafe waren, nachdem wir abends weitergegangen waren, gar nicht mehr an der Stelle, wo sie etwas hätten sehen können, sondern fast die ganze Zeit in der Nähe des Schöpfwerkes, etliche hundert Meter entfernt vom Teich. Autos haben sie freilich gehört, aber mehrere, hintereinander halt. Radfahrer waren da, auch im Dunkeln. Da laufen und fahren ja immer irgendwelche Leute lang, das beachten die Schafe einfach nicht. Das bringt also auch nichts. Angela ist ganz traurig, dass die Schafe nicht helfen können.

Und wo ist überhaupt die Mizzi, die heute Nacht Deichkatzendienst hat? Vor lauter Aufregung habe ich sie ganz vergessen. Aber sie hat sich auch überhaupt nicht blicken lassen. Komisch. Das gibt es doch gar nicht, dass sie so einen dramatischen Vorfall nicht bemerkt und nach dem Rechten sieht! Hoffentlich ist ihr nichts passiert! Aber sicher treibt sie sich am anderen Ende des Abschnitts herum und hat nichts von dem Geschehen hier bemerkt.

Fassen wir zusammen: Wir finden mitten in der Neumondnacht einen Toten an einem Teich hinter dem Deich bei Utersum. Es ist der Jens Iversen, der Bürgermeister, der doch so gern das neue Dorf durchgesetzt hätte. Nun kann er das nicht mehr. Irgendjemand hat ihn mit großer Sicherheit erschlagen. Die Mordwaffe haben wir nicht gefunden. Für den Mord kommen womöglich Leute von der Bürgerinitiative in Betracht, außer meiner Fraue natürlich. Die wollten den und seine wahnsinnigen Pläne stoppen, das weiß doch jeder, der Asmussen sowieso. Ein Super-Mordmotiv, das ist nicht gut! Niemand hat etwas gesehen, was auf eine solche Tat hindeutet, weder die drei Enten noch Angelas Schafe. Wir könnten noch versuchen, Möwen oder andere Vögel, vor allem Nachtvögel zu finden, die etwas gesehen haben könnten. Vielleicht hat die große Bisamratte, die hier wohnt, etwas gesehen. Die können wir noch bitten, den Teich abzusuchen. Da müssen wir morgen ran.

Den Toten offiziell zu finden überlassen wir mal lieber den Menschen. Wir könnten ja Frauke dahinzerren. Aber dann kommt sie womöglich erst recht in Verdacht, wenn man da noch Spuren von ihr findet. Das wollen wir ja mal gar nicht. Nein, sie darf da überhaupt nicht hin, das gilt es zu verhindern! Auf dem Hof werde ich noch, natürlich ganz, ganz unauffällig, die anderen Tiere befragen, ob sie über Fraukes Aufenthalt am Abend irgendetwas wissen. Dann hätten wir wenigstens ein Alibi. Fragt sich dann nur noch, wie wir das der Polizei klarmachen sollen. Die kapieren doch nichts, wenn man ihnen was sagt.

Morgen muss ich unbedingt nach Mizzi suchen. Dass sie sich nicht hat blicken lassen, ist rätselhaft, wenn auch nicht ganz ungewöhnlich. Manchmal werden wir Katzen von unachtsamen Menschen irgendwo eingesperrt und können nicht raus, also auch nicht zum Dienst erscheinen. Das ist natürlich die Standardausrede der Schlafmützigen und Pflichtvergessenen, und „Föhr Nutz" liebt das gar nicht. Aber weil man auch da die Menschen gut kennt, lässt man das in der Regel auf sich beruhen. Außer, das kommt öfter vor, dann wird kontrolliert.

Der Franz nimmt sicherheitshalber noch Geruchsspuren auf. Aber da sind dermaßen viele, da kann er erst einmal nichts zuordnen.

Nur zögernd verlassen wir den unheimlichen Ort. Aber die Diskussion geht weiter. Was wird wohl mit dem Toten passieren? Nicht dass der noch verschwindet. Sollten wir vielleicht doch zurücklaufen und da Wache halten? Wenn der Mörder nochmal dahinkäme, hätten wir ihn gleich. Mörder kommen ja immer zweimal zum Tatort, habe ich gehört. Die sind ja auch so blöd, diese Menschenmörder.

Vielleicht kommt der Täter ja wieder?

Dann habe ich die zündende Idee: Wir verstecken uns da in der Nähe und lauern! Wenn da einer – der Mörder – nochmal kommt und sich verdächtig benimmt, haben wir ihn. Fragt sich nur noch, was wir dann mit ihm machen sollen. Jedenfalls wüssten wir dann, wer das ist, und dann kann man weitersehen.

Und falls der Täter nicht kommt, dann müssen wir eben unsere Spuren verwischen. Da haben wir eben gar nicht dran gedacht! Das muss der Franz machen, der hat ja auch die meisten Spuren hinterlassen. Der springt am besten in den Teich und plantscht da in der Nähe des Toten ordentlich herum, so dass ganz viel Wasser über den Toten und den Sand am Ufer kommt. Dann sieht man wenigstens die Hundepfotenspuren nicht mehr. Außerdem verdünnt das den Rumgeruch. Vielleicht denken dann die Menschen, der Mann hätte vorher was getrunken oder sich mit dem Alkohol begossen oder ein anderer Mensch – der Mörder! – hätte das gemacht. Und wenn nicht, lass sie doch rätseln.

Das scheint mir eine vernünftige Lösung zu sein. Der Franz ist auch sofort mit von der Partie, da brauche ich gar nicht erst lange reden. Alles wird gut. Der Tote geht uns an den Schwanzspitzen vorbei, da brauchen wir auch nicht mehr Detektiv zu spielen. Entweder wir haben ihn gleich, oder die Menschen klären das selber auf. Das kann uns ja egal sein. Den selber zu schnappen wäre natürlich viel spannender. Auf jeden Fall will ich ... müssen wir wissen, wer das war. Womöglich doch einer von der Bürgerinitiative und damit einer aus Fraukes Bekanntschaft. Das wäre ja nicht so gut. Hoffentlich war das jemand anders!

Während ich so vor mich hin überlege, sind wir wieder am Teich. Im Wäldchen direkt am Ufer gibt es prima Verstecke für mich und den Franz.

Lange müssen wir nicht warten, es wird allmählich hell. Hier im Norden sind im Sommer die Nächte kurz. Und kaum wird das hell, kommen hier schon die ersten Menschen vorbeigelaufen oder auf ihren Fahrrädern vorbeigesaust. Die sind nicht zur Arbeit unterwegs, nein, die machen das einfach so! Statt den Schlaf zu genießen, müssen die sich unbedingt schon vor dem Frühstück quälen. Ich bin ja auch sportlich, aber wenn ich herumrenne, hat das mit meinem Beruf zu tun. Freiwillig da herumrennen, auf so eine Idee käme ich nicht, weder am Tag noch in der Nacht.

Wer wird wohl der erste sein ... es ist schließlich eine erste, und zwar eine junge Frau mit zwei mittelgroßen braunen Hunden, die da unterhalb des Deiches von Dunsum herkommt. Die Hunde haben die Leiche natürlich sofort entdeckt, lange vor ihr, und machen so einen Radau, dass sie schließlich von der Straße abbiegt und selbst den Toten sieht. Das ist der Moment für den Franz! Laut bellend – ein richtiges dumpfes Geräusch, dass man regelrecht Angst bekommen kann – springt er aus dem Gehölz und mitten in die Szene, springt um die Leiche herum, dann noch ins Wasser und spritzt da gewaltig herum. Perfekt! Die anderen Hunde trauen sich nicht an ihn heran, der Franz ist mindestens doppelt so groß wie die. Ihre Fragen beachtet er gar nicht und wie besprochen verschwindet er wieder im Wäldchen. Zum Glück sind die dummen Enten nicht mehr da, nicht dass die den Hunden noch etwas erzählen, was die missverstehen könnten.

Nun ist es wirklich an der Zeit, zu verschwinden! Wir laufen quer über die Kuhwiese zu unserem Hof zurück, das ist der schnellste Weg. Elvira lässt sich immer noch nicht blicken. Beim Zurückblicken sehe ich aber noch, wie die Frau aufgeregt in ihr Telefon hineinspricht. Sie ruft jetzt die Polizei an, ganz sicher.

In meinem Kopf rattert es förmlich. Von jetzt an werden wir nur noch wenig Zeit zur Muße haben. Neben dem Dienst am Deich steht die Aufklärung des Menschenmordfalls auf dem Plan. Frauke schützen, um jeden Preis! Dann ist da die Sitzung von „Föhr Nutz" (Erscheinen ist Pflicht) mit dem für uns Katzen besonders wichtigen Tagesordnungspunkt der Deichschichteinteilung für den Herbst. Und für die Aufführung muss ich auch noch proben.

Siedendheiß durchfährt es mich. Kühe, Ziegen und meine Wenigkeit haben für heute früh eine Probe angesetzt! Es muss so früh sein, damit es von den Menschen möglichst keiner sieht, schon gar nicht Frauke. Wir wollen sie ja mit einem aufführungsreifen Stück überraschen, so dass sie gar nicht anders kann als das bekannt zu machen und viele, viele Leute einzuladen, die für unseren Auftritt an Frauke ordentlich Geld bezahlen sollen. Der Franz ist auch eingeweiht, vor dem bleibt ja auf dem Hof nichts geheim. Eine Rolle haben wir für ihn aber noch nicht gefunden, außer dass er vielleicht Leute ins Bein beißen könnte, die unsere Aufführung ansehen, aber nicht zahlen wollen.

***

Und noch ein ... EXKURS

Training mit Kühen und Ziegen

Ich muss da ein wenig ausholen, ja, schon wieder, tut mir Leid. Ist aber alles wichtig. Wir Tiere auf dem Hof – also nicht der Franz, der ist ja nur Gast – haben nämlich beschlossen, dass wir Frauke noch mehr helfen müssen, Geld zu verdienen. Sie ist ja immer so knapp dran, es ist ein rechtes Elend. Als neulich unser altes Auto kaputt war und es erst hieß, das würde richtig teuer, hat sie sogar geweint. Sie braucht das Auto ja, und Geld hat sie kaum, alles hat sie für die Einrichtung der neuen Zimmer ausgegeben. Aber zum Glück hat Jean-Marie da eine Idee gehabt, das heißt er hat einfach den Mario gefragt, der weiß für fast alles eine Lösung. Und die war in diesem Fall ganz einfach. Mario hat im Ual Skinne nämlich einen neuen Kellner, einen jungen Mann. Der ist eigentlich Automechaniker, kann aber zuhause mit seinem Beruf nicht genug verdienen. Der hat sich also das Auto angesehen, Mario hat von irgendwo her, von einem Schrottplatz auf dem Festland, ein Teil besorgt. Der junge Mann hat das eingebaut, und gekostet hat das fast nichts.

Irgendwann mal kann Frauke sich ja revanchieren, hat er gesagt. Das war eine große Erleichterung! Aber uns Tiere hat es doch erschüttert. Das nächste Mal reicht vielleicht ein kleiner Freundschaftsdienst nicht aus. Wir haben also beschlossen, auch etwas zu tun. Nur was ... In so einem Fall wirft man die Ideen aus vielen Köpfen zusammen, mischt sie ordentlich, wringt sie aus und schaut, was dabei herauskommt – das klassische „Hirnsausen".
Zuerst dachten wir an ein Graslabyrinth, so wie das bekannte und vor allem bei den Gästekindern auf Föhr beliebte Maislabyrinth. Die Kühe würden auf der Wiese nur entlang bestimmter Linien fressen, bis überall darum herum das Gras hoch genug wäre, dass man darin verschwindet. Schöne Idee, allein, wie lange sollte das dauern? Und was, wenn dann die Menschen mit ihren Mähtreckern kämen, dann wäre monatelange Arbeit vergebens gewesen.

Bekannt ist ja die Sache mit dem Kuhfladenlotto. Eine Kuh geht auf einer Wiese herum, die in Quadrate eingeteilt ist, und die Menschen wetten darauf, auf welches Quadrat der erste Fladen fällt. Nur haben wir ja acht Kühe, sollen die Anderen immer nur zugucken?

Ein Kuhrennen mit Wetteinsätzen, kam die Idee. Wurde auch geübt. Aber erst fiel Erna aus. Unsere Dicke ist halt kurzatmig, kein Wunder bei dem Gras- und Heukonsum. Beim Training hat sich Gesa ein Bein verstaucht, da waren es nur noch sechs. Als dann in der Hitze noch Dora keuchend stehenblieb und sagte, ihr reicht es jetzt, beschlossen wir, das zu lassen. Zu anstrengend, zu riskant. Außerdem guckte kein Schwein.

Die Idee mit dem Kuhfußball blieb deshalb auch erst einmal unrealisiert.

Was Ruhigeres, bitte, wurde gefordert. Kuhschach, kam der Vorschlag. Die Wiese wird in Quadrate eingeteilt, die immer abwechselnd etwas mehr und etwas weniger heruntergefressen werden, bis man das Schachbrettmuster hat. Dann stellen sich die Kühe als Figuren auf, und die Ziegen spielen gegeneinander. Natürlich hat der Adju leise gemeckert, dass er ja nie gewinnen dürfte, weil er sonst Ärger mit dem General bekäme. Aber ausschlaggebend dafür, dass wir das nicht weiterverfolgt haben, war die zu geringe Zahl der Kühe. Schach mit je vier Figuren, das geht ja nun nicht. Außerdem sehen die Schwarzbunten alle irgendwie ähnlich aus, die Menschen würden beim Zuschauen schnell den Überblick verlieren. Frida, die schlaue, hatte die Idee, Schafe dazuzuholen. Dann hätte man doch genug Spielfiguren! Sehr gut, Frida! Die Schafe wären auch bereit gewesen. Allerdings scheiterte die Umsetzung daran, dass es einfach zu wenige schwarze Schafe gibt. Schach muss man ja mit weißen gegen schwarze Figuren spielen. Möwen und Krähen, die Idealbesetzung, waren leider überhaupt nicht zu motivieren. „Föhr Wild", was soll man da noch sagen. Dame wäre auch noch gegangen, auf dem gleichen Spielfeld. Die Schafe fanden das lustig, so übereinander zu springen. Die Kühe wollten das aber nicht. Also auch nicht Dame.

Was Anderes, was Anderes … Ein Schönheitswettbewerb, eine Art Cow-Walk? So muss man das nennen, dann klingt das gleich viel wichtiger. Frauke hatte vor einer Weile aus der Zeitung vorgelesen, dass die schönste Kuh Schleswig-Holsteins ausgezeichnet worden wäre. In der Zeitung habe ich sogar ein Bild von der gesehen. Schönste Kuh, pah! Die hatte nicht mal Hörner! Da sind unsere acht bedeutend schöner. Nur wie sollten wir das anstellen? Die Kühe meinten ja, das würden sie schon hinkriegen. Ich war gespannt, wie. Aber bitte, lass sie das ausprobieren, keine Idee wird vorschnell bewertet, so war die Devise. Also ging das los. Die Kühe trieben sich also meistens auf der Wiese nah an der Straße herum, und immer dann, wenn da ein Mensch vorbeikam, posierten sie. Ich würde ja sagen, sie machten eher Faxen, die vom Eigentlichen ablenkten.

Anna stand da mit abgespreiztem rechten Hinterbein und versuchte, auch das linke Vorderbein zu heben. Natürlich kippte sie dann um, unter brüllendem Gelächter der anderen Kühe. Und die Menschen? Die haben sich nur gewundert über diese tollpatschige Kuh.

Berta versuchte es mit Augenrollen, mal linksherum, mal rechtsherum, außerdem kann sie großartig schielen. Resultat: das Gleiche, nur dass alsbald darauf der Tierarzt kam, um sie – und die anderen gleich mit – auf Tollwut zu untersuchen. Die Passanten waren nämlich gleich zu Frauke gerannt und hatten ihr gesagt, dass ihre Kühe verrückt geworden seien.

Über Claras lustige Kapriolen mit ihrem Kuhschwanz schweigt des Katers Höflichkeit. Zumindest zum Fliegenverscheuchen war das aber geeignet, das haben sich die Anderen gleich abgeguckt. Man könnte vielleicht doch etwas draus machen, wenn alle Kuhstricke reißen. Synchronschwanzschwingen.

Ja, und so weiter. Der Gipfel war aber Hannas Vorführung. Sie ist die schlankste und beweglichste unter unseren acht, ich denke, dass sie den Preis der schönsten Kühe auf ganz Föhr ohne weiteres einheimsen würde, wenn die Menschen nur mal auf diese Idee kämen. Man stelle sich also dieses trotzdem immer noch eher plumpe Tier vor, wie es grazil aus der Reihe der acht nebeneinander aufgebauten schwarzbunten Vierbeiner hervortritt, den Kopf herumschwenkt, mit dem linken Vorderbein eine kreiselnde Bewegung macht, dann leicht in die Knie geht und das Publikum von unten herauf kokett ansieht. Ihr Auftritt blieb tatsächlich nicht ohne Wirkung – sagte doch einer der Menschen, die dieses Schauspiels angesichtig wurden, dass sie trotzdem heute leider kein Foto bekäme. Hanna hat's zuerst nicht verstanden, ich musste es ihr erklären. Ich weiß das natürlich, und zwar aus einer dieser komischen Fernsehsendungen, die Frauke manchmal beim Bügeln laufen lässt. Da machen so devote Menschmagerstelzen alles mögliche Bescheuerte, was die Chefstelze mit schrillem Organ an Kommandos von sich gibt. Die ganze Zeit werden sie belauert, jeder Schritt, vor allem jede Ungeschicklichkeit wird gehässig kommentiert, zum Schluss stehen sie alle als Deppen da – außer der Chefstelze. Sie kassiert ordentlich ab, alle anderen werden schnell vergessen, bis die nächste Deppenladung vorgeführt wird. Ein großer Erfolg im Menschenfernstehen, ich sage, eine Schande für das ganze Menschenvolk. Wir Katzen würden uns natürlich niemals nie zu so etwas herbeilassen.

Das habe ich der Hanna auch erzählt, und dann war sie furchtbar beleidigt und wollte ihre Vorführung nicht mehr wiederholen.

Dabei hätte ich mir das als eine Art Tanz der ganzen Gruppe gut vorstellen können. Sie stehen so in einer Reihe, tänzeln vor und zurück, werfen die Kuhbeine hoch und geben im Gleichtakt ein exaltiertes Muhen von sich. Mit einer zündenden Melodie kombiniert wäre das der Knaller! Ich hätte nur das von den Stelzen nicht erzählen sollen, da wollten sie nämlich alle bei so was nicht mitmachen. Kater, sei nicht so geschwätzig, musste ich mir selbstkritisch hinter die Ohren schreiben.

Die Idee mit dem Kuhdoku haben wir nicht weiter ausgearbeitet. Es dauert einfach zu lange, bis genügend Fladen auf den Spielfeldern liegen. Die Menschen haben zu wenig Geduld für so etwas.

Ich bin ja ein wenig stolz, dass die beste Idee schließlich von mir gekommen ist. Sie entstand, nachdem ich mal wieder dabei zusehen musste, wie der Adju die Kühe triezte. Diesmal mussten sie Formationen machen, erst in Reihe antreten, dann im Karree, dann einen Kreis mit den Schwänzen nach innen und so fort. Die Idee? Ein Kuhballett, der Pas-de-Kuh! Das würden die Menschen toll finden, so etwas bekommt man nicht alle Tage geboten, und überhaupt nirgendwo, nur hier bei uns auf Föhr!

Die Kühe waren damit im Grunde schon vor einer ganzen Weile perfekt trainiert, wir brauchten eigentlich nur Musik dazu. Leicht war das allerdings nicht. Ich hatte ja erst an die Vögel gedacht, das liegt ja nun ziemlich nahe. An Möwen, Austernfischern, Krähen, Amseln, Lerchen und anderem Federvieh wie Gänse und Enten hat das ja schließlich keinen Mangel bei uns. Nur wollten die einen nicht, die Amseln, die Lerchen und die anderen kleinen Vögel hatten Angst vor den Möwen und Krähen. Und vor mir, wenn ich's recht bedenke. Dabei muss jede Deichkatze einen heiligen Eid ablegen, während der Zeit ihrer Berufung niemals nie Vögel zu fangen und zu essen – damit halt der Appetit auf Deichnager nicht beeinträchtigt wird, ist ja logisch. Die dummen Vögel wollten mir das aber nicht glauben. Da sieht man es schon wieder, mit der Klientel von „Föhr-Wild" kann man einfach nichts anfangen.

Die Krähen waren immerhin bereit, aber ich musste sie aussortieren wegen ihrer Stimmen. Ich fürchte, die sind nun beleidigt. Hoffentlich vergessen die das wieder, nicht dass sie uns aus Rache die Aufführung vermasseln! Die Austernfischer wollten nur, wenn die Möwen dabei wären. Die Möwen hatten aber immer Terminprobleme. Angeblich. Damit konnten wir auch die Austernfischer vergessen, aber die piepen ja meistens sowieso nur monoton. Trotzdem, man hätte sie brauchen können. Die Gänse ließen nach kurzer Beratung mitteilen, dass sie für so niedere Tätigkeiten nicht zur Verfügung stünden. Kein Kommentar! Und die Enten? Drei alte Stockenten konnte ich wenigstens zu einem „Vielleicht", „Ja, schau'n mer mal", „Kommt auf's Wetter an" bereden. Aber ich rechne nicht mit denen, wenn die sich jetzt schon so anstellen. Kurzum: Eine schöne Pleite! Letztes Jahr hatte ja noch der bekannte Vögelchor aus Walsrode auf der Insel gastiert, den hätte man vielleicht zu einem Gastspiel überreden und damit die einheimischen Vögel zum Nachmachen animieren können. Letztes Jahr ist aber nicht dieses Jahr, aus, vorbei, nütschanix.

Da standen wir nun und würden es noch, wäre da nicht unser gutes Chefschäfchen Angela gewesen. Als ich ihr ausgiebig mein Leid mit den dämlichen Vögeln geklagt hatte, sagte sie nur trocken, wie es denn mit Schafen wäre. Mit Schafen? Mit Schafen, warum nicht! Auf die Idee war ich leider nicht gekommen. Freilich hätte mich das tägliche Blök-blök-blök in den verschiedensten Tonlagen leicht drauf bringen können. Warum in die Lüfte schweifen, wenn das Gute grast auf Sommerdeichen!

Angela hatte auch gleich angefangen zu üben, und bald hatte sie einen veritablen Schafschor mit Bass-, Tenor-, Alt- und Sopranstimmen beisammen. Von den bekannten und beliebten einstimmigen Liedern wie „Schlafe, mein Schäfchen, schlaf ein" und dem von mir höchstselbst umgetexteten „Muh – muh – muh / in unserem Stall, da steht die Kuh / und auf dem Deich das Scha-haf / nun, klein Miezlein, schlaf" – nach der Melodie des bekannten Kätzchenliedes „La-le-lu, nur die Katz im Mond schaut zu" – hatte sie sich dank der Hilfe eines alten, höchst musikalischen Schafbocks vom Deichabschnitt nebenan zu mehrstimmigen Sätzen vorgearbeitet. Mit dem für das Kuhballett unabdingbaren

„Muh" hatten sie freilich noch Schwierigkeiten, das klang immer irgendwie nach „Mäh".

Die ganze Überei war wie so oft bei den Schafen nicht ohne Stress abgegangen. Manche Schafe singen halt furchtbar falsch, auch wenn sie das nicht einsehen wollen. Andere blöken immer schon vorlaut dazwischen, wenn ihr Einsatz noch gar nicht gegeben worden ist – Blacky, sage ich nur, Blacky, eine echte Prüfung selbst für eine strenge Zuchtmeisterin wie unser Chefschaf.

Angela hatte mir auch ausgeredet, die Lieder selbst mit dem Schafschor einzustudieren. Ich hätte ja schon so viel um die Katzenohren! Ich solle mir nicht immer noch alles zusätzlich aufladen, nur weil ich meinen würde, die Anderen könnten es vielleicht nicht gut genug. Ist sie nicht fürsorglich? Andererseits habe ich da den kleinen Verdacht, dass sie eigentlich nur die Qualität meiner Singstimme in Zweifel zieht. Sei's drum, ich habe auch wirklich genug zu tun.

Jedenfalls waren die Schafe für eine erste Probe gemeinsam mit dem Kuhballett bereit. Dieses war, wie kann es anders sein, unter mehr oder weniger kritischem Gemecker des Generals vom Adju einstudiert worden. Ein Problem war nur die Örtlichkeit, gab es doch zwischen Deich und Kuhwiese einen deutlichen Abstand, und wenn die kurzsichtigen Schafe die Kühe nicht richtig sehen können, passen Musik und Ballett womöglich nicht zusammen. Außerdem braucht's da einen vernünftigen Westwind, damit die Kühe die Schafe auch gut hören können. An Westwind hat's wenigstens keinen Mangel. Wir müssen jedenfalls noch warten, bis der Schäfer die Schafe auf die an unsere Kuhweide angrenzende Wiese lässt. Bis dahin üben wir halt getrennt weiter.

Tja, das hat uns die letzten Wochen ganz schön in Atem gehalten. A propos: Außer Atem komme ich schließlich bei der durch eine Hecke vor neugierigen Blicken geschützten Platz am hintersten Ende der Wiese an. Es sind natürlich schon alle versammelt, der General hält überaus auf Pünktlichkeit. Bevor die eingebildete Ziege nun losmeckern kann, berichte ich kurz über den toten Mann am Teich. Da ist die Versammlung erst mal stumm! Ich setze in meiner Ansprache – Berta leiht mir ihren besonders gut begehbaren Rücken als Podium – darauf, dass wir nun alle zusammenhalten müssen. Es gilt, Augen und Ohren offen zu halten, damit Frauke nicht in Schwierigkeiten kommt. Das versteht der General, das verstehen alle. Dumm sind wir ja nun nicht. Meine schnelle Befragung ergibt nichts, keine der Kühe oder Ziegen ist nachts draußen gewesen. Im Stall ist es ja gemütlicher, selbst im Sommer. Außerdem hat Egon wieder Geschichten von früher erzählt, das mögen die Kühe.

Schöne Pleite, hatte ich doch auf Beobachtungen verdächtiger Vorgänge gehofft! Ich höre dabei, wie ein Auto aus der Ferne mit hoher Geschwindigkeit heranprescht. Bestimmt die Polizei! Eigentlich würde ich mir das gern vor Ort anschauen, was die da gleich am Teich machen.

Tja, das geht jetzt nun mal nicht. Widmen wir uns halt der Ballettprobe, bevor die Menschen in Gang kommen. Allzu viel will ich da nicht erzählen, es soll ja eine Überraschung werden. Vielleicht nur das: Heute steht auf dem Plan, dass die Kühe synchron den Kreis umkehren lernen. Also das geht so: Erst stehen sie mit den Köpfen nach außen und den Schwänzen nach innen in einem Kreis. Auf Kommando („Eins – zwei – drei – vier / vom Kreis nach außen geht das Tier") gehen die Kühe genau vier große Schritte vor, machen eine 180-Grad-Wendung rechtsherum und gehen dann wieder vier Schritte nach innen („Eins – zwei – drei – vier / vom Kreis nach innen geht das Tier"). Alles schön synchron, versteht sich. Zum Schluss stehen sie wieder in einem perfekten Kreis, die Köpfe gesenkt, die Hörner berühren sich, die Kuhschwänze werden im Kreis geschwenkt, und zwar im Uhrzeigersinn. Ganz innen laure ich in einer Vertiefung, so dass man mich erst nicht sehen kann, dann springe ich wie aus dem Nichts mit einem graziösen Satz über den Kuhkopf von Anna auf ihren Rücken und hüpfe elegant von Kuhhintern zu Kuhhintern, linksherum („Eins – zwei – drei – vier / und fünf – sechs – sieben – acht / schaut, wie das der Kater macht!"). Mal abgesehen davon, dass Erna dreimal hintereinander patzt hat, weil sie sich partout immer linksherum drehen will, läuft es eigentlich ganz gut. Nur das Publikum, bestehend aus dem Franz, der sich grölend vor

Lachen auf der Wiese kugelt, weil das immer so lustig aussieht, wenn die Kühe beim Rangieren ihre Hörner verhaken und alles stockt, stört da ein wenig. Der General muss den Franz schließlich ernsthaft ermahnen, nicht so einen Radau zu machen, weil das die Menschen aufmerksam machen könnte. Das sieht der Franz auch ein und wir können weiterüben. Zum Schluss, nach gefühlten dreißig Wiederholungen, sieht das ganz passabel aus. Im Dorf kräht der Hahn sieben Mal. Schluss mit der Probe!

***

TAG 3, VORMITTAG

Tratsch? Quatsch. Information!

Der Franz und ich schleichen durch die Scheune ins Haus, ich wie immer elegant durch die Katzenklappe. Der dicke Franz passt da nicht durch, aber er weiß, wie man Türen auf- und wieder zumacht. Obwohl das am Berg ja wohl keine Türen gibt, aber ich frage nicht, woher er diese Fertigkeit hat. So sind wir drin und machen es uns, ganz unschuldig, in der Küche bequem, ich auf der Küchenbank, der Franz in der extra für ihn eingerichteten Hundeecke neben dem alten Kachelofen. Frauke muss bald kommen. Um diese Zeit im Sommer ist sie da schon lange auf und hat die Kühe gemolken. Die Kühe lässt sie auf die Weide und schafft Ordnung im Stall. Danach muss sie sich erstmal waschen, und erst wenn sie damit fertig ist, geht sie in die Küche. Die Tiere kommen ja beim Bauern immer zuerst. Außer uns, fällt mir auf. Obwohl wir doch auch Tiere sind. Die Näpfe sind leer. Wird Zeit, Frauke!

Lange dauert das auch nicht. Schon ist sie da und begrüßt uns, wie immer mit ihrer Art, die einen dahinschmelzen lässt. Ich werde gestreichelt, der Franz wird getätschelt, wir werden gelobt, weil wir die Nacht so ruhig waren und jetzt so brav auf das Frühstück gewartet haben. Die Kühe, sagt sie, die Ziegen und das Pferd, die müssen nun mal als erste drankommen. Und der Stall muss immer sauber sein. Im Garten war sie auch noch, die Blumen und das Gemüse sollten Wasser kriegen, und und und. Da pütschert man so rum und die Zeit vergeht im Fluge, meine Lieben! Aber uns vergisst sie ja nicht, wir sind doch schließlich ihre Lieblinge! Das freut das Herz, macht mich aber ein wenig stutzig. Wenn hier einer der Liebling ist, dann bin ich das, der Franz ist hier nur Gast!

Aber ich will mal nicht so sein. Es gibt Wichtigeres als die Kabbelei mit dem Franz, der seinen Lieblingsstatus so erfreut zur Kenntnis nimmt, dass er mit seinem aufdringlichen Schwanzwedeln fast Fraukes Lieblings-Kaffeepott vom Tisch fegt. Es gibt Wichtigeres, zum Beispiel das Katzenfutter, heute morgen mit

Entenragout. Das passt so richtig zu unserer Begegnung am Tümpel. Wenn die wüssten ...

Gerade will ich zur Tür, besser Katzenklappe, hinaus, als ich auf dem Hof ein Auto höre. Ich brauche gar nicht zu überlegen, wer das ist. Am Fahrstil erkenne ich sie sofort: Gila, eine alte Freundin von Frauke. Gila heißt eigentlich Gisela, Gisela Landring. Sie ist 39, zweimal geschieden und schon leicht verzweifelt, ob da nochmal der Richtige vorbeikommt, die große Liebe für immer und ewig. Ich habe sie schon mindestens fünfmal klagen hören, dass sich immer die falschen Männer für sie interessieren würden. Frauke gibt da ab und zu Kontra, auch wenn das wenig Zweck hat, und fragt, ob nicht vielmehr die Gila sich für die falschen Männer interessieren würde und ob sie nicht mal den Typ wechseln wollte. Dann diskutieren die stundenlang – langweilig! – über richtige und falsche Männer. Jedes Mal kriegt auch der „Idiot und der Arsch" sein Fett weg, eigentlich schade, dass der das nicht hören kann.

Gila ist schon lange Fraukes Freundin. Sie war auch länger von der Insel weg, hat so dies und das gemacht, gejobbt, Schmuckmachen gelernt, als Altenpflegerin gearbeitet, in einer Kneipe gekellnert und wer weiß was noch alles. Vor zwei Jahren ist sie aber wieder auf Föhr gelandet und hat in einem alten Haus in Wyk einen Kramladen aufgemacht, mit Schnickschnack für die Touristen. Einheimische kaufen ja diesen unnützen Kram nicht. So richtig läuft das aber nicht, dazu ist die Miete noch so hoch, und so muss sie im Winter auf dem Festland arbeiten, in Kiel als Telefonistin oder CallCenter-Agent, wie das jetzt heißt. Sie ist auch Mitglied in der Bürgerinitiative, aber, wie ich mitbekommen habe, nur mit wenig Einsatz. Ich glaube ja, die nutzt das erstens nur, um interessante Männer kennenzulernen – und zweitens, um ihr Informationsnetzwerk am Laufen zu halten. Gila ist auf der Insel garantiert die größte Tratschtante – bestens vernetzt, nennt man das heute. Sie weiß im Grunde alles schon, bevor es überhaupt passiert ist. Seit man mailen und simsen und wottseppen kann, ist sie damit noch schneller geworden. Vielleicht sollte der Ecke Knudsen sie als Inselreporterin einstellen. Wenn der das darf.

Das ist gut, dass sie kommt. Garantiert hat sie etwas Wichtiges auf Lager, so früh sieht man sie sonst nie.

Schon steht sie in der Tür, geht zum Küchentisch und lässt sich auf die Bank plumpsen. Ihre langen Locken trägt sie heute in dunklem Rot, passend zur Farbe ihres Autos. Ich muss das sagen, weil sie öfter die Farbe wechselt. Mal ist sie blond, mal braun, einmal sogar lila, das hat sie aber schnell wieder rausgewaschen, sah auch zu komisch aus. Das Rot steht ihr ganz gut, das könnte vielleicht ihre natürliche Haarfarbe sein, so genau weiß ich das freilich nicht. Jedenfalls passt das Haar jetzt gut zu ihrer blassen Haut, auf dem sich – farblich nicht ganz perfekt mit dem Haar abgestimmt – der eine oder andere Sonnenbrand zeigt. Für eine Menschenfrau sieht sie jedenfalls ganz gut aus, ich weiß auch nicht, wieso sie immer die falschen Männer abkriegt. Oder vielleicht liegt das ja daran, dass sie so gut aussieht. Das lockt die Deppen magisch an, die anderen trauen sich nicht. Gila ist erstmal geschmeichelt, fällt auf die Deppen rein und dann kommt jedes Mal das böse Erwachen. Na jedenfalls hat sie diese Männer immer schnell abschütteln können, anders als Frauke mit dem „Idioten und dem Arsch", der sie immer wieder herumgekriegt hat, bis sie endgültig die Nase voll hatte. Na gut, interessiert das wen? Nicht? Macht nichts, das Gespräch jetzt ist eh viel interessanter.

Gila platzt damit heraus, kaum dass sie auf der Bank sitzt und Frauke den Kaffee abgeluchst hat, den sie eigentlich selbst trinken wollte. Macht sie halt noch einen, Gila lässt derweil einen ganzen Schwall von Worten auf sie niederprasseln. Wie Frauke noch nicht weiß, hat Gila ja seit kurzem einen neuen Freund – na ja, mal sehen, ob das was wird, Frauke! – und der ist Polizist auf der Insel. Er heißt Maik, Maik Faltings – ja Frauke, d e r Maik, der damals zwei Klassen niedriger war als wir auf der Inselschule – und kommt sogar aus Utersum. Er war aber länger weg, auf dem Festland eingesetzt. Der Polizeikommissar ist seit diesen Sommer Nachfolger von Polizeihauptmeister Jörn Peters. Der Peters ist ja frühpensioniert worden, aus gesundheitlichen Gründen, der Rücken! Der Maik ist sogar Stellvertreter vom Chef, so nennen den hier alle den Leiter der Polizeistation in Wyk. Vielleicht wird der Maik sogar mal Chef, wer weiß! Der Chef heißt aber jetzt noch Klaus-Henning Asmussen, muss so um die 54, 55 sein und macht schon lange auf der Insel Dienst. Dem entgeht nichts, Frauke!

Frauke weiß jetzt nicht, wem was nicht entgeht, so schnell hat ihre Freundin gesprochen. Aber egal, sie fragt, was denn eigentlich los ist. Ja Mensch, ob sie das noch nicht weiß! Gila tut geheimnisvoll, aber nicht lange. Kaum 500 Meter von hier wurde vor wenigen Stunden eine Leiche gefunden – halt dich fest, Frauke, jetzt kommt's: Jens Iversen! Eine Frau hat den gefunden, erzählt Gila weiter, und gleich die Polizei informiert. Der Asmussen hat ihren Freund angerufen, er müsste sofort kommen. Sie lagen natürlich noch gemütlich im Bett, Gila und der Maik natürlich, nicht der Asmussen. Gila hat also alles mitgekriegt. Die Frau hat der Polizei ein Handyfoto von dem Toten geschickt und der Asmussen hat den sofort erkannt. Na ja, wer kennt den auch nicht auf der Insel Föhr. Spätestens seit der Sache mit dem großen Plan für das neue Dorf kennt den Jens Iversen hier jeder, die ganze Insel tut ja nichts anderes als über diesen Plan zu streiten.

Frauke ist ganz blass geworden, das gefällt mir nicht. Endlich setzt sie sich, verschüttet aber gleich ihren Kaffee dabei. Warum ist sie so nervös? Jens, sagt Frauke, der war doch total gesund, der kippt doch nicht einfach so um und ist tot. Wie ist der denn gestorben, will sie wissen. Ja, das weiß die Gila nun auch nicht. Der Asmussen hat am Telefon nichts gesagt, nur dass der Maik schon mal losfahren soll, Einsatz an den kleinen Teichen hinter dem Deich zwischen Utersum und Dunsum. Scheiße, meint Frauke, was kann das nur sein!

Ja, was kann das nur sein … Wir, also der Franz und ich, und die drei Enten, und jetzt ja auch die beiden Ziegen und die acht Kühe – inzwischen wahrscheinlich auch diverse Möwen und damit die komplette Tierwelt auf Föhr – wissen da mehr. Der ist nicht einfach so umgefallen, der wurde umgebracht! Der ist auch nicht zufällig an dem Tümpel ohnmächtig geworden und ist mit dem Kopf auf etwas Hartes gefallen, nein, nein. Da gibt es nämlich gar nichts, keinen Stein, keine harte aus der Erde herausguckende

Baumwurzel, nichts. Das haben wir uns genau angesehen. Es muss eine Mordwaffe geben, aber die hat der Täter vermutlich mitgenommen. Die Enten haben uns unter großem Geschnatter unter anderem noch gesagt, dass da keiner was ins Wasser geworfen hat, DAS hätten sie ja wohl gemerkt, wenn irgendwer etwas in IHREN schönen Teich wirft! Natürlich hätte der Täter die Mordwaffe auch woanders hinwerfen können, in das Wäldchen oder einfach so in die Gegend. Aber wer ist so dumm und ermordet erst einen, um dann die Tatwaffe einfach da herumliegen zu lassen, damit man ihn schnellstmöglich als Täter entlarvt. Die Menschen werden aber gründlich suchen, und wer weiß, vielleicht finden sie ja doch was.

Die sind sicher schon dabei, Zeit hatten sie eigentlich schon genug, sich das anzuschauen und sich ihre Gedanken zu machen. Ich hätte nur zu gern das Gesicht von dem Asmussen gesehen, als die Frau, die den Toten gefunden hat, ihm das von dem Auftritt unseres dicken Franz' erzählt hat. Falls sie es ihm erzählt hat. Aber das hat sie bestimmt, das war dermaßen auffällig! Und das mit dem Alkoholgestank, das wird ihm auch zu denken geben. Ich wette, der taucht hier bald auf. Der Asmussen ist schlau und kennt hier jeden, der weiß garantiert auch von dem einzigen Bergretterhund mit stets gefülltem Fässchen auf der ganzen Insel.

Gila und Frauke haben inzwischen weitergeredet. Gila meint, dass sie bald mal den Maik anrufen wird, der muss ihr mehr von der Sache erzählen. Wieso eigentlich warten, meint sie auf einmal, und zack! hat sie schon ihr Telefon rausgeholt, eine Nummer eingetippt und den Maik am Ohr. Der ist ein wenig im Stress, aber Gila quetscht doch recht viel aus ihm raus, ich kann das alles gut hören – Katzenohren, unübertrefflich! Was erzählt der also: Ich kann Dir das jetzt nicht wirklich ... ja, doch, das ist der Iversen, ich hab' den auch sofort erkannt ... nein Gilamaus, das geht dich nun wirklich ... Polizeiarbeit, tut mir Leid ... na gut, sieht im Moment ganz so aus, als hätte den einer erschlagen ... wehe du sagst irgendwem was davon ... bitte, das geht absolut nicht, sonst komm ich in Teufels Küche ... wir können jetzt hier sowieso nichts tun außer Absperren ... nein Gila, ich will dich hier nicht sehen, verdammt noch mal, auch nicht wenn du ganz zufällig vorbeikommst ... nein, versteh das bitte ... die SpuSi muss hier erst mal alles unter die Lupe nehmen und überhaupt, da kommt der Asmussen, ich muss jetzt Schluss machen!

Soweit der Maik, schon recht geschwätzig für einen Polizisten, muss ich schon sagen. Ausgerechnet der Gila das alles zu erzählen, da kann er gleich eine Lautsprecherdurchsage für ganz Föhr machen. Nun ja, ist nicht mein Problem. Jedenfalls kennt er sie noch nicht richtig oder er hat ziemlich großes Vertrauen zu ihr. Gilamaus, das klingt ja mehr nach naivem Zutrauen. Nun ja. Vielleicht hat sie in ihm ja doch endlich den Richtigen gefunden.

Das meint Gila übrigens auch, inzwischen hat sie Frauke so richtig von ihm vorgeschwärmt. Der ist knuffig, was immer das ist, zwar geschieden, aber eine Ex, die weit weg nach Süddeutschland gezogen ist. Und er hat keine Kinder, um die er mit der Ex herumstreiten oder, schlimmer, ständig einvernehmlich kümmern muss. Obwohl ... sagt die Gila, sie Kinder eigentlich gut findet, denn ob sie jetzt noch welche kriegen kann, das ist ja nicht mehr so sicher. Frauke nickt nur. Die biologische Uhr tickt unerbittlich, wieder Gila, aber was soll's, meint sie. So haben sie viel Zeit für sich, also die Gila und der Maik, obwohl die Polizei im Sommer auf der Insel ja ziemlich auf Trab gehalten wird.

Mir scheint, Frauke ist nicht so an Gilas Liebesleben interessiert, immer wieder kommt sie auf den Toten zurück. Sie hat ja auch allen Grund ... das heißt, nein, das hoffe ich nun gerade nicht, dass sie irgendeinen Grund hat, die Morduntersuchung zu fürchten. Genau das ist bei den beiden Frauen gerade das Thema. Der Jens, meint Frauke, der hatte Feinde, und zuallererst kommen die auf uns. Die Bürgerinitiative, und vor allem der Hanno, Jens' Bruder, wir sind die, die ihm am liebsten den Hals umdrehen wollten. So hat der Hanno das blöderweise mal dem Reporter vom Inselkurier gesagt. Der hat das natürlich genüsslich ausgewalzt, unter dem passenden Titel „Bruderkrieg auf Föhr".

Die beiden Frauen gucken sich eine Weile stumm an. Ob der Hanno tatsächlich den eigenen Bruder umbringen würde? Sie schweigen zu lange. Beide wissen also, dass er das wohl wirklich könnte. Der Hanno hat den Jens schon lange gehasst, nicht erst seit der Sache mit dem großen Plan – seit der Schulzeit schon, mindestens so lange, als sie so 14, 15, 16 waren. Damals, als Frauke – nur ganz kurz – mit Jens zusammen gewesen ist, hat der Hanno wahrscheinlich schon angefangen, seinen Bruder zu hassen. Dabei hatte er sie selber vorher betrogen! Hanno war damals wahnsinnig eifersüchtig, sagt Frauke nachdenklich. Aber der war immer schon komisch. Und 25 Jahre später bringt man doch deswegen keinen um! Will Hanno eigentlich immer noch was von Dir, will Gila von Frauke wissen. Ich glaub schon, meint die, aber der müsste doch gemerkt haben, dass das nichts wird. Mit Hanno, also nee, niemals, ich bin doch nicht verrückt! Gila nickt nur, sie kennen ihn ja beide gut. Mit Hanno, selbst wenn man sich in den verlieben würde, kann das keine lange aushalten. Seine Frau ist ihm ja schon nach knapp zwei Jahren weggelaufen. Vielleicht ist er deshalb so geworden, meint Frauke leise, weil niemand ihn will. Gila schüttelt den Kopf, dass die roten Locken fliegen. Nee, der war schon immer so, der ist selber schuld, und der ist schlau genug, das Problem zu erkennen. Jeder kann sich ändern – nur Männer nicht. Die Frauen lachen. Und Gila will jetzt wissen, ob es ihren Tieren, also uns, gut geht. In letzter Zeit sieht man ja so oft den Tierarzt Richtung Utersum fahren.

Frauke wird zartrosa am Hals und im Gesicht, das sehe ich genau. Also doch! Da bahnt sich was an! Sie streitet das allerdings ab, er ist nur ein Freund, und tatsächlich brauchen ihn die Tiere ja mehr als sie. Zum Beispiel neulich eine der Kühe, hat die sich doch auf der Wiese beim Grasen ein Bein verstaucht. Und der Hund ... sie schaut nachdenklich auf den Franz, der aber völlig unschuldig unter dem einen seiner großen Ohren hervorlinst.

Die Tiere sind aber jetzt nicht ihr Thema. Ist auch besser so, nicht dass die uns noch auf die Spur kommen wegen der umfangreichen Einstudierungen. Jetzt jedenfalls fragen sie sich, wieso eigentlich die Frau von Jens, die Bärbel Iversen, den nicht längst verlassen hat, der Jens ist nämlich ein noch größerer Stinkstiefel als Hanno. Die Bärbel, meint allerdings Gila, steckt vermutlich hinter den Plänen von Jens, die ist nicht nur eiskalt, die ist noch viel ehrgeiziger als er es ist ... war. Mit Mitte 30 ist Bärbel Iversen,

Tochter eines uralten Föhrer Bauerngeschlechts, so etwas wie die First Lady von ganz Westerlandföhr. Überall steckt sie mit drin, überall hat sie etwas zu sagen, zur Not, auch wenn sie etwas nichts angeht, drängt sie sich rein und nervt rum, und fast immer mit Erfolg.

Weißt du eigentlich, meint Gila, dass der Jens was mit der Immobilientussi haben soll, also, gehabt haben soll? Die langhaarige Blonde mit teurem Mercedes und schickem Büro in Wyk, immer perfekt durchgestylt und Schuhabsätze nie unter sieben Zentimetern, auch beim Autofahren. Man hat die nicht nur oft gesehen, man hat die auch ziemlich vertraut miteinander gesehen. Auf dem Festland ... Gila hat ihre Augen und Ohren überall. Auf der Insel bleibt nichts vor ihr verborgen. Da weiß sowieso jeder über jeden Bescheid. Aber auf dem Festland? Frauke ist skeptisch. Aber Gila ist sich ganz sicher, sie hat sie nämlich selbst mal gesehen, in Hamburg, händchenhaltend in einem kleinen Café in den Alsterarkaden.

Frauke kennt die Frau. Ich übrigens auch. Das ist nämlich die, die öfter mal Frauke genervt hat, ob sie nicht den Hof verkaufen möchte. Die war sogar mal mit dem Jens Iversen zusammen hier, die waren tatsächlich ziemlich vertraut miteinander. Ich dachte halt, weil die gemeinsam ein so schönes großes Geschäft machen wollten. Nein, jetzt bitte keine falschen Assoziationen, obwohl dieses Geschäft ja nun echt stinkt – das sagen, bitte sehr, die Leute von der Bürgerinitiative, ich habe also nur zitiert. Na gut. Was heißt das aber?

Das heißt doch, sagt Frauke, wenn die Bärbel das wusste, dass sie ziemlich sauer auf den Jens sein müsste. Ja, meint Gila, und dann zieht sie ihm eins in der Wut eins über, zack!, vielleicht etwas zu heftig, und schon haben wir einen Toten. Ja, und das schöne Geschäft platzt, und die Bärbel kann die Millionen in den Wind schreiben, sagt Frauke. Gila muss ihr Recht geben. Selbst wenn die Bärbel eifersüchtig ist, wird sie mit dem Mord doch vernünftigerweise solange warten, bis die Millionen in der Kasse sind. Oder es wird wenigstens eine teure Scheidung, immer die bessere Lösung, meint Frauke. Es würde ja ziemlich auffallen, wenn der Jens ... ja, Gila hat verstanden. Ein Motiv wäre wohl da. Aber so überzeugend klingt das nicht, dass eine eiskalte Frau wie die Bärbel so dämlich wäre.

Ich überlege nur, woher die Gila wissen will, dass der Jens erschlagen worden ist. Hat sie das einfach so dahergesagt? Oder war davon die Rede zwischen Asmussen und seinem Stellvertreter? Davon hat sie nichts erzählt. Also, woher weiß sie das?

Hinter der Bärbel, meint Gila, steckt ja wohl ihr Vater, der größte Bauer hier weit und breit. Er hat doch das meiste Land, das für das Neubaugebiet gebraucht würde, er würde doch von allen den größten Profit machen. Das weiß Frauke natürlich auch, das weiß ja jeder, wie das hier so zugeht. Georg Lüdersen ist geachtet, aber nicht beliebt. Wenn die Friesen schon als eher verschlossenes Völkchen gelten, dann ist er der Schweigsame unter den Friesen. Wenn er was zu regeln hat dann kurz, klar, knapp, und eigentlich immer so, dass es zu seinem Vorteil ausgeht.

Wahrscheinlich hatte er sogar die Finger im Spiel bei der Heirat von Bärbel und Jens, meint Frauke. Die beiden konnten sich nämlich früher nicht ausstehen – beide auf ihre Weise herrschsüchtig, dominant, das kann ja eigentlich nicht gutgehen. Außer, wenn größere Interessen im Spiel sind – zum Beispiel die Interessen von Georg Lüdersen.

Schlechtes Gewissen?

Frauke mag ihn nicht, überhaupt nicht, und sie hat allen Grund dazu. Einmal hat ihr nämlich der alte Lüdersen etwas anvertraut. Ich war selbst dabei, als der alte Mann auf den Hof kam. Er hatte sogar einen Blumenstrauß aus seinem Garten mitgebracht. Und dann kam es raus: Sein Sohn, also der Georg, der hat es eifrig betrieben, dass es Fraukes Vater nicht gut ging. Er hat verhindert, dass die Bank ihm einen Kredit für die Anschaffung eines neuen Treckers gibt, und noch manches mehr. Einmal haben die sich sogar geprügelt, und der Georg hat gewonnen, der war einfach stärker und Fraukes Vater schon krank. Der Georg war einfach scharf auf das Land von Fraukes Vaters, kriegen sollte er es aber nicht. Das wussten alle. Und dann hat er sich gerächt und versucht, Fraukes Vater kleinzukriegen, wie man so sagt. Vielleicht hat er auch gehofft, das Land auf diese Weise billig zu bekommen.

Heinrich Lüdersen lag das wohl auf der Seele, er wollte das loswerden. Aber dafür liegt es Frauke nun auf der Seele. Ist das etwa besser? Immerhin hat er ja Frauke versprochen, ihr zu helfen, wenn es mal hart auf hart gehen sollte und wenn er es dann noch könnte. Immerhin. Wenn ein Friese das sagt, dann steht das fest für alle Zeit. Er hat ihr auch Geld angeboten, aber Frauke wollte das nicht haben. Die hat das alles sehr verstört. Ich finde ja, sie hätte es ruhig nehmen sollen, schließlich braucht sie doch jeden Cent.

Der alte Lüdersen war ja auch von Anfang an gegen dieses Bauprojekt, wie alle wissen. Aber sein Sohn und sein Schwiegersohn haben ihm klargemacht, dass er da nun nichts mehr zu sagen hat und dass die das gnadenlos durchziehen würden. Frauke wollte ihn natürlich für die Bürgerinitiative anwerben, aber da wollte er nicht mitmachen. Für so was, sagte er, wäre er zu alt, und außerdem könnte er sich nicht gut gegen die eigene Familie stellen. Die Familie hat bei den Friesen nämlich auch einen hohen Wert, trotz aller Uneinigkeiten und Streitereien.

Der Georg Lüdersen kam ein paar Tage nach seinem Vater, da wusste Frauke natürlich schon alles. Erst hat er ihr ein Angebot für das Land gemacht, das gar nicht so schlecht klang – wenn man nicht wüsste, wieviel mehr Gewinn er damit beim Weiterverkauf noch machen wollte. Da hat Frauke ihm gesagt, dass sie das Land ihrer Familie nicht abgibt, niemals. Dann hat er das Angebot etwas erhöht. Da hat sie gesagt, dass er zehnmal so viel bieten könnte, ihm würde sie das jedenfalls nicht geben. Dann hat er gefragt, wieso nicht. Da hat sie gesagt, er wisse schon wieso, er hätte ja schließlich ihrem Vater seine letzten Jahre zur Hölle gemacht. Dann hat er das abgestritten. Da hat Frauke ein paar Beispiele genannt, die sie von Gregors Vater wusste. Und dann ist er ohne ein weiteres Wort gegangen. Aber sein Gesichtsausdruck war voller Wut.

Ich musste mir danach extra lange die Krallen an meinem Lieblingsbaum schärfen, um meinen eigenen Zorn loszuwerden. Frauke saß nämlich in der Küche und hat geweint und geweint. Das verzeihe ich dem Gregor Lüdersen nicht, niemals. Und wenn der nochmal die Frechheit besitzen sollte, unseren Hof zu betreten, dann lernt er meine 18 extra für ihn geschärften Krallen kennen.

Gila kennt die Geschichte schon, aber nicht in allen Details. Was selten passiert, sie schweigt erst mal betroffen. Dann beratschlagen die beiden Frauen, was sie jetzt tun sollen. Sie dürfen ja nicht vergessen, der Jens ist tot, offenbar umgebracht, und die Bürgerinitiative kommt garantiert in Verdacht, der Hanno vermutlich, Bruder hin oder her, vielleicht sogar Frauke. Sie wohnt ja nicht weit weg von dem Tatort.

Sollen sie die Bürgerinitiative zusammenrufen, sollen sie überhaupt jemanden informieren? Im Moment weiß das außer der Polizei, der Frau am Teich und den beiden – und uns Tieren, aber wir zählen natürlich mal wieder nicht – noch keiner. Wenn sie jetzt jemanden anrufen, dann kriegt der Maik Schwierigkeiten, weil er das der Gila erzählt hat. Das will die Gila aber nicht, obwohl es ihr bestimmt nicht leichtfällt, dichtzuhalten. Aber es ist wohl besser, jetzt erst einmal gar nichts zu machen und abzuwarten, was die Polizei nun unternimmt.

Und die Polizei unternimmt auch schon was. Das sehe ich als erster, weil ich auf dem Fensterbrett sitze und nach draußen gucken kann. Auf dem Hof fährt ein Polizeiwagen. Der Asmussen und ein anderer Polizist, der Maik ist es nicht, steigen aus und kommen auf die Tür zu. Oh je! Was passiert nun?

Die Polizei ist da

Klaus-Henning Asmussen ist ein großer, eher etwas hagerer Mann mit dunklem, zunehmend ergrauendem Haar. Ihm eilt der Ruf voraus, dass er alles sehr genau nimmt. Ungenauigkeit und Schlamperei duldet er nicht, weder die seiner eigenen Leute noch derjenigen, die seine Truppe wegen irgendwelcher Vergehen oder gar Verbrechen in Gewahrsam nehmen muss. Entsprechend hat er nur wenige Freunde auf der Insel, aber geachtet ist er hier sehr. Eigentlich fragen sich die Leute, warum er überhaupt auf der Insel geblieben ist. Auf dem Festland hätte er sicher eine viel bessere Position erreichen können als die des Polizeichefs auf Föhr. Vor einigen Jahren hat er sogar einen aufsehenerregenden Mordfall an einem Hamburger Unternehmer aufgeklärt. Die Nochbesser-Wisser sagen freilich, dass er davor wegen eines großen Ärgers aus Kiel weg- und mehr oder weniger nach Föhr strafversetzt worden ist.

Also warum der nicht weggegangen ist, weiß eigentlich niemand so genau. Er scheint sich aber wohlzufühlen und will wohl bleiben, jedenfalls hat er ein eigenes Haus – gekauft zum halben Preis von vergleichbaren Häusern heute.

Jedenfalls ist es gut, dass wir ihn hier haben. Er wird sicher auch die Bande dingfest machen, die neuerdings reihenweise Akkus aus den gemieteten und arglos vor den Ferienhäusern abgestellten E-Bikes klaut. Ich weiß ja, wer das ist. Viele Katzen sind nachts aktiv, da sehen die so einiges – wer wohin fährt, wer wo übernachtet, obwohl er da nicht wohnt, und eben auch, wer Sachen klaut. Man sollte eigentlich mal eine Situation herbeiführen, wo rein zufällig die geklauten Sachen aus dem Auto purzeln, wenn gerade die Polizei danebensteht. Aber im Moment habe ich anderes zu tun, und Asmussen mit seiner Polizeimannschaft sowieso. Erst die Sache in Wyk, was war das noch? Mist, habe ich vergessen. Nun auf einmal das! Zwischendurch werden Leute vermisst und tauchen auf einmal wieder auf. Außerdem soll es Anschlagsdrohungen gegen Immobilienbüros gegeben haben. Nach fast zehn Jahren Ruhe wieder Dramatik, Mord und Totschlag auf Föhr!

Frauke macht den Polizisten auf, schon stehen sie bei uns in der Küche. Ich bleibe ganz unauffällig in einer Ecke der Fensterbank sitzen. Wird ja jetzt spannend. Der Franz muss sich aber gleich in den Vordergrund spielen. Er sieht die Polizisten böse an und knurrt leise – statt dass er sich unauffällig verdrückt!

Der Asmussen – der andere Polizist stellt sich als Achim Lohns, Polizeihauptmeister, vor – kommt erst gar nicht zur Sache. Die Gila will sich da noch verdrücken, obwohl sie ja neugierig ist. Ihr ist wohl die Sache mit dem Maik unangenehm, sie will ihn bestimmt nicht in Schwierigkeiten bringen. Nicht dass sie sich noch verplappert! Aber der Asmussen meint, sie kann ruhig dableiben. Da bleibt sie halt da.

Und es geht dann auch gar nicht darum, dass sie den Maik ausgehorcht hat. Der Asmussen weiß das anscheinend gar nicht, was ein Glück. Frauke und Gila tun also ahnungslos, aber der Polizist erwähnt den Toten gar nicht. Stattdessen fragt er sie alles Mögliche zum Franz, der sich inzwischen wieder in seine Ecke verzogen hat, weil ihn bis jetzt niemand beachtet hat – außer Frauke, die nur einmal scharf „Franz!" zu ihm gesagt hat. Er will wissen, wie lange der Franz schon auf der Insel ist, wem er gehört, wie das mit seinem Fässchen ist, wer ihn regelmäßig ausführt – als ob der Franz das nötig hätte, er schnauft auch nur empört – und ob er nachts immer drin ist.

Der Franz und ich schauen uns an, den Braten haben wir schnell gerochen. Es geht natürlich um das Schaustück heute früh an der Leiche.

Frauke erzählt natürlich alles so, wie es ist. Der Franz gehört dem Bernd Herzog, einem Freund, der hier nach einer Krebsoperation zu einer längeren Behandlung im Reha-Zentrum Utersum auf der Insel ist. Den Hund hat er bei Frauke in Pension gegeben, bis er aus der Klinik entlassen wird. Das Fässchen hat sie noch nicht angerührt, der Franz wird böse, wenn man da drankommt. Nein, nachgefüllt hat sie das noch nicht. Wie gesagt, der Franz ist da eigen. Abgesehen davon gibt es hier keine Berge und nichts zu retten, da muss man auch das Fässchen nicht nachfüllen.

Wenn sie wüsste ... Ich schaue auf den Franz. Da hätte sie der Bernd aber besser aufklären sollen. Aber wie man das immer sieht, das mit dem Fässchen hat ja auch wirklich keinen Sinn. Hier gibt es doch keine Berge. Man könnte den Franz freilich weiterbilden, und zwar zum Seerettungshund. Der Inhalt des

Fässchens könnte erschöpfte Touristen stärken, die im Watt von der Flut überrascht wurden oder die sich verkühlt haben. So was kommt öfter mal vor.

Der Hund wird nicht angeleint, sagt Frauke inzwischen, das ist nicht nötig. Der ist ein Lawinenhund, extrem diszipliniert, ausgebildet zur Rettung von Menschen. Und gutmütig. Der würde nie einem Menschen etwas antun, im Gegenteil.

Schlau, Frauke! Jetzt müssen die Polizisten denken, dass sie denkt, dass dem Franz vorgeworfen wird, irgendeinen Menschen angegriffen zu haben. Der Lohns schreibt übrigens alles mit.

Nein, darum geht es nicht, der Hund hat niemanden angegriffen, sagt der Asmussen. Es gibt da, sagt er dann, aber ein etwas merkwürdiges Vorkommnis heute morgen, wo genau so ein großer Hund wie der Franz eine Rolle gespielt hat.

Vielleicht hätten wir das doch ganz anders machen sollen, am besten hätten wir überhaupt nichts angerührt. Aber der Franz musste ja gleich „retten". Da hat er schön was angerichtet, einschließlich dieser peinlichen Befragerei von der Polizei. Der Franz liegt derweil in seiner Ecke und tut unschuldig, hat sogar die Augen geschlossen, als würde ihn das alles gar nichts angehen. Schlau, sehr schlau, Franz!

Frauke fragt natürlich, was das für ein Vorkommnis gewesen ist. Der Asmussen will aber jetzt ganz genau wissen, ob der Franz immer frei herumläuft und ob er in der Nacht im Haus gewesen ist. Da muss Frauke allerdings zugeben, dass der Franz eigentlich macht, was er will, dass er auch mal allein in der Gegend herumläuft, aber dass sich noch niemand beschwert hat. Im Gegenteil, alle Kinder, die hier vorbeikommen, lieben den Franz und der lässt sich gern von den Kindern streicheln und knuddeln. Da gibt es gefühlt mindestens hundert Zeugen, vor allem die Leute mit den Wohnmobilen von nebenan. Die haben zum Teil übrigens auch große Hunde dabei. Noch nie ist da etwas vorgekommen!

Gut, gib's ihm Frauke! Lenk vom Franz ab!

Die Gila sitzt derweil auf der Küchenbank und ist völlig stumm, so kennt man sie gar nicht. Ich finde, sie sollte doch lieber versuchen, so zu sein wie immer, ungefragt Kommentare abgeben, vom Thema ablenken und überhaupt. Aber diese Passivität fällt direkt auf. Mach was, Gila!

Nachts ist der Franz eigentlich immer im Haus, sagt Frauke, aber ganz genau weiß sie das nicht, manchmal ist er auch bei ihren Tieren im Stall. Dass er sich nachts irgendwo im Dorf oder woanders herumtreibt, kann sie sich überhaupt nicht vorstellen. Und eins noch, der Franz geht eigentlich nie mit jemandem an der Leine, er hat gar keine, also der Bernd hat jedenfalls keine mitgebracht. Das fällt ihr jetzt auch erst auf, aber schließlich wohnt man hier doch auf dem Dorf, da brauchen Hunde keine Leine. Und der Franz ist immer brav gewesen und nie weggelaufen, im Gegenteil. Einen gutmütigeren und treueren Hund kann man sich gar nicht wünschen.

Der Franz brummt zustimmend, das gefällt ihm natürlich. Der Asmussen guckt ihn jetzt an, eine Augenbraue hochgezogen. Misstrauen? Aber bei den Menschen heißt es ja, dass Tiere Menschen bis zu einem gewissen Grad verstehen könnten, vor allem wenn über sie geredet würde. Wenn die wüssten ...

Asmussen hat sich wieder Frauke zugewandt und fragt nach, wie das denn letzte Nacht gewesen ist, ob sie denn überhaupt zuhause war, und wenn nicht, wann sie wiedergekommen ist. Ob ihr vielleicht etwas aufgefallen ist. Ja, und wann sie den Hund zuletzt gesehen hat.

Aha, jetzt zieht er den Kreis enger. Gleich wird er auf den Mord zu sprechen kommen und Frauke beschuldigen. Ich spüre, wie sich meine Haare am ganzen Körper aufstellen und ganz ohne meinen Willen die Krallen ausfahren wollen. Ich kann das gerade noch unterdrücken. Nur nicht dumm auffallen! Ich weiß ja nicht, was der Asmussen von uns Tieren weiß, aber sicher ist sicher. Sonst denkt er womöglich, ich hätte irgendwas mit der Sache zu tun!

Frauke sagt, dass sie die ganze Nacht zuhause war und eigentlich nichts Besonderes bemerkt hat. Um elf Uhr abends war sie im Bett, vorher hat sie noch die Tiere im Stall besucht, da war auch der Franz und hat da friedlich im Stroh gelegen. Ein Alibi? Sie lacht kurz auf. Nein, da gibt es kein Alibi, leider nicht. Die Tiere können ja nicht reden. Ach Frauke ...

Die Gila weiß natürlich auch von nichts, außer dem, was sie vom Maik weiß. Und genau der ist ja ihr perfektes Alibi.

Mich erwähnt sie natürlich nicht. Dabei habe ich deutlich sichtbar über dem Franz auf einem Holzbalken gethront! Hmmpff. Ich zähle hier wohl nicht.

Jetzt wird Frauke aber energisch und will von dem Asmussen wissen, was denn diese ganze Fragerei soll. Ist was passiert? Und was hat der Franz damit zu tun, und sie?

So, jetzt muss der Asmussen reden! Er sagt allerdings erst einmal, dass eigentlich er hier die Fragen stellt. Aber damit sie es weiß: Hinter dem Deich, keine 500 Meter von Fraukes Hof entfernt, hat vor einigen Stunden eine Frau eine Leiche entdeckt. Genau in dem Moment ist ein großer Hund aufgetaucht und hat da wie ein Irrsinniger herumgetobt. Weil es noch recht dunkel war, konnte die Frau ihn nicht sehr gut beschreiben, aber sie hat gesagt, dass es ein sehr großer, gefleckter Hund gewesen ist. Außerdem roch es stark nach Alkohol, und da der Franz mit seinem Fässchen schon im Inselkurier vorgestellt worden ist, läge es nahe, dass das der Franz auch gewesen ist.

Frauke ist natürlich betroffen, da muss sie sich nicht verstellen, auch wenn sie das schon von der Gila weiß. Ein Toter gar nicht weit weg von ihrem Haus! Aber der Franz kann damit wirklich nichts zu tun haben, oder wurde das Opfer totgebissen? Und wer das war? Die Gila schließt sich an, wer ist denn nun dieser Tote? Asmussen will jetzt aber von ihr wissen, woher sie denn weiß, dass das ein Mann ist – der übrigens nicht von einem Hund totgebissen wurde, da können die Damen sich schon beruhigen. Die Gila stottert da jetzt etwas herum. Die Sprache ist doch männlich geprägt, die ganze Emanzipation hat da bis jetzt wenig genützt. Da sagt man immer „der Täter" und nie „die Täterin", und dann heißt das unlogisch „das Opfer", als ob die Opfer kein Geschlecht hätten, die deutsche Sprache ist ja nun wirklich so was von verkorkst. Überhaupt sind das ja meistens Männer. Frauen laufen doch nicht nachts da allein herum, außer natürlich, sie wollen sich vielleicht umbringen. Vielleicht hat sich das Opfer, Mann oder Frau, ja an dem Teich selbst umgebracht, kann das nicht auch sein?

Oh, oh, oh, da hat sie sich verplappert! Das kommt von diesem wilden Redeschwall, da weiß man, nein frau, ja gar nicht mehr, was da rauskommt!

Der Asmussen fragt jetzt ganz freundlich und leise, woher sie denn weiß, dass die Leiche am Teich gefunden worden ist. Er hat eben den Ort gar nicht genauer bezeichnet. Die Gila will sich da noch herausreden, wo denn sonst, das hätte er doch grade gesagt – der Asmussen lacht nur freundlich-wissend. Ihr bleibt jetzt nichts anderes mehr übrig als mit der Wahrheit herauszurücken. Und so erzählt sie, dass sie das von dem Maik, ihrem Freund, weiß. Sie hat ja den Alarm in der Frühe mitgekriegt, wo der Maik so abrupt aus dem schönen Schlaf und ihren noch schöneren Armen gerissen worden ist.

Das schluckt der Asmussen auch, schließlich hat er selbst dem Maik am Telefon gesagt, wo er hinfahren soll. Das hätte sie ja gut mitbekommen können. Er sagt allerdings, dass er mit dem Kollegen natürlich noch reden wird. Da wird die Gila, die sich gerade entspannen wollte, wieder nervös. Bevor der Asmussen weiterreden kann, gibt sie zu, dass sie dem Maik auch gegen seinen Willen aus dem Kreuz geleiert hat, wer der Tote ist. Der Maik wollte das ja wirklich nicht sagen, sagt sie, aber sie hat ihn eben „mit den Waffen einer Frau" ordentlich unter Druck gesetzt.

Dem Asmussen scheinen „die Waffen der Frau" eher ein Ärgernis zu sein, so wie er jetzt die Brauen hebt. Wie es heißt, ist er unbeweibt, vielleicht hat er ja schlechte Erfahrungen gemacht. Der Lohns, der andere Polizist, grinst sich nur eins. Man kennt die

Gila auf der ganzen Insel. Wenn die was wissen will, dann erfährt sie das auch, um es umso freigebiger an alle möglichen anderen Leute weiterzuerzählen. Der Lohns mischt sich jetzt auch ein und fragt die Gila, wem sie das jetzt schon alles erzählt hat. Da tut die Gila ganz empört und sagt, niemandem natürlich, sie ist gerade eben erst bei Frauke angekommen, um ihr zu erzählen, dass der Jens Iversen nicht weit weg von ihrem Hof tot gefunden worden ist. Der Lohns sagt nur noch trocken: „Inselkurier?" Nein, den hat sie natürlich nicht informiert, so eine ist sie jetzt auch nicht, und überhaupt. Gila kommt in Fahrt, fragt ob die Polizei hier ist, um den Hund zu verhaften oder die Frauke oder sie gleich mit und muss schließlich von dem Asmussen gebremst werden.

Nein, niemand wird verhaftet, Asmussen ist jetzt auf dem Rückzug. Aber er muss noch von Frauke wissen, ob ihr am letzten Abend, in der Nacht oder am frühen Morgen etwas aufgefallen ist. Nein, ist es nicht, Frauke hat um die Zeit geschlafen. Allein. Kein Alibi. Besser wär' das schon, sagt der Lohns so nebenbei. Mistkerl!

Frauke war nicht am Deich, das könnten wir Tiere ja gern bezeugen. Wenn wir bloß die Mittel dazu hätten! Aber auf uns hört ja keiner.

Gila wird eingeschärft, dass sie den Mund halten soll, sonst gibt das richtig Ärger für sie und den Maik gleich mit. Da ist sie richtig erschrocken und verspricht, niemandem etwas zu sagen. Frauke schließt sich natürlich an. Die Polizei wird das ohnehin bald selbst bekannt machen müssen, es kommt eh schnell heraus und steht in der Zeitung. So gut kennt man unseren Inselredakteur. Ekke Knudsen hört auf Föhr das Gras schon wachsen, bevor es überhaupt ausgesät ist.

Asmussen steht vom Küchentisch auf und sagt noch, Frauke und Gila sollten sich weiter zur Verfügung halten, das gibt noch eine Befragung. Da klingelt sein Mobiltelefon, er holt das aus der Tasche und tippt auf das Ding. Sein Gesicht verdunkelt sich, er blafft nur in das Telefon, dass sie sofort kommen. Lohns guckt fragend. Asmussen dirigiert ihn aus der Tür, ohne etwas zu sagen. Frauke und Gila bleiben sitzen, die sind ganz platt. Was war das denn jetzt?

Noch ein Polizeieinsatz – Tom besorgt sich ein fliegendes Auge

Draußen gestikuliert der Asmussen, macht so eine Bewegung quer über den Hals und zeigt irgendwo hin, grob nach Nordosten. Die beiden Männer steigen in das Auto ein und fahren so schnell los, dass auf dem Hof Sand und Steine spritzen, Blaulicht eingeschaltet, aber kein Lalü-lala. Na! Was ist denn jetzt noch passiert? Ein Unfall?

Was jetzt kommt, weiß ich von den Möwen, genauer gesagt von Emma 27 628. Die saß nämlich friedlich auf unserem Hausdach, als die Polizei abrückte. Ich flitzte ja hinterher, um zu gucken, wohin die fahren, und habe diese Emma da sitzen sehen. Sie war auch gleich bereit, dem Wagen in der Luft zu folgen und zu beobachten, was die Polizei macht. Dafür musste ich ihr die nächste Wühlmaus versprechen, freilich kein Problem für mich, gerne doch! So flog sie also hinterher, nach weniger als zwei Stunden war sie wieder da. Also hier ihr Bericht:

Emma 27 628 berichtet

„Ich hatte keine Mühe, dem Wagen zu folgen. Auf den Straßen ist ja nie viel los, morgens schon gar nicht. Außerdem hatte der Polizeiwagen die ganze Zeit das Blaulicht an. Die sind ziemlich schnell gefahren, von Utersum erstmal Richtung Dunsum, dann die Rechtskurve, bei Klein-Dunsum links rein auf einen Wirtschaftsweg, also eine der schmaleren geteerten Straßen. Nach ein paar hundert Metern lag dann da das Auto Räder nach oben, das habe ich aus der Luft schon viel früher gesehen als die Polizisten.

Da bin ich gleich näher ran und habe mich in der Nähe auf dem Feld so hingesetzt, dass ich alles genau sehen und hören konnte. Da stand schon ein Polizeiwagen, außerdem noch ein Trecker.

Der Treckerfahrer saß auf dem Boden, ziemlich blass, eine Polizistin bei ihm. Der hat wohl das Auto gefunden und die Polizei und den Krankenwagen gerufen.

Ein anderer Polizist war bei einem Mann, den sie aus dem Unfallauto befreit hatten, ziemlich schwer verletzt, stark blutig, ich schätze mal, der war nicht angeschnallt, als er sich mit seinem Auto überschlagen hat. Aber der lebte noch – jedenfalls solange, bis der Krankenwagen, der aber mit lautem Lalü-lala, aus Wyk kam, bald nach dem Polizeiwagen, dem ich hinterhergeflogen bin. Ich weiß auch, wer der Unfallfahrer ist, da musste ich nicht den Polizisten zuhören. Das ist der Georg Lüdersen, der Unfall war gar nicht weit von seinem Hof weg. Bestimmt wollte der zu einem seiner Felder, weiß ich aber nicht. Was ich weiß, ist, dass die Polizisten da ziemlich gerätselt haben. Auf gerader Strecke, in der Nähe seines Hofes, schon merkwürdig. Befragen konnten sie den Mann nicht, der war ja bewusstlos. Also ich würde sagen, der hat Glück gehabt.

Eigentlich war das so ziemlich alles. Den Mann haben sie im Krankenwagen mit Karacho weggebracht. Die Polizisten haben die Straße abgesperrt und einer der Wagen mit zwei Leuten blieb da, die sollten warten, bis die Spurensicherung käme. Die Polizisten haben nämlich am Wegrand an einem Strauch ein Stück weiter weg etwas gefunden, was da wohl nicht hingehörte, ein buntes Stück Stoff. Ich weiß ja nicht, warum die das so wichtig finden, aber bitte. Und dann gibt das wohl noch die merkwürdigen Schlangenlinien, die der Lüdersen gefahren sein muss. Sieht so aus, dass der erst von der Straße abgekommen ist. Da hat er dann wohl die Gewalt über das Auto ganz verloren, bis sich das schließlich überschlagen hat, ein ziemliches Stück von diesem Strauch weg. Vielleicht hat er gesoffen, wär' ja nicht das erste Mal. Man wird sehen.

Der eine der Polizisten hat noch gesagt, dass das alles sehr merkwürdig ist, in der gleichen Nacht zwei der stärksten Befürworter des Dorfbauprojekts. Also ich finde das ja gut, dieses Projekt. Da kommen viele neue Menschen, da fällt für uns Möwen ja noch etwas mehr ab als jetzt schon."

Soweit der Bericht meiner fliegenden Späherin. Ich habe ihr versprochen, weitere Deichbeute abzutreten, wenn sie in nächster Zeit dafür gelegentlich mein fliegendes Auge macht. Das hat sie gleich zugesagt, wunderbar! Und für mich ist das kein Problem. Ich kann sowieso nicht alles aufessen, was ich bei einer normalen Deichschicht alles zur Strecke bringe. Eigentlich ist das sogar hilfreich. Spähdienste gegen Deichnagerbeute – ein echt guter Deal, bei dem nur ich gewinne. Muss die Emma aber nicht wissen.

Ein Problem habe ich noch. Ich muss wissen, was die Polizei weiß, was die ermitteln, was die denken, vor allem natürlich, wen sie verdächtigen. Wie komme ich da nur heran?

Aber erstmal gehe ich wieder rein, mal hören, was die beiden Frauen noch so reden. Die Gila ist leider gerade am Gehen, schade. Sie ist so eine wunderbare Nachrichtenquelle. Aber sie muss sich wohl erstmal wieder selber mit Neuigkeiten versorgen, wem nützen Erfindungen und Spekulationen! Sie sagt noch, dass sie jetzt in Wyk ihren Laden aufmachen muss – auch wenn die Leute wieder nur gucken und nichts kaufen, falls da überhaupt ein Schwein kommt. Ganz verstehe ich das nicht. Schweine gehen doch nicht in den Laden, und wenn ja, dann höchstens in die Fleischerei, und das dann nicht gerade lebendig. Das Geschwafel der Menschen ergibt wirklich oft keinen Sinn. Aber Frauke scheint das zu verstehen. Sie sagt noch, dass die Gila sich vielleicht einen anderen Ladenraum mieten sollte, mehr da, wo die Inselgäste und die Tagesausflügler auch hinkommen. Die Gila hat sich das wohl auch schon überlegt, sie sagt jedenfalls: Kein Geld, Frauke, ich weiß jetzt schon nicht, wie ich die Miete für den Laden zahlen soll, mehr zum Sandwall hin ist das finanziell für mich überhaupt nicht drin.

Arme Gila. Sie sollte das mit dem Kramladen lassen, wer braucht so was denn. Als Inselreporterin wäre sie garantiert besser als der Knudsen.

Damit endet die Diskussion, die Gila muss los. Mit ihrem kleinen roten Auto verschwindet sie genauso rasant vom Hof wie die beiden Polizisten, dass es nur so staubt. Ist wohl wirklich spät dran. Nicht dass sie noch ein Schwein verpasst.

So, jetzt weiß ich aber trotzdem nicht, was die Frauen noch geredet haben, als ich eben draußen war. Frage ich halt den Franz! Der aber hat gar nicht alles mitgekriegt, die lange Nacht hat ihn so müde gemacht, brummt er. Schöner Detektiv! Ich bringe nur aus ihm heraus, dass die Frauen heute Abend auf jeden Fall die Bürgerinitiative zusammenrufen wollen, egal was die Polizei meint. Sie müssen sprechen, das ist wichtiger als dass der Maik vom Asmussen wegen seiner Schwätzerei eine verpasst kriegt.

TAG 3, NACHMITTAG

Recherchen. Wo ist Mizzi?

Ich muss dann auch bald los. Dienst ist Dienst, und Katzenminze ist Katzenminze. Ich hoffe nur, dass die Nager heute auch mal eine Pause einlegen, ich muss dringend Schlaf nachholen.

Den Franz lasse ich auf dem Hof. Erstens ist er müde, der Schwächling, zweitens ist es ganz gut, wenn Frauke jemanden da hat, der sie beschützen kann. Ein Mörder und Attentäter geht um!

Und dann muss ich nach Mizzi schauen. Wieso ist die in der Nacht nicht zum Deichdienst angetreten – in der Mordnacht! Es ist doch wohl nichts passiert!?

Auf dem Deich treffe ich wie üblich auf Angela und ihre Herde. Angela ist etwas in Sorge, ein Sturm zieht auf. Ich schaue mich um. Der Himmel ist blau, von ein paar Wölkchen abgesehen, die von Westen schnell über uns hinwegtreiben. Na gut, es weht, und der Horizont sieht ein wenig komisch aus, aber das muss ja nicht unbedingt gleich Sturm heißen. Doch, meint Angela, das spürt sie im linken Hinterbein. Sie wird ja nicht jünger, sagt sie. Also je älter sie wird, desto wetterfühliger wird sie.

Es ist definitiv etwas im Anzug, blökt sie resolut, spätestens am Nachmittag geht es richtig los. Ich will da mal nicht widersprechen, ich hab's ja selbst schon gemerkt. Schwanzspitze, sage ich nur. War nur nicht wichtig für mich. Angela hat sowieso fast immer Recht. Immer wenn wir unterschiedlicher Meinung sind und ich so überzeigt bin, dass ich eine Wette gewinnen werde, mache ich diese Dummheit und verliere. Und dann muss ich jedes Mal die Wettschulden einlösen. Meistens bestehen die darin, dass ich den Schafen Einschlafgeschichten erzählen muss. Das heißt, ich muss mit jedes Mal etwas Neues ausdenken. Die Schafe haben ein gutes Gedächtnis und blöken empört, wenn ich versuche, eine der alten Geschichten aufzuwärmen. Bin ich eigentlich ein wandelndes Vorlesebuch? Vielleicht sollte ich mit der Wetterei aufhören, weil Angela sowieso fast immer gewinnt. Aber andererseits kann ich, nur unter uns bitte, auch zugeben, dass ich gern Geschichten erzähle und mich dafür von den Schafen bewundern lassen kann.

Die Kühe mögen das übrigens ebenfalls sehr gern. Ich habe das inzwischen so systematisiert, dass ich die Geschichten für die Kühe mit leichter Abwandlung auch für die Schafe verwenden kann und umgekehrt. Das merken die gar nicht und ich habe die halbe Arbeit bei der Geschichtenerfinderei. Mit den Kühen wette ich allerdings nicht, oder wenn, dann gewinne ich immer. Ich mache das nur, damit sie sich gut fühlen und ordentlich Milch geben. Einiges habe ich mir auch vom Egon abgehorcht. Leicht abgewandelt lässt sich so eine Egon-Geschichte durchaus als neu verkaufen. Auch das bleibt aber bitte unter uns!

Wo war ich? Ach, bei Angela auf dem Deich. Sie hat die ganze Herde versammelt, wir müssen einfach noch mal über die letzte Nacht sprechen. Vielleicht hat ja doch irgendeines der Schafe etwas wahrgenommen, so ganz am Rande vielleicht. Aber auch jetzt kommt da nichts Brauchbares. Nein, niemand hat etwas Verdächtiges gesehen oder gehört.

Die Schafe meinen, ich könnte die Kaninchen befragen, die in der Nähe des Teichs ihre Bauten haben. Nun ja. Auf die Idee wäre ich auch allein gekommen. Ich habe allerdings die überaus berechtigte Vermutung, dass die Kaninchen mir gegenüber voreingenommen sein könnten. Dabei ist das allein ihre Schuld, wenn der eine oder andere Verwandte am Deich das Leben lässt. Hunderttausendmal kann man ihnen das sagen, dass sie die Deiche in Ruhe lassen müssen, hunderttausendundeinmal buddeln sie wie die Verrückten Löcher hinein. Verstehen? Null. Verständnis? Null.

Angela ist doch recht unkonzentriert, dieser Mordfall scheint sie genau so wenig zu interessieren wie die Dummheit der Kaninchen. Ihre einzige Sorge ist offenbar, dass der Schäfer bald kommt und die Herde rechtzeitig in Sicherheit bringt. Das ist mir nun wirklich keine Hilfe. Sturm, pah! Es weht jetzt halt ein wenig stärker als eben.

Im Windschatten des Deiches ist mir trotzdem etwas wohler. Unter dem Zaun durch, dann über die schmale Straße, auf der nur ein einsamer Radfahrer mit spärlichem weißen Haar und hochrotem Gesicht gegen den auch hier noch gut spürbaren Wind ankeucht. Auf der anderen Seite der Straße liegen die schilfumsäumten Teiche, Wohnort so mancher Tiere. Sogar Bisamratten haben hier ihr Domizil. Das sagte ich schon? Na ja, wollte ich nur noch mal absichern.

Die Teiche sind genauso künstlich angelegt worden wie die sechs Föhrer Vogelkojen. Bis heute hilft der Spruch „Wenn du nicht artig bist, kommst du in die Vogelkoje" bei der Disziplinierung noch des aufsässigsten Nordseeentenkükens. Bis zu 70 000 Enten haben die Föhrer früher in diesen Teichen gefangen, getötet, gerupft, gegessen und verkauft – und das Jahr für Jahr! Die durchziehenden Wildenten wurden angelockt, und zwar mit besonders attraktiven, ja aufreizend schönen, sexy Lockenten. Die schwammen da so herum und sahen so begehrenswert aus, dass massenweise andere Enten auf diesen Fallengewässern landeten und sie für das Paradies hielten. Erst schwammen da so herum und wollten sich den betörenden Lockenten nähern, die sie aber stets schnöde abwiesen. Dann wurden sie von Hunden oder Menschen erschreckt und in Seitenarme des Teichs, die sogenannten Pfeifen, getrieben. Diese Pfeifen verengen sich immer weiter, bis sie in einer Entenfalle, einem Fangkasten, enden. Dann haben die Menschen sich die Enten geschnappt und aus war's. Ja, das ist die bittere Wahrheit. Und doch sind immer wieder neue Enten auf die Verlockungen der Vogelkojen hereingefallen.

Heute dienen die Vogelkojen dem Naturschutz, die Vögel haben da regelrechte Refugien, also Rückzugs- und Ruhegebiete. Deshalb darf auf Föhr auch nur eine der Vogelkojen, die in Boldixum, von den Menschen besichtigt werden. Die Enten sind aber noch heute misstrauisch. Irgendwann hatte es sich herumgesprochen, dass mit diesen schönen Teichen und den sexy Lockenten nicht alles in Ordnung war. Allein in der alten Oevenumer Vogelkoje ließen in den etwa 250 Jahren von 1730 bis 1983 über drei Millionen Enten ihr Leben. Drei Millionen – eine unvorstellbare Zahl. Ich kann mich nur wundern, dass so viele Enten noch heute den Menschen gegenüber so vertrauensselig sind, ja dass es überhaupt noch Enten gibt. Mit den Wildgänsen ist es ähnlich. Seitdem die nicht mehr gejagt werden, haben sie aber die Oberhand und kacken alles voll. Ich sprach darüber. Vielleicht ist das ja die Rache an den Menschen, für jahrhundertelange Verbrechen an der Gänsewelt.

Ich schweife schon wieder ab. Ich habe aber auch Zeit dazu, schließlich muss ich unseren ganzen Deichkatzenabschnitt nach Mizzi absuchen. Man muss sich ja schließlich geistig beschäftigen und nicht so stumpfsinnig herumlaufen wie manche der Einheimischen und der Urlauber auf der Insel. Ich sehe sie ja, wenn ich zu meinen Schichten am Deich laufe oder mich nach Hause zurückbegebe. Schon frühmorgens schinden sie sich so sehr, dass man auf den erschöpften, schweißüberströmten Gesichtern jeglichen Ausdruck von Intelligenz vermissen muss. Und das alles für … ähh, ja für was? Schönheit? Von der Lauferei wird man nicht schöner. Abnehmen? Weniger essen hilft auch. Alles an Körpertraining nachholen, was man in den restlichen 50 Wochen des Jahres versäumt und vermieden hat? Hoffnungslos.

Wo kann die Mizzi nur sein? Falls sie ihre Schicht verpasst haben sollte, hätte sie mir das längst mitgeteilt, wir hätten das wie schon früher intern regeln können. Muss ja nicht gleich alles amtlich werden. Es kommt ohnehin immer wieder vor, dass eine Deichkatze wegen höherer Gewalt nicht zum Dienst erscheinen kann. Sie wird eingesperrt, zum Tierarzt geschleppt und wer weiß was noch. Einmal wurde eine Deichkatze auf dem Weg zum Dienst von einem Touristenauto überfahren. Die bewegende Trauerfeier wird ganz „Föhr Nutz" niemals vergessen. Hoffentlich ist nicht schon wieder so etwas Schreckliches passiert!

Die Suche gestaltet sich gar nicht so einfach, weil bei uns im Vergleich zu anderen Deichabschnitten recht viel Gehölz in Deichnähe steht. Überall kann da die Mizzi sein. Vielleicht hat sie ein Fuchs erwischt oder ein freilaufender Hund, man weiß ja nicht. Obwohl ich ganze zwei Stunden suche und rufe, bleibt das erfolglos. Wo ist sie nur? Irgendwann gebe ich auf, der Tag schreitet voran und ich habe noch zu tun: Zeugen suchen!

Am Teich treffe ich keine Enten an, nur zwei dicke Kröten, die mich aber nur stumpf anglotzen und so tun, als könnten sie mich nicht verstehen. Dann eben nicht. Mit Amphibien hab' ich's eh nicht so. Die sind auch nicht organisiert, weder bei „Föhr Nutz" – warum auch – noch bei „Föhr Wild". Genauso wenig wie die Fische oder die Wattwürmer.

Ich wollte aber nach Kaninchen Ausschau halten. Einige Löcher sind schon von weitem zu erkennen – wenig schlau, meine lieben Karnickeltiere! Da braucht man sich ja nur davorzusetzen, still zu sein und ein wenig Geduld zu haben. Habe ich schon gesagt, dass Geduld zwar nicht meine größte Stärke ist, ich aber immer noch eine Katze bin und das Jagdhandwerk perfektestens beherrsche? Also setzt man sich erst mal in aller Ruhe neben so ein Loch. Steckt das Kaninchen irgendwann die langen Löffel, also seine Ohren, heraus, wird es an selbigen ergriffen und ganz ans Tageslicht befördert.

Zeugenbefragung (2)

Genau so mache ich das mit dem hellen, kurzfelligen, etwas struppigen Kameraden, der gerade die Lage am Teich peilen will. Das dumme Tier zittert am ganzen Körper, dabei will ich ihm gar nichts tun, nur ein paar Fragen stellen. Nur geht das recht schwer, mit den Kaninchenohren im Maul. Man muss sich meine Aussprache also vielleicht etwas verwisch-verzischt vorstellen. Mag sein, dass das nicht so gut zu verstehen ist, vor allem nicht, wenn man Todesangst hat. Also dauert es eine ganze Weile, bis das Langohr endlich begreift, dass ich wirklich nur etwas fragen will.

Wir sind dann endlich soweit, dass ich die Ohren loslassen kann. Das Kaninchen rennt auch nicht weg, obwohl ich genau das erwartet hatte. Aber es setzt sich ganz, ganz dicht an sein Loch und ich muss mich zwei Meter von ihm entfernen. Bitte, bitte, wenn's denn hilft!

Und wofür das Ganze? Es hat natürlich nichts gesehen. In der Nacht war es einige Hundert Meter entfernt auf dem Rasengrundstück des Restaurants, vor den Ferienwohnungen. Die lieben Gäste verwöhnen die Kaninchen da mit saftigen Möhren und knackigen Kohlrabi. Das schmeckt freilich besser als das teilweise von Gänsekacke, Schafsködeln und Möwenschiet kontaminierte Deichgras. Das wundert mich nicht. Also das mit den Menschen. Die Kaninchen sind ja sooo niedlich! Dass die sich nachts noch über die Deiche hermachen, da denken die Zweibeiner natürlich nicht drüber nach, wenn sie die Kaninchen verwöhnen.

Immerhin hat der struppige Karnickelbock inzwischen so viel Vertrauen gefasst, dass er mit einem bestimmten Klopfen seiner Beine auf den Boden – den Takt muss ich mir merken, wer weiß, wozu das noch gut sein kann – einige andere Kaninchen herbeizitiert. Sind die noch nicht auf die Idee gekommen, dass er mein Lockkaninchen ist und ich sie alle einkassieren könnte so wie die Menschen früher die Enten?

Vielleicht ist er ja auch Chef dieser Karnickelbande, ich habe jetzt zu wenig Zeit, um das zu vertiefen. Gleichwohl, über die Sozialstruktur der Inselkaninchen möchte ich mir schon noch einen Überblick verschaffen. Später halt mal.

Schließlich sitzen geschlagene neun Nager um mich herum, in gebührendem Abstand versteht sich. Die meisten haben nichts gesehen. Drei waren im Dorf auf Möhren- und Kohlrabiraubzug, vier haben im Bau geschlafen und nichts mitbekommen, eins hat sich weit von hier auf der Kuhwiese anderwärts vergnügt – darüber schweigt des Katers Höflichkeit.

Eines aber hat tatsächlich etwas gesehen. Das elektrisiert mich so, dass zum Schrecken der Kaninchen mein ganzes Fell absteht und sich vor allem der elegant-silbergraue Katzenschwanz aufrichtet und dank der gepflegten langen Haare ganz dick ausschaut.

Nachdem das Phänomen geklärt ist und die Kaninchen sich wieder beruhigt haben, kann ich endlich die Zeugenaussage aufnehmen.

Bericht von Speckmöhrchen, dem Inselkaninchen

„Also am Morgen war ich im Dorf, da gibt es ein Gästepaar, das mit Möhren nur so um sich wirft. Ich habe mich sogar streicheln lassen und eine Extramöhre abgestaubt. Danach war ich so vollgefressen, dass ich mich nur mit Mühe hier zu meinem Bau zurückschleppen konnte. Im Bau habe ich erstmal einen schönen Verdauungsschlaf gemacht, bis nachmittags. Danach habe ich mich ein wenig gesonnt, ist ja gut für das Fell. Am späten Nachmittag und frühen Abend habe ich den Bau verbessert, man will es ja schön und gemütlich haben zuhause."

(Bericht aufnehmender Kater hat sein hier deutlich vernehmbares Stöhnen aus dem Protokoll gestrichen.)

„Als es schon eine Weile dunkel war ..."

(Bericht aufnehmender Kater hält fest, dass Zeuge die Uhrzeit nicht genau bestimmen konnte, der Mond hat nicht geschienen.)

„... bin ich aus dem Bau raus, mal sehen, ob man vielleicht mit ein paar Kumpels noch etwas am Deich unternehmen könnte, Schafe ärgern oder so."

(Bericht aufnehmender Kater unterdrückt instinktive Regung, den Zeugen an den Ohren zu packen und ordentlich zu beuteln.)

„In dem Moment sehe ich aber einen Menschen, allein, am kleinen Baum nahe dem Ufer stehen. Ich bleibe also still vor meinem Bau hocken. Menschen soll man nicht trauen, auch wenn manche einen mit leckeren Sachen verwöhnen. Gleich darauf kommt ein anderer Mensch mit dem Fahrrad angefahren, ich höre noch das Sausen der Reifen und das etwas quietschende Bremsen. Der kam aus Richtung Dunsum und hatte das Fahrradlicht nicht an."

(Bericht aufnehmender Kater ist erfreut über die wenigstens teilweise ersichtliche Präzision der Wahrnehmung und deren Wiedergabe durch den Zeugen.)

„Dieser Mensch stieg von dem Rad ab und ist auf den Menschen zugegangen, der da schon stand. Eine Weile haben die sich unterhalten, aber recht leise. Ich habe nur verstanden, dass der eine nicht wollte, dass der andere irgendwas machte. Er solle einfach aufhören und sie in Ruhe lassen."

(Bericht aufnehmender Kater fragt dazwischen, ob der Zeuge etwas genauer angeben könnte, wer mit „sie" gemeint gewesen wäre. Zeuge verneint. Darüber hätte er sich auch keine Gedanken gemacht, das Menschengerede interessierte ihn sowieso nicht so. Bericht aufnehmender Kater fragt weiter, ob der Zeuge die Menschen näher beschreiben könnte. Dies ergibt nicht viel, nur dass der mit dem Fahrrad gekommene Mensch etwas kleiner war als der andere und dass beide eher dünn als dick waren. Mann oder Frau? Zeuge kann sich nicht zu einer Feststellung entschließen. Beide dunkel angezogen, der hinzugekommene Mensch hatte Kapuze auf dem Kopf. Haarfarbe nicht wahrgenommen. Stimme eher hell als tief, aber nicht einem Geschlecht zuzuordnen. Bericht aufnehmender Kater stöhnt.)

„Der mit dem Rad dazugekommene Mensch hat auf einmal den Arm ausgestreckt und auf etwas im Rücken des früher gekommenen Mannes gezeigt. Der hat sich rumgedreht und geguckt, aber wohl nichts gesehen. Der Fahrradmensch hat mit drängendem Ton etwas gesagt, der Wartemensch hat wieder in die angegebene Richtung geguckt. Der Fahrradmensch hat etwas aus seiner Jacke geholt und einmal richtig kräftig zugeschlagen. Das hat so ein ganz furchtbares Geräusch ..."

(Bericht aufnehmender Kater stellt fest, dass der Zeuge von dem Geräusch des Schlages so schockiert gewesen sein muss, dass seine Aussagen über das Geschehen nurmehr eingeschränkt verwertbar sind. Festgehalten werden kann immerhin, dass das Opfer gefallen ist und der Kopf unter Wasser geriet. Der Täter oder die Täterin hat sich mit dem Fahrrad in die gleiche Richtung entfernt, aus der er oder sie gekommen ist.)

Soweit das Kaninchen. Das ist doch schon mal was, aber im Prinzip bin ich damit trotzdem nicht sehr viel weiter als nach der

Aussage der drei Enten. Was kann ich festhalten? Wenig Fakten, abgesehen vom Tathergang, viel Anlass zu Spekulationen. Die beiden, Opfer und Täter, waren offenbar verabredet, zu einer höchst ungewöhnlichen Zeit an einem höchst ungewöhnlichen Ort. Das Opfer wurde vermutlich vom Täter dort hingelockt oder genötigt, dort hinzukommen. Anders ist das kaum zu erklären, ein Zufall dürfte doch wohl ausscheiden. Also liegt die Annahme nahe, dass der eine den anderen entweder neugierig gemacht oder ihn gezwungen – erpresst? – hat. Der Täter ist mit dem Vorsatz gekommen, das Opfer zu töten oder wenigstens schwer zu verletzen, schließlich war eine geeignete Tatwaffe dabei. Danach ist er geflohen und hat die Tatwaffe mitgenommen. Über die Identität des Täters ist nichts bekannt außer, dass er schlank und etwas kleiner war als das Opfer. Könnte auch eine Frau gewesen sein – die Bärbel gar? Und dann geht es noch um eine „Sie" oder mehrere Leute („sie"), die in Ruhe gelassen werden sollte oder sollten.

Damit kann ich die Kaninchen gnädig entlassen – nicht ohne ihnen einzuschärfen, unbedingt den Deich in Ruhe zu lassen, wenn ihnen ihr Leben lieb ist – auf die eine oder andere Weise. Ich habe ja nichts gegen Kaninchen, nur gegen große Löcher in unseren Schutzbauten.

Sturm kommt auf

Inzwischen ist es Abend. Dunkle Wolken jagen tief über uns hinweg, es ist spürbar kälter geworden, der Wind pfeift nur so über die Deichkrone. Gibt das jetzt eigentlich Sturmflut? Ich muss zugeben, dass ich in den letzten Tagen nicht so aufgepasst habe wie es die Pflicht mir eigentlich gebietet. Eine Deichkatze soll nach Vorschrift – „Föhr Nutz" hat das schon vor Urzeiten so geregelt – immer bestens informiert sein über das Wetter und die Gezeiten. Das gilt natürlich erst recht, wenn wie bei mir auch noch wetterfühlige Hilfstruppen zur Verfügung stehen. Macht aber nichts, jetzt sieht sowieso jedes Tier und jeder Mensch, was los ist.

Tiere sind auch nicht mehr zu sehen, außer einigen halbstarken Möwen, die sich im Halbdunkel unter verwegenem Kreischen mit rasantem Tempo vom Wind über See und Land tragen lassen. Die sollen nur aufpassen, dass nicht irgendeine Böe sie packt und an einem Baum oder Haus zerschmettert!

Ich laufe zurück auf den Deich, mal sehen, was los ist. Jede andere Katze, möchte ich betonen, hätte das natürlich nicht getan, sondern sich in den Schutz eines warmen, sicheren Unterschlupfes begeben. Ich nicht. Ich bin schließlich eine sturmerprobte Deichkatze!

An Stürmen hat es bei uns an der Nordsee keinen Mangel, ist ja bekannt. Schwere Stürme sind seltener, aber wir alle hier wissen, was das bedeutet. Ein Orkan kann die Katastrophe bedeuten. Das weiß jeder, der an der Nordseeküste wohnt. Seit Jahrhunderten, ja seit vielen Jahrtausenden haben hier See und Wind das Leben bestimmt. Ganz wichtig war immer der Wechsel von Eiszeiten und Warmzeiten. In den Eiszeiten ist der Spiegel der Weltmeere stark gesunken, da hätte man zeitweise sogar trockenen Fußes nach Großbritannien gelangen können. Da sollten sich die Groß-Briten mit ihrer Inselmentalität mal dran erinnern, so was Besonderes sind die auch nicht.

So oft hat sich die Küstenlinie verändert! Leichtsinn, Misswirtschaft und Uneinigkeit führten zu mangelndem Deichschutz. Das Land hinter den Deichen wurde trockengelegt, dann sank seine Höhe ab. Brachen die Deiche, war ganz schnell alles überflutet. Häufig gab es Streit um die Arbeit an den Deichen, oder man wollte mal wieder sparen, sparen, sparen. Sogar mutwillige Beschädigungen gab es, das kann man sich heute kaum noch vorstellen. Dann kamen Epidemien wie die Pest, auch Kriege. Oder in den großen Sturmfluten starben ganz viele Menschen. Zu wenige blieben übrig, um mit ihrer noch vorhandenen Arbeitskraft die Deiche so zu erhalten oder höher zu bauen wie es nötig gewesen wäre.

So erhielten die Menschen eine bittere Lektion nach der anderen – und wir Tiere gleich mit, ohne dass wir viel hätten tun können.

Das konnte ja nicht so bleiben, deswegen bin ich heute hier, als Deichkatze!

Der Wind hat weiter aufgefrischt, das Meer zeigt deutlich höhere Wellen als sonst, ist ja klar. Man sieht viele weiße Schaumkronen. Geschützt von den Inseln Amrum und Sylt ist der Wellengang hier aber nicht so schrecklich, das Wasser ist insgesamt doch sehr flach. Es kann bei so einem Wetter allerdings sein, dass die Fähren den Betrieb einstellen müssen. Und mit dem Flugzeug wegfliegen geht dann erst recht nicht. Dann sind wir vom Festland abgeschnitten! Die Inselgäste sitzen in diesem Fall schön dumm da, die einen kommen nicht auf die Insel rauf, die anderen nicht runter. Aber so lange dauert das zum Glück meistens nicht, die Fährkapitäne verstehen ihr Handwerk auch bei recht schwerer See.

Hier auf Föhr mssen wir weniger Angst vor dem Sturm als vor der Sturmflut haben. Es ist ja jetzt schon lange nichts Furchtbares mehr passiert, was, das darf ich in aller Bescheidenheit doch sagen, natürlich auch dem unermüdlichen Einsatz der Katzen zum Schutz unserer Deiche geschuldet ist. Aber ich habe neulich einmal Urlauber zu einer Filmvorführung im Utersumer Taarepshüs begleitet, da hieß es in der aus neuen und alten Bildern zusammengestellten Dokumentation, dass der Meeresspiegel durch den Klimawandel stetig ansteigt und die Sturmfluthöhen deutlich zugenommen haben. Zwei bis drei Meter über normalem Hochwasser, mit meterhohen Wellen, das macht schon was aus. Da werden die Deiche tatsächlich schon geprüft.

Deichschutz ist und bleibt deshalb von größter Wichtigkeit. Tja, das ist wohl klar. Die Menschen haben das auch kapiert, überall in unserem Bundesland Schleswig-Holstein werden deswegen seit einigen Jahren die Deiche erhöht. Mit 50 Zentimeter höheren Deichen glauben die bis zum Jahr 2100 Ruhe zu haben. Hoffentlich reicht das wirklich. Die Menschen haben sich ja schon öfter getäuscht. Ich glaube ja nicht, dass die alle schon kapiert haben, was der Klimawandel wirklich für Folgen hat. Da gibt es nicht wenige, die sagen, so einen Klimawandel, den gibt es gar nicht. Damit beruhigen sie sich und können weiter mit ihren Schiffen, Flugzeugen und Autos die Luft verpesten, können die Bäume abholzen und was weiß ich noch alles Klimaschädliches anstellen. So sind sie, die Menschen, was ihnen unbequem ist, wird nicht zur Kenntnis genommen. Oder es wird einfach etwas anderes behauptet, was ihnen besser in den Kram passt. Ich weiß ja nach wie vor nicht, warum die Gäste überhaupt mit Autos auf die Insel kommen. Hier kann man alles bequem mit dem Fahrrad erledigen, und Busse fahren auch. Auf anderen Inseln haben sie ja Autos inzwischen verboten. Aber darauf können wir auf Föhr wohl noch lange warten.

Die Inselgäste haben von alledem kaum Ahnung. Viele kommen ja weit aus dem Binnenland – sogar aus Kassel habe ich welche gesehen, die leben ja dort auf Bergen und kennen keine Sturmflut. Solche Filme sollte sich deshalb wirklich jeder ansehen, der hier bei uns zu Gast ist – und all die Katzen auf der Insel, die sich bis jetzt noch nicht zu einer Bewerbung als Deichkatze durchringen konnten.

Auf Sylt drüben ist das schlimmer als bei uns. Die Insel ist dem Meer ungeschützt ausgeliefert und bei jedem Sturm verliert sie an Substanz. Ist der Sturm vorbei, können die Menschen in teuren Aktionen immer wieder neuen Sand aufspülen. Auf Amrum geht das auch häufig hoch her, da leiden aber mehr die Randdünen. Das sind sowieso eigentlich nur Sanddepots, das macht also nichts. Ab und zu geht das aber auch an die Vordünen. Weil der breite Kniepsand immer weiter nach Norden wandert, werden die heute noch öfter bedrohten Inselgebiete im Norden künftig aber schon durch die Kraft der Natur besser geschützt werden. Hier auf Föhr brauchen wir so was eigentlich nicht zu befürchten, obwohl ... na ja, ich habe gehört, dass die im Süden der Insel tatsächlich auch mit Sandaufspülungen angefangen haben. Oder machen die das nur, damit wir da noch schönere Strände haben?

Drüben am Haus des Gastes Utersum sehe ich Lichter. In großer Eile werden Strandkörbe vom Strand weggeschafft. Einige der schweren Körbe sind durch die Gewalt des Windes sogar schon umgekippt. Die Menschen haben Trecker mit so langen Gabeln, die heben die Körbe einfach an und fahren die in die Strandkorbhalle hinter dem Spielplatz und dem Kleinen Kurmittelhaus. Da werden die auch im Winter eingelagert. Im Sommer gibt es manchmal Feiern in der Halle, sehr praktisch.

Auch Leute von der DLRG sehe ich da, die holen offenbar ihre Sachen aus dem kleinen Holzhäuschen, in dem sie normalerweise sitzen und aufpassen, dass kein Mensch ertrinkt. Am Fahnenmast sehe ich eine Flagge, im Dunkeln kaum zu erkennen – dürfte sicher das Zeichen für Badeverbot sein! Im Dunkeln nützt das freilich nichts, wahrscheinlich haben die DLRG-ler die Fahne nur vergessen. Wer jetzt und um diese Zeit hier noch badet, dem ist auch nicht mehr zu helfen, der will sich umbringen. Die können also die Flagge ruhig abnehmen, sonst hängt die bald in Fetzen.

Und das reicht mir auch schon, genug gepeilt. Bei dem Wind kriegt man ja Schwierigkeiten, Luft zu holen! Ich sehe nochmal rüber zu Angela und ihrer Herde. Die Schafe haben sich an der windabgewandten Deichseite unten zusammengekauert, ein großer weißer, sich bewegender Fleck im Dunkeln. Hoffentlich kommt der Schäfer bald und bringt die dort weg. Angela hat gesagt, dass er mit dem Hund auf dem Festland ist, um den Pachtvertrag für die Deichflächen, die seine Herden beweiden sollen, zu erneuern.

Jetzt fängt es auch noch an, zu regnen, aber so richtig. Die Tropfen werden fast waagerecht durch die Luft gefegt und beißen mir ordentlich ins Fell. Nur weg von hier, schnell ins Trockene! Erstmal in die alte Kinderhütte im Wäldchen, und wenn es weniger wird, heim zu Frauke.

TAG 3, SPÄTER ABEND

Krisensitzung

In einer kurzen Regenpause schaffe ich es tatsächlich zum Hof. Pudelnass werde ich trotzdem, nicht ohne mich zu fragen woher wohl dieses komische Wort kommt. Werden Pudel schneller nass? Oder mehr als andere Hunde wie Schäferhunde und Bernhardiner? Und warum nicht auch Katzen?

A propos Bernhardiner. Was macht eigentlich der Franz? Das ist schnell geklärt: Der liegt nämlich faul in der Küche auf der Hundedecke und macht ... nichts. Im Radio, das Frauke angelassen hat, hört man gerade „Das ist die perfekte Welle, das ist der perfekte Tag". Tss. In der Tat, an perfekten Wellen mangelt es gerade nicht. An besonders hohen, perfekten Wellen genau genommen. Der Tag hingegen ist wohl nicht so perfekt. Wahrscheinlich wird dieses Lied noch dann gedankenlos gedudelt, wenn die Insel unter Wasser steht.

Kühe und Ziegen sind im Stall, der Egon auch. Da sind sie aber nicht alleine. Auf dem Hof stehen lauter Autos, die Bürgerinitiative hat wieder Sitzung. Ungewohnt spät ist das dieses Mal, sonst kommen die BI-Leute immer schon am späten Nachmittag oder frühen Abend. Die Treffen dauern meistens so zwei bis drei Stunden, nur selten länger, alle haben ja zu tun.

Die Menschen sind alle in der Scheune, da ist genug Platz für solche Treffen. Was wollen die schon wieder hier, will ich denken – als mir einfällt, dass Frauke und Gila am Morgen darüber gesprochen haben, dass sie jetzt die Krise haben oder kriegen. Dann muss das jetzt also diese Krisensitzung sein, wegen dem ... ähh, der Genitiv ist, wie nicht mehr jeder weiß, dem Dativ sein Tod – wegen des toten Bürgermeisters und des Unfalls seines Schwiegervaters. Da muss ich natürlich lauschen. Aber erstmal in Fraukes Schlafzimmer, da hat die vor dem Bett so einen schönen flauschigen Teppich liegen, mit dessen Hilfe ich mein Fell schnell halbwegs trocken kriege. Sehe dann zwar kurzzeitig aus wie ein Wischmopp, aber was soll's.

Im Stall schaue ich trotzdem erst einmal bei den Kühen und den Ziegen vorbei. Die haben sich wie so oft um den Egon versammelt. Der erzählt gerade, wie er und sein Reiter einmal ein einsames, hilfloses, vom Sturm bedrohtes Schaf vom Deich gerettet haben. Das hören die Kühe gern, solche Heldentaten sind ganz nach ihrem Geschmack. Die Geschichten lenken auch so schön von dem bedrohlichen Wettergeschehen ab. Nur die halliggeborene Gesa steht dicht am Tor und guckt durch ein Fenster sehnsüchtig nach draußen. Sie ist unsere Wetterkuh, am liebsten würde sie das ganze Jahr draußen bleiben.

Drüben bei der Menschensitzung geht es hoch her. Aber erst mal peilen, wer alles da ist, vom Deckenbalken weit oben kann ich das gut übersehen. Ich zähle neben Frauke und Jean Marie, die ja hier wohnen, neun weitere Menschen: Natürlich Hanno, ohne den ja nichts geht, und Gila, die ebenfalls immer dabei ist. Ferner sitzen da am langen Tisch Tjark Jepsen aus Wyk, Mitarbeiter bei der Fährschiffgesellschaft – Thomas Andreesen aus Boldixum, ein Lehrer – Stine Andersen aus Wyk, arbeitet im Aqua Föhr – Meta Johnsen aus Nieblum, Rentnerin – Natalia von Mahlow, die so kleine wie energische Chefin des Kleinen Kurmittelhauses – Hans-Jürgen Hansen, Wattführer a. D. und „Alterspräsident" der Bürgerinitiative. Schließlich sehe ich noch Nina Jepsen, Schülerin aus Oldsum, mit 17 das „Küken" der Gruppe. Zusammen sind das elf. Nicht dabei ist diesmal der Stefan, Stefan Lüdersen, der wird jetzt wohl Kummer genug in der Familie haben. Mehr konnten wohl nicht kommen, manchmal sind das nämlich um die zwanzig Leute und mehr. Aber das Wetter ist auch zu schlecht. Ich weiß auch gar nicht, ob Hanno überhaupt alle eingeladen hat.

Als Frauke Hanno angerufen hatte, da wer der erst mal ganz still am Telefon – so zwei, drei Sekunden lang. Dann hat er so laut durch den Hörer von Fraukes altmodischem roten Festnetztelefon gebölkt, dass ich alles verstehen konnte. Den harten Kern zusammenrufen, sofort, heute Abend Krisensitzung! Per E-Mail und Telefon, ach nee, besser nur per Telefon, so wie früher, Telefonkette! Man weiß ja nicht, ob nicht die E-Mails von anderen mitgelesen werden!

Ja, und dann hat Frauke nur die Meta Johnsen angerufen. Das ist eine ganz feine Frau, schon 74, die war früher auch mal Bürgermeisterin und kennt sich im politischen Leben der Insel immer noch bestens aus. Die hat dann den nächsten angerufen und so weiter.

Nun sind alle hier, der erreicht werden konnten und Zeit haben. Fraukes Nachricht, dass der Jens Iversen ermordet worden ist und auf seinen Schwiegervater anscheinend ein Anschlag verübt wurde, hat eingeschlagen wie eine Bombe. Gila hat trotz Verbot – kann man dem Wind das Wehen verbieten? – ihre Beziehungen spielen lassen und das mit dem Lüdersen herausgekriegt. Alle reden sie laut und wirr durcheinander, ich sehe auch misstrauische Blicke – vor allem in Richtung Hanno. Der wirkt betroffen, aber dass er wegen seines Bruders jetzt in Tränen ausbrechen würde, kann man nicht erkennen. Mit anderen Worten, er bleibt recht cool. Der Tjark Jepsen fragt direkt, ob Hanno damit was zu tun hat. Hanno hat ja schon öfter mehr als unfreundlich über seinen Bruder und Schwiegervater geredet, wie die ganze Insel weiß. Ein anderer sagt aber sofort zu ihm, er soll doch bitte kein so'n dummes Zeug reden! Hanno regt sich auch ordentlich auf und schleudert diesem Tjark entgegen, er war's nicht, auch wenn er den beiden die Pest an den Hals gewünscht hat wegen des Bauprojekts.

Und dann erzählt er, dass die Polizei schon da war und ihn „durch die Mangel gedreht" hat, wie man so sagt. Der Asmussen natürlich, und noch ein anderer. Wo er denn gestern Abend war. Wo er in der Nacht war. Wo er heute am frühen Morgen war. Ja, wo wohl, hat der Hanno immer nur gesagt – sagt er jetzt. Zuhause, am Computer gearbeitet. Ferngesehen. Ins Bett gegangen. Gelesen. Geschlafen. Alles allein.

Der Hanno, das muss ich nachtragen, lebt allein. Keine Frau hat das je lange mit ihm ausgehalten. Das wiederum hat die Gila mal Frauke erzählt. Ich glaube, sie würde das selbst schon mal mit dem Hanno probieren wollen, aber der interessiert sich nicht für sie. Obwohl sie doch eigentlich ganz gut aussieht. Ich denke mir, der Hanno will die Gila nicht, weil sie ständig Kontra gibt. Die

Gila ist nicht auf den Mund gefallen, auch wenn sie immer wieder auf Männer reingefallen ist. Das ist dem Hanno wahrscheinlich zu stressig, und ich sage, das ist auch besser so. Die Gila findet schon noch einen Besseren. Und der Hanno, der ist so verkorkst, wer weiß, ob der nochmal jemanden findet, der ihn richtig zu nehmen weiß. Kann mir allerdings egal sein. Nur dass er sich womöglich doch noch erfolgreich an Frauke ranmacht, da hätte ich entschieden etwas dagegen.

Der Hanno darf die Insel nicht verlassen, das erzählt er jetzt, er soll es ja nicht versuchen, sonst ist blitzschnell eine Fahndung raus und er kriegt erhebliche Probleme mit Polizei und Staatsanwaltschaft. Der Asmussen hat es ihm nachdrücklich verklickert. Das Gespräch kann ich mir gut vorstellen, der wütende Hanno und der bestimmte, ja autoritäre Asmussen! Trotzdem schade, dass ich da nicht dabei war. Und da fällt mir wieder ein, ich brauche dringend irgendjemanden, der in der Wyker Polizeistation für mich Augen und Ohren aufmacht.

Also der Hanno ist verdächtig und darf die Insel nicht verlassen. Im Moment geht das ja sowieso nicht, wegen dem ... also wegen des Sturms. Die Polizei, sagt der Hanno noch, wird wahrscheinlich auch mit anderen Leuten aus der Bürgerinitiative reden wollen. Frauke und Gila gucken sich an, Frauke berichtet dann noch ausführlich von dem Gespräch, ein Verhör war das ja eigentlich nicht, mit der Polizei am frühen Vormittag.

Da haben sie erstmal dran zu knacken, ein richtiges Stimmengewirr fängt jetzt an. Frauke versucht dann die durcheinander und immer lauter redenden Bürgerinitiativler zu beruhigen. Dieses Durcheinander bringt doch nichts, jetzt müssen wir Ruhe bewahren, wir müssen die Bürgerinitiative vor Schaden bewahren ... da fällt Hanno ihr ins Wort und schreit, das könne ja auch einer von den Scheiß-Projektprofiteuren gewesen sein, um die Bürgerinitiative in Verdacht und Misskredit zu bringen. Da werden sie gleich stumm, diesen Gedanken müssen sie erstmal verarbeiten. Dann aber geht die Diskussion weiter, dieser Gedanke erscheint einigen doch zu absurd. Vor allem die Meta Johnsen und der Hans-Jürgen Hansen, die beiden ältesten in der Gruppe, lehnen jede weitere Diskussion darüber ab. Sie kennen das Leben auf der Insel schließlich schon länger. Auch wenn sich in den vergangenen Jahren vieles geändert hat, und nicht alles zum Guten, so darf man doch sicher sein: Über Leichen gehen die nun wirklich nicht – und schon gar nicht über die Leichen der wichtigsten Projektunterstützer. Das können die sich doch gar nicht erlauben!

Das finde ich auch nicht. Ich glaube ja eher an etwas anderes. Da hat bestimmt ein Einzelner große Probleme oder erbitterten Streit mit den beiden gehabt. Das müsste man doch herauskriegen können. Wer – außer Hanno und den anderen Bürgerinitiativlern natürlich – kommt denn vielleicht in Frage? Die Bärbel kann ich mir nur vorstellen, wegen der Eifersucht. Aber das wäre doch schön blöd von ihr, sie hätte ja den Jens immer noch für das Projekt gebraucht. Außerdem hätte sie ihn anschließend aufs Watt schicken und sich einen anderen Mann suchen können.

Einer sagt jetzt tatsächlich, die Bärbel hat den Jens umgebracht, weil er sie betrügt, mit der Immobilientussi. Das ist noch die intelligenteste These, und ich hab's vorher gewusst! Oder könnte es jemand gewesen sein, der Schulden bei einem oder beiden hatte, um die auf diese Weise elegant loszuwerden? Jemand, der auf die neidisch war, wegen ihres Erfolges? Vielleicht die Maklerin, weil der Jens aus dem Projekt oder bei ihr aussteigen wollte? Bei den Frauen, siehe Jens, wirft da doch wieder einer ein, Eifersucht ist ein überaus starkes Mordmotiv, weiß man doch! Eine alte Geschichte vielleicht?

Der alte Wattführer sagt, dass es früher, gerade in den ersten beiden Jahrzehnten nach dem Krieg, schon mal den einen oder anderen Fall gegeben hat, nur wurde das damals meistens vertuscht. Da ist schon mal eine oder einer auf einmal spurlos von der Insel verschwunden. Später hat man vielleicht eine Leiche an irgendeinem Halligstrand gefunden, dann hätten die Leute getuschelt, der oder die wäre ins Watt gegangen.

Ich bin mit diesem Thema nicht einverstanden. Denkt da mal einer an Frauke und den Tod ihrer Mama? Ich kann aber von hier oben Frauke nicht richtig sehen.

Und schon geht das Gerede weiter. Erpressung, wirft jemand ein. Fragt sich nur, wer wen warum, sagt ein anderer. Es ist auch gar nicht gesagt, dass die beiden Sachen überhaupt miteinander zu tun haben, die nächste.

Ja, das stimmt natürlich. Das wird dadurch natürlich komplizierter. Die Menschen reden jetzt schon wieder so dermaßen durcheinander, dass ich von meinem Beobachtungsplatz kaum noch folgen kann. Diese ganzen Spekulationen nützen sowieso nicht viel. Wenn einer zufällig Recht haben sollte, kann er das trotzdem nicht belegen. Was gebraucht wird, sind Fakten, Fakten, Fakten! Das wissen die Menschen natürlich auch. Aber was können wir denn jetzt tun, fragt die Nina. Richtig, Nina! Überlegt lieber, wie ihr der Wahrheit auf die Spur kommen könnt!

Ein Problem besteht natürlich darin, dass die Polizei nicht erfreut sein wird, wenn jetzt die Bürgerinitiative selbst zu recherchieren anfängt. Andererseits – die Bürgerinitiative, vor allem der Hanno, gerät ja ganz bestimmt in Verdacht. Wer kann sie denn daran hindern, etwas Entlastendes zu suchen? Die Frage ist auch, wieder die Meta Johnsen, ob sie nicht vorsorglich einen Anwalt suchen sollen. Die Gruppe ist da wiederum geteilter Meinung, Hanno vor allem ist dagegen – das sieht ja so aus, als wäre man schuldig und wollte schon mal vorsorgen! Weil sie sich darüber nicht einigen können, wird darüber abgestimmt, ob man einen Anwalt suchen soll. Ergebnis: Fünf gegen fünf, einer enthält sich. Nochmal Abstimmung, das gleiche Ergebnis. Wieder erregte Diskussion. Abstimmung: Nochmal das gleiche. Jetzt reicht's mir, sagt Hanno ärgerlich, dann sucht doch einen Anwalt! Abstimmung: Fünf für einen Anwalt, vier dagegen, zwei Enthaltungen. Meta Johnsen und Thomas Andreesen kümmern sich darum, den Anwalt zu suchen.

Schwupps! ist die nächste Frage da: Gibt es einen guten Anwalt auf der Insel, dem die Bürgerinitiative vertrauen kann? Die bisherigen Anliegen der Gruppe haben ja nur Baurecht und Verwaltungsrecht, auch Umweltrecht betroffen, da kennt man gute Leute, die mit den Zielen der Bürgerinitiative sympathisieren. Jetzt aber ... geht es um Strafrecht! Vielleicht müssen wir uns da einen vom Festland holen, meint Meta Johnsen. Könnte aktuell schwer werden, bei dem Sturm, sagt der Tjark Jepsen. Wir haben schon am späten Nachmittag den Fährverkehr eingestellt. Der wird auch morgen anhalten, wahrscheinlich haben wir erst wieder übermorgen Verbindung zum Festland.

Der Jepsen muss das wissen, der arbeitet ja für die Reederei am Wyker Hafen. Aber ... der Sturm! Den hatte ich fast vergessen, auch wenn der ganz schön um's Dach heult! Es müsste jetzt gegen zehn Uhr abends sein, das heißt: Bald ist Hochwasser! Die Fähren fahren nicht. Der Schäfer und sein Hund sitzen bestimmt auf dem Festland fest.

Jetzt brechen sie auch auf, es ist spät, mehr zu besprechen gibt es wohl erst mal nicht. Dieses Spekulieren nützt sowieso nicht viel. Die Tür zur Scheune geht kaum auf, so sehr drückt der Wind dagegen. Mit jedem Öffnen treibt der heulende Wind Regen herein.

Nacht der fliegenden Schafe

Was machen wohl Angela und ihre Schafe, hat jemand an die gedacht? Kann der Schäfer einen anrufen, der die Schafe bei dem Unwetter vom Deich holt?

Das lässt mir keine Ruhe. Runter vom Balken, ab in die Küche. Ich denke, die Menschen haben ihr Pulver verschossen, viel Neues wird da wohl nicht mehr kommen. Bald ist Mitternacht. Der faule Franz liegt da immer noch auf seiner Schlafdecke und blinzelt mich mit einem Auge träge an! Den scheuche ich jetzt hoch, und ich weiß auch wie. Ist er ein Bergretter oder nicht? Jetzt kann er sich als Schafe-vom-Deich-Retter bewähren!

Der Franz begreift sofort, ich muss zugeben, er fackelt nicht lange. Diese Bergretterei scheint doch eine gute Sache zu sein. Draußen regnet es zwar Katzen und Hunde, der Wind heult wie tausend Uhus, aber egal! Wir kämpfen uns entlang der schmalen Straße zum Deich vor, dann kommen wir in den Schutz meines Wäldchens. Unten am Deich sehe ich die Schafe, zum Glück sind sie hier, da müssen wir selber nicht so weit laufen. Sie stehen zitternd dicht gedrängt am Zaun und kommen da nicht weg. Überall sind Zäune, sie würden sich verletzen, wenn sie versuchen würden, da durchzukommen.

Die Schafe müssen weg vom Deich, das ist klar, sie müssen irgendwohin in Sicherheit gebracht werden! Ich habe auch schon einen Plan. Den Franz schicke ich linksherum nach oben auf den Deich, da ist das kleine Tor, das man aufziehen kann, für die Menschen. Die Schafe können damit nichts anfangen, die haben nie gelernt, wie man das aufmacht. Das werden wir wohl mal üben müssen, wenn sich das alles hier wieder beruhigt hat.

Angela ist den Tränen nahe, völlig durchnässt und durchgefroren, aber sie hält tapfer die Stellung und die Herde beisammen. Die anderen Schafe schauen auf sie, sie darf sich keine Schwäche erlauben, sonst bricht die ganze Ordnung zusammen. Die ganze Herde ist aber hart am Rande der Panik. Was, wenn der Deich bricht?

Die Schafe lassen mich in ihre Mitte, und ich muss ihnen lautstark erklären, was wir jetzt – gemeinsam! – machen werden. Einige fangen ängstlich zu blöken an, das können sie nicht, das ist der Untergang, dann werden sie alle ins Meer gespült ... Papperlapapp! Ich muss hier meine ganze Autorität ausspielen. Wer ist hier der erfahrene, ja der erfahrenste Deichkater weit und breit? Wer hat hier schon Stürme erlebt, bei denen die Schafe nur so durch die Luft flogen und sogar die Kühe im Binnenland umgekippt sind? Wer hat das alles er- und überlebt? Na??

Angela unterstützt mich. Wir haben jetzt auch gar keine andere Wahl. Die Schafe müssen nach oben auf die Deichkrone. Eines nach dem anderen macht sich auf den Weg, voller Angst, immer wieder zögernd. Nur Blacky, mein schwarzer Liebling, findet das alles ganz toll abenteuerlich. Er galoppiert voran, erreicht die Deichkrone, hüpft ... und wird von einer schauerlichen Böe gepackt und von den Beinen geworfen. Die Beine eng angezogen – wenigstens sitzt Angelas Deichschaftraining – kullert er an mir vorbei mit Karacho mitten hinein in die kleine Schar hinein, die sich unter mir am Deich gerade in Bewegung setzt. Alle neune! Heißt, die schwarze Schafskugel reißt die ganze Gruppe weißer Schafskegel von den Beinen. Wenn das alles nicht so gefährlich wäre, könnte man sich echt eins lachen. Schafskegeln, eine neue Sportart, vielleicht etwas für unsere große Vorführung. Falls die Schafe da mitmachen sollten.

Nachdem sich alles mühsam wieder aufgerappelt hat, übernimmt Angela das Kommando. Blacky wird nur kurz angeblökt. Nachher kriegt er schon noch sein Fett weg, wahrscheinlich muss Angela da gar nicht viel machen. Die anderen, die Kegelschafe, werden's ihm schon heimzahlen.

Der Franz steht oben am Tor bereit, er hat es aufgedrückt und hält es mit seinem schweren Körper offen. Eins nach dem anderen schlüpfen die Schafe durch und kullern den Deich links hinunter, so wie Blacky eben, aber mit Absicht und System. Geht eben nichts über ein gutes Training. Die Schafe müssen das immer wieder üben, es kommt ja schon öfter mal vor, dass die am schrägen Deich das Gleichgewicht verlieren. Dann ist es das Beste, sie rollen hinunter, und das möglichst zur Landseite bitte! Freilich rollt auch mal eines in die See, aber das Wasser ist am Ufer ja ganz flach, wenn nicht gerade Sturmflut ist.

Kurz darauf sind alle unten am Wäldchen versammelt, keines fehlt. Aber hier können sie auch nicht bleiben. Wohin? Der Franz und ich könnten die Herde zur Konzertmuschel am Taarepshüs bringen. Da wäre es halbwegs windgeschützt, da könnten sie erst einmal bleiben ... aber nein, das ist doch keine gute Idee. Wir nehmen sie mit in Fraukes Stall zu unseren Kühen und Ziegen. Der Franz muss auch da das Tor auf- und wieder zumachen, ich muss zugeben, bei so einer Aktion ist er wirklich gut zu gebrauchen. Der Egon wird sie mit seinen Abenteuergeschichten erstmal von dem ganzen Elend ablenken – ich sehe ihn schon vor mir, wie er höchst zufrieden mit dem Kopf nickt. Ein dankbares Publikum, das seine Geschichten noch nicht kennt, also noch nicht davon die Nase voll hat! Und morgen werden sich die Menschen um die Schafe kümmern. Heute haben die jedenfalls voll versagt.

TAG 4, MORGEN

Was noch alles am gestrigen Abend geschah

Die Nacht war nicht lang. Ein schwerer Sturm wie dieser lässt niemanden auf der Insel ruhig schlafen, Menschen nicht und Tiere nicht. Die meiste Zeit war ich im Stall, bei den anderen. Die Schafe blieben zwar unruhig wegen des Sturms, aber der Egon hat seinem Ruf tatsächlich alle Ehre gemacht: Was er für einen langen, bedeutenden Stammbaum hat. Dass er Araberblut in den Adern hat. Dass seine Vorfahren am dänischen Königshaus eine bedeutende Position eingenommen haben. Wie er immer wieder selbst König geworden ist – König beim Ringreiten, und nicht nur in Utersum, sondern auf ganz Föhr und sogar auf dem Festland. Wie er sich selbstlos um die vielen kranken Pferde auf der Weide gekümmert hat, er selbst war ja immer kernig gesund und konnte die anderen Pferde stets motivieren, an sich selbst zu glauben. Und noch viel mehr, niemand konnte seinem Redeschwall entkommen. Und immer wieder dieses bedeutungsschwere Kopfnicken!

Ich kenne alle seine Geschichten und frage mich schon, wieviel davon im Laufe der Jahre wohl dazugekommen ist, besser: von ihm hinzugesponnen wurde. Aber die Schafe waren recht angetan. Am meisten interessierte sie das Leben auf dem Festland. Ob die Schafe da wirklich alle größer sind und mehr Wolle haben als die Inselschafe. Ob es da wirklich mehr schwarze als weiße Schafe gibt. Und ob das stimmt, dass da auch schwarzweiße und rotbunte Schafe leben. Dieses einseitige Interesse nur an Schafen hat den Egon etwas verstimmt.

Was der Egon da alles geantwortet hat, weiß ich nicht genau, ich bin dann doch irgendwann auf meinem Balken weggedrusselt. War ja ein sehr langer Tag, und die Nacht davor habe ich überhaupt nicht geschlafen. Nur einmal merkte ich auf: Als der Egon erzählte, wie er, als er noch ganz, ganz jung war, mit dem alten Bauern aufgebrochen ist, um seine Frau im Watt zu suchen. Also die Frau des Bauern, nicht seine, Egons. Er hatte ja leider nie eine Frau ... Während der Egon den Schafen die Vorzüge und Nachteile des Lebens als Wallach nahebrachte, fragte ich mich, ob er denn wirklich schon so alt sein kann. Fraukes Mutter starb immerhin schon vor gut 21 Jahren. Ich habe den Egon ja nie nach seinem Alter gefragt. Als ich geboren wurde, war der Egon schon da. Er müsste jedenfalls deutlich über 20 Jahre alt sein, vielleicht 23 oder 24. Kann schon sein, manche Pferde sollen immerhin bis zu 60 Jahren alt werden können.

Kaum haben wir – Frauke, der Franz und ich – in der Küche unser Frühstück genossen, kommt schon wieder die Gila zur Tür herein, die Haare ganz nass und zerzaust. Sie schüttelt sich, dass die Wassertropfen – es stürmt und regnet noch immer – genau in meine Richtung fliegen. Pass doch auf!

Mit einem Plumps lässt sie sich auf ihrem Lieblingsplatz auf der Küchenbank nieder und fängt sofort an, über das Wetter zu reden. Ihren Laden in Wyk lässt sie heute einfach zu, bei dem Sturm und dem Regen kommt sowieso kein Schwein.

Nein, die Schweine sind bei einem solchen Wetter im Stall, sage ich, aber die Frauen gucken nur, was ich da wohl zu miauen habe. Weil sie es nicht kapieren können, wenden sie sich gleich wieder ihrem Menschengespräch zu.

Bevor die Gila weiter über das Wetter und ihren Laden und die Schweine, die immer nicht kommen, reden kann, sagt Frauke zu ihr, dass sie heute morgen etwas erlebt hat, was die Gila kaum glauben wird. Sie, also die Frauke, war nach dem Ende der Sitzung und nachdem der Hanno abgehauen ist – ja, erzähl' ich gleich, Gila – nochmal im Stall bei den Tieren.

Daran erinnere ich mich. Frauke kommt jeden Abend noch einmal bei den Tieren vorbei und spricht mal mit diesem, mal mit jenem, manchmal mit allen. Auch deshalb lieben wir sie ja so. Die hat vielleicht geguckt, als da viel mehr Tiere als sonst waren ...

Stell dir vor, sagt Frauke, ich komme wie immer abends in den Stall. Steht doch eine ganze Herde Schafe herum! Die müssen am Abend irgendwie vom Deich heruntergekommen sein und dann hier Schutz gesucht haben. Na ja, ist ja auch der erste Hof gleich hinter dem Deich, den müssen sie instinktiv wahrgenommen haben. Ich frag mich nur, wer ihnen das Stalltor aufgemacht hat, einer von den Nachbarn vielleicht?

Pah, instinktiv! Nachbar, ha! Ich und der Franz, also der Franz und ich, haben die Herde im schweren Sturm unter Einsatz unseres Lebens vom Deich gerettet! Sonst flögen die da immer noch herum und würden sich ganz furchtbar erkälten. Der Schäfer ist ja garantiert immer noch nicht da.

Gila wundert sich, wieso sich der Schäfer nicht um die Herde gekümmert hat. Habe ich geklärt, sagt Frauke, der ist auf dem Festland und kommt nicht rüber. Natürlich können die Schafe erst einmal hierbleiben.

Gila interessiert sich jetzt auch nicht weiter für Schafe, Ställe und Stürme. Sie will begierig wissen, was denn mit dem Hanno gestern Abend noch war. Ich kann nur feststellen, die ist mehr als nur freundschaftlich am Hanno interessiert. Sie ist auch die Einzige, die ihn verteidigt, wenn er mal wieder unmöglich war und darüber gesprochen wird. Der früh gestorbene Vater ... die strenge Mutter ... die Last als Hoferbe ... und so weiter. Ich kann's nicht mehr hören. Das rechtfertigt doch nicht sein ruppiges Benehmen! Und was ist eigentlich mit dem Maik?

Der Hanno, erzählt Frauke, ist gestern noch geblieben. Er war übrigens der einzige, der mir beim Aufräumen geholfen hat. Gila weicht dem vorwurfsvollen Blick aus. Na ja, dann haben wir in der Küche noch einen Rotwein niedergemacht und geschnackt, über die Leute in der Bürgerinitiative, über den Mord natürlich, ob das irgendjemand von uns gewesen sein könnte. Er weiß, hat der Hanno gesagt, was jetzt alle über ihn reden, über den Hass zwischen ihm und seinem Bruder. Er hat wirklich Hass gesagt. Aber nie würde er so etwas tun, und, sagt Frauke, das nehme ich ihm voll ab. Ein wenig tat er mir Leid, und das muss er gesehen haben. Und schon fing er wieder an von den alten Zeiten, wo wir noch zusammen waren, wo das doch erst so schön war mit uns – mein Gott, vor über 20 Jahren! Ja, und dass er so einen furchtbaren Fehler gemacht hat, damals, und wie er das die ganzen Jahre bedauert hat.

Gila wirft die Locken, dass schon wieder Wasserspritzer in meine Richtung fliegen. Sie hat wohl ein Auge auf ihn geworfen, aber die Geschichte von damals ist wirklich unverzeihlich. Jeder von der alten Clique kennt die, ja die halbe Insel hat das damals mitgekriegt: Hanno hat Frauke mit ihrer damals besten Freundin Ute betrogen, die danach keine beste Freundin mehr war. Alle haben sich empört, der Hanno hat damals nur mit den Schultern gezuckt. Jugend kann so grausam sein!

Frauke ist ja bald danach weg von der Insel, von da an blieb ihr das Mitleid vom Rest der Clique und vor allem der Anblick von Hanno und Ute, wie die auf dem Schulhof und sonstwo herumgeknutscht haben, erspart.

Also jetzt kommt er an, sagt Frauke empört, und will, dass ich die alte Geschichte vergesse. Ich hab' ihm ja verziehen, hab' ich auch gesagt, aber lieben kann ich den nun wirklich nicht mehr.

Gila zeigt Verständnis. Vielleicht ist sie erleichtert, weil Hanno bei Frauke nicht mehr landen kann und sich vielleicht doch noch anderweitig umsehen wird. Und dann ist sie ja nicht weit ... Bis dahin hat sie den Maik, wahrscheinlich zum Zeitvertreib.

Ich konnte ihn mit Mühe ablenken, erzählt Frauke weiter, wir haben dann über die Zeiten von damals geredet, mit der Schule, mit der Clique, mit unseren Eltern und Geschwistern – eigentlich war das damals eine wirklich tolle Zeit. Und dann hab' ich dumme Kuh, sagt Frauke, angefangen zu heulen, weil ich doch an meine Mama denken musste, die man nie gefunden hat. Da ist der Hanno aufgesprungen und hat mich in den Arm genommen. Das war auch erst ganz gut, aber dann hat er mich so gedrückt, und dann wollte er küssen, grapscht mir an den Busen ... das hat mir gereicht und ich hab' ihm mein Knie in die Eier gerammt.

Gila keucht ein wenig, sichtlich entsetzt. So kennt sie ihre Frauke gar nicht, so robust sie auch sonst sein mag. Nee, das geht ja gar nicht, sagt sie. Was, fragt Frauke scharf. Na was der Hanno sich da rausnimmt, stellt Gila richtig. Frauke ist beruhigt und erzählt noch, dass der Hanno wutentbrannt rausgerannt ist in den Sturm, sich auf sein Motorrad gesetzt hat und abgehauen ist.

Nun hofft sie allerdings, dass er inzwischen wieder zu Verstand gekommen ist und sich noch entschuldigen wird.

Drama, Drama, Drama! Und der Franz und ich nicht dabei. Dem Mistkerl hätten wir's aber gezeigt, Frauke so anzufallen! Zum Glück hat sie's selber geregelt. Unsere Frauke weiß schon, wie man mit Männern umgeht, dank all ihrer Erfahrung mit dem „Idioten und dem Arsch".

Unglaublich, das habe ich gestern Abend glatt verpasst. Und jetzt ... ein Geräusch auf dem Hof! Ich springe auf die Fensterbank und schaue hinaus. Schon wieder die Polizei!

TAG 4, MITTAG

Schon wieder die Polizei

Asmussen und Lohns sitzen am Küchentisch, dazu Gila und Frauke. Kaffee und Tee stehen auf dem Tisch. Der Franz liegt gemütlich in seiner Ecke, ich sitze oben auf dem Küchenschrank. Ist mir ein Leichtes, da hinaufzukommen. Nur ein wenig staubig ist es hier oben. Frauke hat einfach zu wenig Zeit zum Saubermachen. Jetzt muss sie sich ja auch noch ständig um die Gäste und ihre diversen Wünsche kümmern.

Die Stimmung ist freilich alles andere als gemütlich. Asmussen befragt Frauke und Gila zum vergangenen Abend, alles will er wissen, alles, jedes kleine Detail! Die beiden wissen zwar überhaupt nicht, worum es geht, aber sie berichten – zuerst von der Versammlung der Bürgerinitiative.

Wozu diese Versammlung? Wer war alles da, wer vom harten Kern nicht und warum nicht? Die beiden Frauen reden, ergänzen sich gegenseitig. Es ist doch wohl klar, dass da was zu besprechen ist, wo doch sofort jeder denkt, dass einer von der BI das gewesen sein könnte. Asmussen hört sich das an, nickt nur, Lohns notiert.

Nun will der Kommissar noch wissen, ob es ein Protokoll der Sitzung gibt. Da müssen die beiden Frauen passen, die Sitzung gestern wurde nicht protokolliert. Da ging es doch nur um den Mordfall und mögliche Verdächtige. Asmussen will aber darüber hinaus alle Protokolle der Sitzungen haben. Nein, das geht nicht! Die Frauen sind empört. Als ob die BI eine Terroristengruppe wäre, die ihre Anschlags- und Mordpläne auch noch protokolliert! Asmussen bleibt stur. Polizeiarbeit, jeder auch nur erdenklichen Spur ist nachzugehen. Natürlich blieben die Protokolle bei der Polizei unter Verschluss, da werde nichts öffentlich, versichert Asmussen … es sei denn, es ergäben sich gerichtsverwertbare Erkenntnisse.

Die Frauen sind misstrauisch, das kann ich gut verstehen. Mit wem die Polizei, besser, einzelne Polizisten auf der Insel sympathisieren, weiß man ja nicht. Und je mehr Leute Einblick in den Kenntnisstand, die Überlegungen und vor allem die Pläne der Gruppe haben, um so wahrscheinlicher ist es doch, dass die Gegenseite etwas erfährt und sich darauf einstellen kann. Aber es ist nun mal die Polizei, was soll man machen. Frauke holt widerwillig ihren Laptop herbei, kopiert die Protokolle auf einen USB-Stick und gibt den an Asmussen.

Damit ist eins klar: Der schöne, im letzten Protokoll ausführlich beschriebene Plan der BI mit der A-Äcktschen am Anleger und der B-Äcktschen in der Wyker Innenstadt ist damit gestorben ... na ja, sagen wir hinfällig. Hinfallen tut ja auch weh. Frauke kriegt da sicher noch Ärger mit anderen BI-Mitgliedern, weil sie damit alles Wichtige preisgegeben hat. Gut, dass die Gila als Zeugin aussagen kann, dass die Polizei sie dazu gezwungen hat. Immerhin geht es um Mord, irgendwie kann man das ja auch verstehen.

Nachdem er da wohl zufrieden ist, will der Asmussen wissen, was Hanno gesagt und gemacht hat, jedes kleinste Detail. Ob er vielleicht doch etwas zu erkennen gegeben hätte, was den Mord an Iversen beträfe ... Frauke und Gila wehren das empört ab. Hanno hat seinen Bruder gehasst, seit vielen, vielen Jahren, umgekehrt war es wohl genauso. Der Jens hat meistens verächtlich über seinen Bruder gesprochen, mehr als einmal hat er ihn als Fortschrittsfeind, als rückständigen Dorftrottel mit Ökowahn bezeichnet. Das war und ist bekannt, das hat der Jens sogar mal mehr oder weniger direkt in einem Radiointerview gesagt. Ja, natürlich hat Hanno ihm das verübelt und seinerseits vor der Presse gesagt, dass hemmungslose Profitgier und krankhafter Ehrgeiz weniger Leute das sensible ökologische Gleichgewicht der Insel gefährdeten. Hanno ist stets radikal in seinen Ansichten und Plänen, manchmal auch seinen Aktionen. Unvergessen ist zum Beispiel sein Einsatz zur Verhinderung des Baus weiterer Windräder auf der Insel. Aber einen Mord kann er nicht begehen, das beteuern die beiden Frauen.

Ich könnte mir das schon vorstellen, werfe ich ein, aber wieder versteht mich niemand. Lohns guckt nur neugierig zu mir hinauf. Der Hanno hat zum Beispiel den Tierarzt in letzter Zeit immer schräger angeguckt, spätestens seitdem der um meine Frauke herumschnurrt. Eifersucht ist doch immer ein gutes Motiv. Der Hanno war bestimmt auch auf den Jens eifersüchtig, weil der halt Erfolg gehabt hat bei allem, was er angefasst hat, und der Hanno nicht, nicht mal bei den Frauen. Der Jens hat die Inselschönheit klargemacht, egal ob Zicke oder nicht. Dem Hanno ist die Frau weggelaufen. Der Jens hat Geld. Der Hanno nicht. Der Jens wird Bürgermeister, macht politische Karriere, geht womöglich irgendwann nach Kiel oder Berlin. Der Hanno krebst auf ewig mit seiner kleinen Landwirtschaft auf Föhr herum und ist total unbeliebt. Und und und. Da kommt keine Freude auf, eher Neid und Missgunst. Das passt eh gut zu Hannos Charakter.

Als Mörder kann ich mir den Hanno so gesehen gut vorstellen, die Polizei offenbar auch, bei dieser intensiven Befragerei. Aber dann schießt es mir wie ein Blitz durch den Kopf: Der Hanno kann es gar nicht gewesen sein! Der Fahrradmensch am Teich, also der Mörder oder die Mörderin, war doch kleiner als das Opfer, wenn das Kaninchen das richtig beobachtet hat. Hanno hingegen ist deutlich größer als sein Bruder.

Das rufe ich aufgeregt herunter, aber niemand beachtet das weiter. Nur der Lohns guckt mich schon wieder an und schüttelt den Kopf. Selbst Frauke reagiert nicht, obwohl sie sonst immer auf mich eingeht und fragt, was ich habe. Menschen!

Aber Frauke ist ja auch abgelenkt, ich will ihr das verzeihen. Asmussen fragt immer weiter, will noch mehr über den gestrigen Abend und über Hanno wissen. Also erzählt sie auch das mit dem Aufräumen und dem Knie und wie er dann wütend abgezogen ist, im Sturm, mit dem Motorrad.

Die Nerven, die Nerven!

Auf einmal springt die Gila auf, haut auf den Tisch, dass fast die Tassen herunterfallen und regt sich auf, was die Polizei immer mit dem Hanno hätte, ob sie nichts Besseres zu tun hätten als sich da zu verbeißen. Schließlich kämen noch ganz andere als

Mörder in Frage, zum Beispiel könnte man ja mal Jens' Frau Bärbel fragen, wie sie das mit der Immobilientante gesehen hätte. Oder der oder die oder ... Asmussen bleibt ganz ruhig, Lohns notiert ungerührt weiter, ein echter Friese lässt sich nicht aus der Ruhe bringen. Gila wütet weiter, bis sie nicht mehr kann und lässt sich schließlich erschöpft auf die Küchenbank fallen, dass erneut die Tassen klirren.

Einen Moment der Stille gibt es jetzt, und in den hinein sagt Asmussen: „Hanno Iversen ist tot. Jemand hat einen Draht zwischen zwei Bäumen auf dem Weg zu seinem Haus gespannt. Er ist mit dem Motorrad dagegengefahren, hat den Draht wohl nicht oder zu spät gesehen. Die Einzelheiten erspare ich Ihnen. Heute am Vormittag hat ihn der Fahrer des Milchwagens gefunden."

Stille im Raum. Ich höre nur Fraukes altmodische Küchenuhr ticken, die noch von ihrem Vater ist. Sie sitzen da, wie vom Donner gerührt, meine Frauke leichenblass, selbst Gila stumm. Ich sehe erst, wie ihr zwei Tränen aus den Augen laufen ... und dann auf einmal schreit sie los, heult und schluchzt und fegt die Tassen vom Tisch und schlägt den Kopf auf die Tischplatte und will aufspringen und stolpert und rutscht aus und schlägt sich den Kopf an der Tischplatte so heftig an, dass das Blut spritzt und krabbelt auf allen vieren auf dem Küchenboden und schluchzt und schluchzt und sagt irgendetwas, irgendetwas, was niemand verstehen kann. Nur den Namen Hanno kann man verstehen. Alle sind aufgesprungen, Frauke wirft sich halb auf und neben ihre Freundin und die heult weiter und schlägt um sich und Frauke versucht sie zu beruhigen und hält sie ganz fest im Arm und Gila erwürgt sie fast mit einem Klammergriff, so dass Asmussen dazwischengehen muss, und Lohns ruft in der Zeit den Notarzt.

Ich sehe das alles von oben an, was soll ich denn machen. Der Franz hat sich aufgerichtet, macht riesengroße Augen und drückt sich mit dem Hintern an die Wand, so etwas hat er bei seiner Bergretterei ganz sicher noch nicht erlebt.

Fünf Minuten später ist jemand da, der Utersumer Arzt hat wohl Notdienst, wie praktisch. Die Gila hat sich inzwischen einigermaßen beruhigt, sitzt auf dem Fußboden, wiegt sich gemeinsam mit Frauke mit dem Oberkörper leicht hin und her, weint leise vor sich hin und bekommt eine Spritze. Bald darauf kommt der Krankenwagen und bringt sie nach Wyk. Frauke darf mit. Die Polizisten haben ihr noch gesagt, dass sie die Insel nicht verlassen solle, man bräuchte sie sicher noch für weitere Befragungen. Frauke hat nur schwach genickt und das war's. Unerhört. Was denken sich diese Polizisten? Meinen die etwa, dass meine Frauke damit was zu tun hat??

Ich bin so fertig, dass ich nicht mal mehr mit dem Franz reden kann. Erstmal brauche ich ein Schläfchen. Nachher habe ich zu allem Überfluss noch Dienst. Und wo ist nur die Mizzi ...

TAG 4, NACHMITTAG

Neuer Auftrag für Emma

Pünktlich um 14 Uhr bin ich auf dem Deich. Wenn ich eines bin, dann pflichtbewusst. Das hat auch der Vorstand von „Föhr Nutz" zu meinem letzten Jahres-Dienstjubiläum lobend herausgestellt. Aber heute fühle ich mich hier fehl am Platz. Sollte ich nicht besser woanders sein, am besten in Fraukes Nähe? Sie soll jetzt nicht allein sein, und ständig kreuzt die Polizei da auf. Ich muss unbedingt wissen, in welche Richtung die ermitteln und vor allem irgendwie dazu beitragen, Frauke da herauszuhalten.

Der Wind ist nicht mehr ganz so stark wie in der Nacht, aber es heult und pfeift immer noch erheblich um mich herum. Zum Glück regnet es nicht mehr. Die Schafe sind immer noch bei uns auf dem Hof, sicher und trocken im Stall. Den Schäfer hat Frauke erreicht. Der sitzt immer noch auf dem Festland fest, Föhr ist immer noch abgeschnitten. Wird aber nicht mehr lange dauern.

Ein schrilles Kreischen nähert sich. Möwen mögen ganz ansehnliche Vögel sein, schöne Stimmen haben sie wahrlich nicht. Dieses spezifische Kreischen ist mir allerdings sehr angenehm, und schon landet Emma 27 628 – ich denke, ich lasse diese Nummer jetzt mal weg – neben mir. Die Aufregung um Mord und Attentat hat sie förmlich angestachelt. Natürlich will sie alles wissen, was ich weiß, aber ich bleibe da mal lieber unbestimmt. Sonst weiß das im Nu die ganze Insel, und ob das gut ist, vermag ich im Moment nicht zu sagen. Aber das Wichtigste muss sie doch erfahren, zumindest in groben Zügen kläre ich sie auf über die Aktivitäten der Polizei und die Krisensitzung der Bürgerinitiative.

Über die Sache mit dem Draht und Hannos Tod weiß sie bis jetzt noch nichts, obwohl sie in der Vogelwelt blendend vernetzt ist. Der Sturm war aber so stark, und es war so dunkel, dass kein Vogel, der einen Funken Vernunft im Gefieder hat, um die Zeit da herumgeflogen sein dürfte. Ich kläre sie also darüber auf, dass es einen weiteren Mordfall gegeben hat, und dass ich zudem die Mizzi suche.

Deichkatze Mizzi ist ihr natürlich auch bekannt, sie verspricht, eine neue Fahndung zu starten. Bei so vielen Wildvögeln auf diesem Teil der Insel sollte es doch arg verwunderlich sein, wenn nicht irgendein Geflügel die vermisste Katze irgendwo gesehen hat! Das befriedigt mich, denn auf dem Deich kann ich nichts ausrichten. Hier im Abschnitt ist die Mizzi jedenfalls nicht.

Die Emma ist ganz begierig nach neuen Aufträgen. Was könnte sie wohl tun, bedrängt sie mich. Da gäbe es einiges, ich würde zum Beispiel liebend gern wissen, was die Bärbel gerade macht, oder die Immobilienfrau. Das Wichtigste ist aber, erst einmal der Polizei auf die Finger zu schauen. Ich muss wissen, was die wissen! Emma ist begeistert, als ich ihr den Auftrag erläutere. Mit einem schrillen Kreischen erhebt sie sich in die Luft und ist nach wenigen eleganten Flügelschlägen, getragen vom starken Wind, in Richtung Osten verschwunden. In ein, zwei Stunden wird sie wieder hier sein, hat sie versprochen, mit neuen Nachrichten.

Und was soll ich hier in der Zwischenzeit tun? Dienst, was sonst. Wozu bin ich hier! Ohne Hilfstruppen ist die Jagd nach aktiven Deichnagern leider deutlich mühsamer. Entsprechend gering ist die Ausbeute der nächsten beiden Stunden: Gerade mal zwei unvorsichtige Mäuschen! Hat aber auch damit zu tun, dass ich immer noch überall nach der Mizzi Ausschau halte. Sicher ist sicher. Da gibt es eine Menge an Gebüsch zu durchsuchen, das langgestreckte Dickicht jenseits der schmalen Straße am Deich. Es gibt ja leider viele Menschen, die erst Katzen totfahren und sie dann irgendwo ins Gebüsch werfen. Wenn sie die armen Miezen nicht gleich auf der Straße oder am Wegesrand liegen lassen. Leider finde ich nichts, Mizzis üblicher Platz im Gebüsch in der Mitte des Abschnitts ist verwaist, kein Zeichen von ihr.

Alsbald ist die Emma wieder da, hier ihr Bericht!

Emmas Bericht

„Noch nie bin ich so schnell in Wyk gewesen. Garantiert neuer Rekord! Der Rückweg natürlich im Gegenwind, du schuldest mir mindestens zwei fette Mäuse zusätzlich, das schlaucht nämlich enorm!"

(Bericht aufnehmender Kater verweist auf die neben ihm liegenden zwei fetten Mäuse. Möwe – hat diese natürlich schon vorher erspäht – ist sehr zufrieden und motiviert, weiter für ihn zu arbeiten.)

„Also in Wyk bin ich natürlich gleich zur Polizeiwache am Hafen. Die Fenster waren leider alle zu, der Wind! Ins Gebäude konnte ich nicht. Aber draußen ist ja der teilüberdachte Zwinger für die beiden Polizeihunde, und die waren da. Also ich dahin, setze mich so oben auf den Zaun und beginne freundliches Gespräch. Ob ihnen nicht langweilig ist. Was es so Neues gibt. Und so weiter. Die blöden Hunde wussten aber nichts, keiner hätte ihnen was gesagt. Also habe ich ein bisschen was erzählt, von den zwei Mordfällen und dem Attentat. Da waren die natürlich ganz Ohr."

(Bericht aufnehmender Kater erinnert sich, dass es zwei Schäferhunde mit großen Ohren sind, echte Polizeihunde halt.)

„Der eine, Hasso, war tatsächlich bei dem Einsatz auf Hannos Hof dabei, und er hat auch die Drahtfalle gesehen, das Motorrad und Hanno selbst. Kein schöner Anblick, selbst für einen hartgesottenen Diensthund nicht. Der Kopf von dem Motorradfahrer war ..."

(Bericht aufnehmender Kater verspürt leichte Übelkeit vom Magen her aufsteigen. Dieser Teil des Berichts ist nicht sonderlich zielführend und wird hier deshalb nicht wiedergegeben.)

„Die Suche nach Spuren am Tatort war leider nicht erfolgreich. Regen und Wind haben alle verwertbaren Geruchsspuren vernichtet. Auf dem Hof und im Haus gab es eine Menge verwertbarer Geruchsspuren, von etlichen Leuten. Das hilft aber wenig, meinte der Hasso. Die Polizei hat erstmal die Drahtfalle sichergestellt und den Hof abgesperrt. Da muss jetzt einer die ganze Zeit Wache halten, bis die Spurensicherung vom Festland rüberkommen kann. Vielleicht kann man DNA-Spuren an der Falle finden, aber das dauert, hat der Hund gesagt. Zum Schluss hat er noch erzählt, dass vom Festland andere Polizisten rüberkommen, dann machen die hier eine Art Mordkommission auf. Sobald die Fähren wieder fahren. Das war so ziemlich alles, mehr wussten die nicht."

(Bericht aufnehmender Kater ist enttäuscht, aber was hat er erwartet? Dass der Täter da noch herumläuft und sich festnehmen lässt?)

„Weil ich schon mal in Wyk war ..."

(Bericht aufnehmender Kater weiß, was jetzt kommt: Die Möwe hat mit anderen Emmas geschwätzt, im Hafengebiet nach Fischresten gestöbert oder Touristenkindern ihre Pommestüten stibitzt.)

„... bin ich zum Krankenhaus rüber, mal sehen, was der Georg Lüdersen macht. Ich also an alle Fenster, schließlich bin ich am richtigen Zimmer. Der sieht nicht gut aus, kann ich sagen, überall Verbände und Schläuche und so was. Aber er war wach und zwei Polizisten bei ihm. Einer hat ein Fenster aufgemacht, der Krankenhausgeruch war ihm wohl nicht angenehm. Das war aber gut, so konnte ich nämlich verstehen, was die geredet haben.

Der Lüdersen hat gesagt, dass er mit dem Auto zu einem seiner Felder unterwegs war, was nachsehen. Da ist direkt vor ihm eine helle Gestalt auf die Straße gesprungen, mit Mantel und Kapuze, und er hat vor Schreck das Steuerrad verrissen. Dann hätte sich das Auto überschlagen und er ist erst hier im Krankenhais wieder aufgewacht.

Wer das war, konnte er nicht erkennen. Es ging alles so schnell. Frau oder Mann? Wusste er nicht. Die Figur von dem Menschen kam ihm aber eher schlank vor, also könnte es eine Frau gewesen sein, vielleicht aber auch ein Jugendlicher, der sich eine Art Spaß machen wollte.

Da hat sich der Lüdersen so darüber aufgeregt, dass das laut zu piepen angefangen hat und zwei Krankenhausleute hereingestürzt kamen. Die haben die Polizisten verscheucht und das Fenster zugemacht. Ja, und dann bin ich gleich zurück, an der Südküste lang. Das war's!"

Tja, das war die Ausbeute von Emmas Erkundungsflug. Ihre Bezahlung verzehrt sie an Ort und Stelle mit Haut und Haar. Für morgen bestelle ich sie auf den Hof, bestimmt gibt es weitere wichtige Aufträge. Wenn mir bis dahin etwas einfällt.

Bin ich jetzt weiter? Ich weiß es nicht. Die Polizei aber sicher auch nicht. Die haben jetzt einen Mord an einem Projektbefürworter, einen Anschlag auf einen anderen Projektbefürworter – an einen Streich glaube ich einfach nicht – und einen Mord am wichtigsten Projektgegner. Zwei zu eins, wer soll denn da draus schlau werden? Wem könnte das alles hier nützen, wie könnte das Motiv aussehen?

Was sagen die im Fernsehen immer? Meistens geht es bei den Tatmotiven um Geldgier, Eifersucht oder verletzten Stolz. Oder um Kombinationen davon. Hier vielleicht auch? Ich durchschau das alles nicht. Nachher werden wir im Stall mal ein großes Hirnsausen veranstalten, die Vielzahl der Teilnehmer bringt bestimmt neue Ideen.

TAG 4, ABEND

Auf Föhr nur beziehungsuntaugliche Männer?

Um sechs Uhr abends ist meine Schicht überraschend schon zu Ende. „Föhr Nutz" hat einen Ausbilder mit zwei Deichkatzenanwärtern geschickt, die eine verlängerte Schicht übernehmen. Die Mizzi ist offensichtlich ausgefallen, wo steckt sie nur? Ihre Schicht sollen sich die beiden Neuen bis auf weiteres teilen, der Ausbilder begleitet sie zunächst einmal dabei. Das Jungvolk kann ruhig mal zeigen, was in ihm steckt. Denen werde ich aber zwischendurch ein wenig auf die Samtpfoten schauen. Vertrauen ist gut, Kontrolle ist besser. Ab morgen gelten allerdings wieder normale Schichtzeiten, man darf die Azubis ja auch nicht ausnutzen.

Ich lasse es mir natürlich nicht nehmen, sie persönlich in meinen Abschnitt einzuweisen. Dabei zeige ich Ihnen meinen Ruheplatz, den der Mizzi und auch den Christians. Der Kater von der Post ist mal hier, mal da anzutreffen, aber er orientiert sich eher nach der Mitte des Abschnitts, lauffaul wie er ist. Ich schärfe den Neulingen ein, die Augen und Ohren auch nach verdächtigen Menschen offen zu halten. Warum, haben sie schnell kapiert. Ihnen sind ja die Äuglein fast herausgefallen, als ich vom Mord am Teich berichtet habe. Nun ja, ob da etwas herauskommt? Immerhin, viele Augen sehen mehr als zwei – oder vier, wenn ich die vom Franz mal gnädig mitrechne.

Also ist es nach sieben Uhr, als ich auf dem Hof eintreffe. Frauke wundert das nicht, aber ich denke manchmal, sie hat nicht erkannt, dass ich hier zu regelmäßigen Zeiten an- und abwesend bin. Menschen!

Das kleine rote Auto steht immer noch auf dem Hof, die Gila wurde ja heute morgen mit dem Krankenwagen weggebracht. Ich höre aber schon von draußen, dass sie wieder da ist. Frauke und Gila sitzen auf ihren Stammplätzen in der Küche, auf der alten Eckbank, und reden mal wieder. Das Mundwerk steht nie still, wenn die beiden zusammen sind.

Meine Abendmahlzeit nehme ich völlig unbeachtet ein. Frauke hat mein Schüsselchen schon mit Leckerlis zum Abendessen gefüllt, mehr als üblich, da hat sie wohl nicht achtgegeben. Soll mir recht sein! Der Franz ist nicht da, wahrscheinlich ist er im Stall bei der ganzen Menagerie aus Kühen, Ziegen, Schafen und dem Egon.

Schmatzdiewutz ist das Schüsselchen leer, und jetzt merke ich doch ein wenig die Anstrengung der letzten Tage und vor allem der Nächte. Ich muss mich unbedingt ausruhen. Der ideale Platz dafür wäre Fraukes gemütliches Bett, aber ich will auch nicht verpassen, was die Frauen reden. Das kann immerhin wichtig für die Ermittlungen sein! Also springe ich auf die Küchenbank und rolle mich auf der alten Decke zusammen, die immer in der Ecke für mich da liegt. Die Gila streichelt mich geistesabwesend, was ich mit einem leisen Schnurren belohne. Ihre Hand ist immer noch nervös, das merke ich. Der Zusammenbruch von heute Morgen hat sie schwer mitgenommen. Ich steigere ein wenig die Zufuhr von Schnurrenergie und merke bald, das tut ihr gut.

Der Arzt hatte der Gila am Morgen eine Beruhigungsspritze gegeben, im Krankenhaus haben sie sie untersucht, aber sie hatte nichts. Das war einfach der Schock. Am Nachmittag sind die beiden mit dem Inselbus zurückgekommen. Die Gila ist der Frauke in Haus und Hof ein wenig zur Hand gegangen, so wie sie das macht, wenn sie Zeit hat oder mal wieder kein Schwein kommt.

Natürlich geht es im Gespräch der beiden um heute Morgen, um Hanno vor allem. Frauke ist ein wenig verwundert, dass es der Gila so nahegeht. Die aber hat sich vorgestellt, dass sie sich den Hanno schon hingebogen hätte. Hanno! sagt Frauke, du kennst doch Hanno, den biegt keiner und nichts! Gila sieht das aber anders. Der Hanno – sie redet zeitweise so von ihm, als würde er noch leben, dann korrigiert sie sich wieder – der müsste halt jemanden haben ... also gehabt haben, der ihn auffängt, der ihm zeigt, dass das Leben schön sein kann, dass man nicht alleinsteht. Dich! sagt Frauke, der Ton verrät, dass sie nicht daran glaubt. Ja, mich! sagt die Gila richtig bockig. Der kann ja, also, der konnte auf keinen Fall so ein Heimchen brauchen, das brav alles macht was er will. Der braucht ... also der hätte eine Frau brauchen können, die ihn liebt, aber trotzdem einen eigenen Kopf behält. Der braucht ... der brauchte Widerstand, Widerstand im Sinne von Widerhalt, jemanden, der ihn vielleicht mal ein bisschen weglenkt von der ewigen Kämpferei gegen alles und jedes.

Frauke stimmt zögernd zu und verschweigt zum Glück, dass Hanno mit ihr selbst wieder etwas anfangen wollte. Das muss sie jetzt für sich behalten, sonst macht das die Gila endgültig fertig und das schadet bestimmt der Freundschaft. Der Hanno ist tot, niemand anders weiß davon, soll er das mit ins Grab nehmen und sich nicht noch danach zwischen die Freundinnen drängen! Und außerdem hat sie doch den Maik, was will sie denn?

Fast tut mir die Gila ein wenig Leid. Wen sie nicht will, der will sie. Den sie will, der will sie nicht. Dabei ist sie ein guter Mensch, wenn man nur hinter die immer mal freche Fassade schaut. Und sie könnte sicher jemanden wirklich glücklich machen, wenn die Herren der Schöpfung das nur kapieren würden.

Die beiden überlegen, wie man das am besten anstellen könnte. Du musst mehr unter Leute, meint Frauke. Die Leute, die in den Kramladen kommen, zählen dabei nicht. Meistens sind das sowieso Frauen, die Interesse für den Schnickschnack haben, den Gila verkauft. Wenn mal ein Mann in den Laden kommt, dann fast immer als Begleiter einer solchen Schnickschnackfrau. Der steht dann da nur rum und wartet ergeben, bis der Kauf getätigt oder auch nicht getätigt ist. Da kann man vielleicht mal den einen oder den anderen Blick wechseln, aber ansonsten ist das völlig zwecklos. Die Gila hat da einschlägige Erfahrungen.

Frauke hat noch eine ganz andere Idee. Gila kann nämlich sehr, sehr gut backen, das glaubt man eigentlich gar nicht, wenn man sie nicht genau kennt. Und seit das Ual Skinne den Café-Betrieb eingestellt hat, gibt es im Dorf eine echte Marktlücke. Die andere Frauke hatte Pech mit ihren Angestellten, die haben sie einfach wenige Tage vor Beginn der Saison im Stich gelassen. Nun kommen da ständig Leute vorbei und drücken sich an den Fenstern die Nasen platt, in der Hoffnung, dass das Café endlich wieder aufmacht und sie dort lecker Kuchen und Waffeln und vor allem riesige Erdbeereisbecher verdrücken dürfen.

Du könntest das doch übernehmen, meint Frauke. Oder wir machen auf deinem Hof ein Café auf, ein Hofcafé – Gila scheint die Idee durchaus zu gefallen. Dann nehmen wir ordentlich Geld ein und im Winter erholen wir uns in der Südsee. Der Gedanke gefällt den beiden.

Ja, Mädels, schöne Träume, und wo bleibe dann ich? Und Anna, Berta, Clara, Dora, Erna, Frida, Gesa und Hanna? Die Ziegen? Und der Egon? Ich mache mich bemerkbar, aber sie ignorieren mich einfach und träumen weiter.

Eine ganze Weile überlegen sie hin und her, wie man so ein Café in Gang kriegen könnte. Das größte Problem ist natürlich das Geld. Erst einmal muss man gewaltig investieren, bis so ein Betrieb wirklich läuft. Und dann ist da noch die Frage, woher man zuverlässiges, freundliches und von der Lohnerwartung her einigermaßen bescheidenes Personal bekommt. Die ganze Inselgastronomie leidet ja unter Fachkräftemangel. Das aber liegt nicht zuletzt daran, dass die Verdienstmöglichkeiten in der Gastronomie überschaubar, die Kosten für das Leben auf der Insel aber hoch sind. Da passt etwas nicht zusammen. Irgendwann laufen überall auf der Insel frustrierte Luxushausbesitzer und reiche Touristen herum, die niemand mehr bedient, weil genau wegen ihnen und ihrem Geld alles so teuer geworden ist, dass sich normale Leute das Leben auf unserer Insel nur noch dann leisten können, wenn sie selbst etwas besitzen. Ein Teufelskreis.

Natürlich geht es auch um Frauke und wie es denn so mit ihrem Liebesleben steht. Frauke wehrt ab, da ist nichts, gar nichts. Und nach dieser Geschichte mit dem „Idioten und dem Arsch" hätte sie wirklich die Nase voll, das wüsste die Gila doch. Trotzdem gehen sie der Reihe nach die interessanten Männer auf Föhr durch. Dieser Arzt im Krankenhaus, der wäre doch auch ganz ansehnlich, findet Gila. Sie scheint sich schnell erholt zu haben. Oder sie ist eine gespaltene Persönlichkeit. Eigentlich ist sie mit Maik zusammen, dann dieser Zusammenbruch wegen Hanno, und trotzdem registriert sie schon potentielle neue Opfer ihrer Liebessehnsucht. Ich werde aus dieser Frau nicht schlau. Aber ich bin hier ja nur der Kater.

Und in der näheren Umgebung? Nein, da ist nichts, sagt Frauke bestimmt. Der Stefan, Georg Lüdersens Sohn, Bärbel Iversens Zwillingsbruder, der würde Frauke ja auch immer mal so komisch anschauen. Vielleicht ist da ja was, auch wenn er nie den Mund aufmacht. Gila lässt nicht locker. Also nein, Frauke ist bestimmt, der kommt nun so was von gar nicht in Frage. Ein guter Freund ist er, hilfsbereit wie kein anderer – mein ich ja, unterbricht Gila. Nein, der Stefan ist nett, aber nicht Fraukes Typ. Und so verklemmt wie der ist ... Hatte der überhaupt mal eine Freundin, fragen sich die Frauen, sie meinen offenbar, dass nicht. Völlig klar. Armer Stefan. Aber der erbt wenigstens mal beträchtlich, der Vater ist ja schon 62. In ein paar Jahren ist der Stefan reich, selbst wenn die Hälfte des Erbes an seine Schwester Bärbel geht. Da wird sich dann schon eine Interessentin finden!

Das nun finden die beiden doch nicht so gut. Das hat der Stefan nicht verdient, dass ihm irgendeine geldgeile Tussi den Besitz durchbringt. Man kann sich das lebhaft vorstellen: Erst ist alles gut. Kinder kommen. Man kauft ein schönes Haus und ein dickes Auto. Alles ist so, wie es der Madam gefällt. Dann ist keine weitere Steigerung möglich oder ihr Mann wird ihr zu langweilig, sie will halt ein noch schöneres Leben. Also lässt sie sich scheiden und sucht sich einen mittellosen Lover zum Vergnügen, einen erfolglosen Maler oder Autor. Der bringt zwar nichts zuwege, seine Bilder oder seine Bücher und Gedichtbände taugen nichts und keiner will die haben. Dafür ist er aber gut ihm Bett, mehr braucht's nicht. Das Geld zahlt ja der andere. Der Lover wird nicht geheiratet, oh nein. Der Stefan soll ja zahlen. Und das tut er, bis er schwarz wird. Frauke erzählt von einem ehemaligen Kollegen aus Hamburg, dem genau das passiert ist. Aus der Falle ist der nicht mehr herausgekommen, weil er seine drei Töchter halt über alles liebt.

Besser wäre, überlegen Frauke und Gila, er verkauft später alles, wie das ja so manche tun. Mit der Mörderkohle fängt er ganz woanders als neuer Mensch an. Der Stefan ist ja erst 36. Als Mann hat man da noch alle Möglichkeiten, für eine Frau wird es da schon eng. Die biologische Uhr tickt, und der Wert auf dem Partnermarkt sinkt rapide ab. Zum Schluss bleiben nur noch Parship, ElitePartner oder ähnliches im Internet. Da hat man angeblich alle paar Minuten eine neue Chance, den Traumpartner oder die Traumpartnerin zu finden. Man stellt dort ältere, technisch aufgehübschte Bilder und gekonnt aufgemotzte Lebensläufe von sich rein, in der Hoffnung, dass der, mit dem man sich verabredet, dann gnädig ist – am besten trifft man sich spät Abends in einem schummrigen Lokal und sorgt für schnelle Alkoholzufuhr. Sicher ist sicher. Hauptsache, man bekommt die Chance, diesen fremden Menschen von seinen inneren Werten zu überzeugen, bevor er die äußeren Werte näher in Augenschein nimmt. Leider kann man davon ausgehen, dass der Andere das auch so gemacht hat. Und so sitzen sich zahnlose Oma und schwerhöriger Opa gegenüber und sind erheblich in Erklärungsnot. Die beiden Mädels kichern, als sie sich das vorstellen. Gemacht haben sie beide so etwas noch nicht, obwohl das ja schon mal interessant wäre ...

Ob die Gila da nicht flunkert? Mir scheint, sie ist genau der Typ Mensch, der nichts unversucht lässt. Bestimmt probiert sie auch solche Sachen mal aus, und sei es aus reiner Neugier. Frauke jedenfalls würde so was nie tun, dafür tunke ich meine Pfote ins Wasser. Und wer weiß, wem man da so begegnet, an späten Abenden in schummrigen Lokalen mit ordentlich Alkoholgenuss. Viel zu gefährlich. Frauke, lass das man lieber! Und bei uns auf Föhr hat das sowieso keinen Zweck. Wenn sich da zwei einsame Herzen in einem Lokal treffen und sich kennenlernen wollen, weiß das am nächsten Tag die ganze Insel und Ekke Knudsen steht vor der Tür, um das neue junge Glück zu interviewen.

Also muss man entweder aufs Festland – was für ein Aufwand, nee – oder man legt sich in Wyk auf die Lauer und greift sich einen passenden Touristen. Blöd ist nur, dass Föhr mehr oder weniger Familieninsel ist, die meisten interessanten Männer reisen mit Frau und Kindern an. Wenn man auf die Tagesgäste schaut, dann sagt einem schon der Altersschnitt, dass das nichts werden kann. Und wenn da wie durch ein Wunder doch was laufen sollte, hat man irgendwann das Problem mit „Arsch und Idiot II", den man dreimal im Jahr irgendwo in der Mitte zwischen Föhr und Gelsenkirchen in einem Billighotel trifft, für kleine Fluchten in verzweifelten, hoffnungslosen Sex. Frauke und Gila sind da einigermaßen deprimiert ob dieser Aussichten. Dann lieber keinen Mann! Frauke beendet diese Überlegungen ziemlich resolut. Schluss damit!

Das Thema können sie aber trotzdem nicht lassen. Einen Moment später überlegen sie nämlich schon, ob sie nicht für den Stefan einfach eine solche Partnersuche starten sollten. Dem Glück kann man schließlich nachhelfen. Aber nein, so etwas macht man nicht. Da muss der schon von allein draufkommen. Vielleicht hat er das ja auch schon selbst probiert, der fummelt doch ständig mit dem Internet rum, meint die Gila. Wahrscheinlich auf diversen Sexseiten, kichern die beiden jetzt. Ich finde das gemein, aber mein mahnendes Maunzen erreicht kein geneigtes Ohr.

Männer, Männer, Männer. Und die Liebe. Das Gespräch bleibt offenbar in den mir wohlvertrauten Bahnen. Ich kann jetzt in Ruhe ein wenig wegnicken. Nur als die beiden beim Abhaken der noch verbleibenden interessanten Typen auf der Insel auf den Tierarzt kommen, überkommt mich so ein Zucken im linken Hinterbein. Alle, von mir aus auch der verklemmte Stefan, nur der Tierarzt nicht!

Gegen neun Uhr abends ist die Gila müde, kein Wunder. Nach dem Tag! Und Frauke muss jetzt unbedingt noch nach den Tieren im Stall sehen. Also verabschieden sich die beiden, wie immer mit Küsschen hierhin und Küsschen dahin. Mich schaudert's.

Die Gila fährt nur ungern, und Frauke lässt sie nur ungern ziehen. Ein Mörder geht um auf Föhr. Was wird noch passieren?

Im Stall ist alles friedlich

Frauke räumt die Küche auf, danach schaut sie – natürlich in meiner Begleitung – im Stall nach dem Rechten. Da ist alles friedlich.

Die Kühe stehen an ihren Plätzen, die Ziegen sind auch da. Der Egon rumpelt in seinem Verschlag herum. Das macht er oft, wenn er Frauke kommen hört. Er bekommt von ihr einen Apfel, das war das Ziel, das findet er gut. Im hinteren Teil des Stalls, wo früher mal die Schweine untergebracht waren, ist jetzt eine große freie Fläche. Frauke hat da Heu und Stroh aufgeschichtet, und da liegen jetzt die Schafe. Die wollen hier anscheinend gar nicht mehr weg. Frauke spricht mit ihnen. Zu häuslich, ihr Lieben, solltet ihr euch das hier nicht machen. Bald kommt der Schäfer, dann geht's wieder auf den Deich! Blacky muss natürlich mal wieder den Clown geben. Spielerisch stößt er nach Frauke mit seinen nicht vorhandenen Hörnern. Angela hebt schon den Kopf und will ihn zurechtweisen, da ertönt auf einmal ein gefährliches dunkles Grollen, sodass Blacky vor Entsetzen senkrecht in die Luft springt und sich dann schleunigst in die hinterste Ecke des Stalls verdrückt. Die ganze Schafherde meckert laut vor Belustigung. Da gibt's ja auch noch eine Rechnung zu begleichen, Kegelschafe sage ich nur.

Den Franz habe ich gar nicht gesehen zwischen den ganzen Schafen. Der fühlt sich hier richtig wohl, bei den Mähtieren ist er sichtlich eine große Nummer. Und jetzt macht er auch noch auf Beschützer. Ich weiß nicht so recht, ob ich das gut finden soll. Es geht um MEINE Frauke, und schließlich ist das hier MEINE Hilfstruppe. Soll er sich zuhause um seine Steinböcke und Gemsen kümmern, das hier ist mein Revier!

Reiß dich zusammen, Tom! Die Schafe dürfen nichts merken, wer weiß, wie die das dann noch ausnutzen! Nur die schlaue Angela blinzelt mich so komisch an. Ich tue mal besser so, als würde mich das Ganze amüsieren. Überlegene Haltung, Kontrolle, Souveränität, das will die Truppe an ihrem Chef sehen. Auch wenn ich genau genommen nicht ihr Chef bin, aber das tut hier nichts zur Sache.

Der Franz kommt mit Frauke und mir zurück ins Wohnhaus, da kann ich ihn erstmal anfranzen, also anranzen natürlich. Aber „anfranzen" finde ich gut, das werde ich in meinen Wortschatz aufnehmen. Der dickfellige Franz reagiert kaum. Natürlich ist dem die große Fressschüssel in der Küche wichtiger. Nun denn, aber unsere Stunde kommt noch. Ich bin hier der Chef!

Besuch zur Nacht

Kaum haben wir es uns in der Küche gemütlich zur Nacht zurecht gemacht, klopft es an der Tür. Senkrecht stehen mir alle Haare zu Berge, der Rücken drückt sich automatisch nach oben, mein schöner Katzenschwanz erreicht vierfaches Volumen. Der Franz grollt. Wer klopft hier am späten Abend? Der Mörder?

Frauke kommt aus dem Wohnzimmer, blickt in die Küche und sagt dem Franz leise, dass er mitkommen soll an die Tür. Unerhört. Den Franz fragt sie extra, ich bin hier wohl die Nullnummer!? Also ob ich sie nicht auch vor dem Mörder beschützen könnte. Dem würde ich an die Beine fahren, in die Ferse beißen, dass die Achillessehne reißt, an ihm hochklettern und ihm die Augen auskratzen! So schnell könnte der gar nicht morden, wie ich ihn überwältigt hätte, ha!

Also hinterher. An der Tür ist aber nur der Tierarzt. Was will der denn hier, hier ist alles gesund! Gregor, komm rein, sagt Frauke, was gibt es denn? Der Börnsen ist nicht wegen uns Tieren hier, das wird gleich klar. Er will nur nach dem Rechten sehen, sagt er, er macht sich Sorgen, zwei Morde, ein lebensgefährlicher Anschlag, alles hier in Fraukes naher Umgebung. Sie allein auf dem Hof, den Gedanken hat er nicht ertragen wollen.

Er sülzt so herum, dass Frauke ganz weich wird, auf einmal ist sie in seinem Arm und drückt sich fest an ihn, den Kopf an seiner Schulter. Der Gregor hält sie fest und streichelt ihr über den Kopf und den Rücken, und da bricht alles aus Frauke heraus, ihre Sorge, ihre Angst und Not. Er sagt gar nichts, hält sie fest und streichelt sie nur immer wieder. Ich möchte nicht, dass du heute Nacht allein bist, sagte er schließlich. Sie nickt unter Schluchzen, und dann gehen die beiden rein, erstmal ins Wohnzimmer. Aber ich ahne schon, wie das endet. Der Franz hat sich gleich verzogen, als er gemerkt hat, dass keine Gefahr droht.

Auf meiner Küchenbank denke ich darüber nach, was ich davon halten soll. Offenbar gibt es Momente im Leben der Menschen, wo sie einander so brauchen, dass wir Katzen und anderen Tiere erst mal abgemeldet sind. Damit muss ich mich wohl abfinden. Aber nicht, dass der Tierarzt sich hier noch auf Dauer einnistet. Das gibt's nicht!

TAG 5, MORGEN

Anschuldigungen

Langsam wird das hier zur Routine. Warum verlegen die nicht gleich ihre Wache zu uns auf den Hof? Genau: Kaum sitzen wir beim Frühstück, steht die Polizei schon wieder in der Tür. Wieder der Asmussen, diesmal begleitet von einer der jungen Damen von der Polizeischule, die im Sommer die Dienststellen auf den Nordseeinseln verstärken. Den Namen habe ich jetzt nicht registriert, ist aber auch egal. Bald ist die sowieso wieder weg von der Insel.

Den Herrn Börnsen müssten sie leider mitnehmen, sagt Asmussen. Der Tierarzt weiß gar nicht, wie ihm geschieht, was soll das jetzt? Wir haben eine Nachricht erhalten, dass Sie in den Mordfall Iversen verwickelt sind, sagt Asmussen. Außerdem sind da diverse Briefe aufgetaucht, von denen man annimmt, dass sie von ihm stammen. Darüber möchte sich die Polizei gern mit ihm ausführlich unterhalten, aber nicht hier. Er möge also gleich mitkommen. Nein, nicht im eigenen Auto, im Polizeiwagen.

Der Gregor wird böse. Erst mal hat er nichts mit dem Mordfall zu tun. Briefe hat er auch keine geschrieben, außer seinen tierärztlichen Routineschreiben. Könnte sich die Polizei gern alle durchlesen. Und wenn die ihn dann in Wyk aussetzen, weil die natürlich nichts finden werden, und er erst hier wieder das Auto abholen muss, dann kann er mehrere Termine vergessen. Vielleicht möchte ja die Polizei heute noch bei Bauer Andreesen das Kälbchen holen, bei Bauer Petersen die Impfungen machen und die kranken Pferde auf dem Reiterhof untersuchen, bittesehr. Asmussen gibt nach. Der Tierarzt darf das eigene Auto nehmen, dann begleitet ihn eben die Kollegin auf dem Beifahrersitz. Von der Insel kommt er eh nicht weg. Na bitte, knirscht Börnsen.

Bevor sie fahren, kommt der Knaller: Frauke soll ihre ganze Technik abgeben, Computer, Drucker, Telefon, alles. Die Polizei sammelt das ein, um das kriminaltechnisch auf Spuren untersuchen zu können, das ist klar. Frauke ist empört und schimpft, das nützt ihr aber nichts. Asmussen bleibt ruhig, eiskalt ist der. Ich könnte dem mal so richtig mit der Kralle eins überziehen oder ihn so in die Ferse beißen, dass er nur noch humpeln kann. Frauke ist erstens völlig unschuldig, schreibt bestimmt keine komischen Nachrichten und Briefe – das wüsste ich ja wohl – und sie braucht doch ihre Sachen! Mein Fauchen bewegt den Asmussen nur dazu, eine Augenbraue hochzuziehen und eine Bemerkung über tierische Komplizen zu machen. Unerhört. Wenn du wüsstest, was ich weiß, wärst du bescheidener, Kamerad!

Alles Schimpfen und Bitten nützt nichts, Frauke muss alles abgeben. Die Polizeifrau muss den Drucker schleppen, der faule Asmussen nimmt nur den Laptop in Fraukes Tasche und ihr Telefon. Ja, sie kriegt alles wieder – sobald der Fall abgeschlossen ist. Vorher nicht. Und schon sind sie weg. Frauke weiß gar nicht, wie ihr geschieht, so schnell ist das gegangen.

Frauke sitzt in der Küche am Tisch und starrt blicklos auf den Tisch. Dann will sie offenbar Trost und Unterstützung von mir. Jedenfalls fragt sie mich, was ich ihr denn raten könnte. Ich kann da nur sagen, fahr nach Wyk und kauf dir schnell ein neues Telefon. So teuer müssen die nicht sein, und nimm dazu eine Prepaid-Sim-Karte fürs erste. Und einen Computer und Drucker kann dir bestimmt ein Nachbar leihen oder du kannst das mal nutzen.

Jetzt erst fällt mir auf, dass die Polizei völlig vergessen hat, nach Jean-Marie zu fragen. Der hat doch auch einen Computer. Schlampig, schlampig, kann ich nur sagen. Da sind sie wohl ein wenig überfordert. Ist aber auch kein Wunder. Hier auf der Insel passiert ja auch kaum etwas, mal abgesehen von kleinen Schlägereien und Verkehrsdelikten. Der letzte richtige Mord liegt mehr als zehn Jahre zurück. Den aber hat der Asmussen souverän aufgeklärt, habe ich gehört. Ich war da ja noch nicht auf der Welt. Vor einer Weile gab es da auch noch so einen Fall, wo eine Frau ihren Mann erstochen hat. Da war aber gleich eine Mordkommission aus Flensburg dran, die Inselpolizei hatte nur Unterstützung zu leisten. Und sonst? Da brennt's mal hier und da aus ungeklärten Gründen, es wird eingebrochen, Fahrräder werden geklaut und tauchen wieder auf, irgendein Depp zieht sich auf der Strandpromenade aus und zeigt nichtsahnenden Touristinnen sein verschrumpeltes ... nee, Schluss damit. Also, es gibt für die Polizei leider genug zu tun, aber Mord ist auf unserer friedlichen Insel die absolute Ausnahme.

Jean-Marie ist aber sowieso nicht da. Der hat einen Todesfall in der Familie zuhause in Frankreich. Mit einer der letzten Fähren vor dem Sturm ist er noch aufs Festland rüber. Frauke hat das der Polizei erzählt, die haben das geprüft. Er hat sogar von unterwegs nochmal angerufen wegen des einen Badezimmers im Haus. Damit fällt er als Täter für die Morde und das Attentat aus. Derweil bin ich Frauke auf den Schoß geklettert, etwas Schmuse- und Schnurrenergie auf sie zu übertragen. Aber so viel Zeit habe ich leider nicht. Soll der Franz ran. Wo ist der eigentlich? Bestimmt wieder im Stall, Hof halten. Und, liebe Frauke, du hast doch auch viel zu tun in Haus und Hof, da kannst du dich ablenken. In der letzten Nacht hast du dich ja auch abgelenkt, das habe ich genau gehört.

Nein, Details verrate ich nicht. Mir scheint aber, dass das Vorgefallene die beiden Menschen heute Morgen etwas peinlich berührt. Ein Liebespaar sieht anders aus, allen Katzengöttern sei Dank!

Es gibt Wichtigeres. Ich muss jetzt dringend die Emma finden, die muss nach Wyk und die Vernehmung belauschen. Und nachher wieder Dienst, geht ja weiter, Pflicht ist Pflicht. Zum Glück ist der Sturm abgeflaut, die Fähren müssten jetzt wieder fahren. Dann kommt auch bald der Schäfer und die Schafe können wieder auf den Deich.

Das Telefon klingelt, Festnetz haben wir ja auch noch. Einer oder eine von der BI ist dran, ganz empört, ob die Polizei auch bei Frauke die ganze Technik mitgenommen hat. Ja, hat sie. Die holen anscheinend mehr oder weniger gleichzeitig bei allen BI-Mitgliedern die Technik ab. Ich stelle mir vor, wie das jetzt auf der Polizeiwache aussieht, mit 20 Computern und Druckern und Handys und was da noch so im Einsatz ist. Da brauchen die einen ganzen Saal. Ob die wohl herausbekommen, von welchem

Gerät die Nachricht gekommen ist, dass der Börnsen der Mörder ist? Und bitte, wieso soll die Nachricht von einem BI-Mitglied geschrieben worden sein? Das ist doch Unsinn, da müsste man sich doch mindestens auch die Geräte der Projektfreunde ansehen. Und was ist mit den vielen, vielen Sympathisanten der BI, nochmal 200 Leute? Auch bei denen die Technik einsammeln und prüfen? Hoffentlich kapiert die Polizei das bald, dass das nichts bringt. Und wer so was macht, der wird doch wohl nicht so blöd sein, die Nachricht vom eigenen Computer oder Handy aus abzuschicken. Da gibt es ja schließlich andere Möglichkeiten. Vielleicht kennt sich ja einer in diesem Dunkelnetz, dem DarkNet, aus, da kann man, wie es heißt, seine digitalen Spuren völlig verwischen. Viele Verbrecher haben das längst für sich entdeckt.

Der Hanno hat öfter über das DarkNet gesprochen, das sollte man nur noch benutzen, mit einem Torbrauser oder wie das heißt. Er hatte immer Angst, dass die Projektfreunde die BI bespitzeln. Und er hat auch erzählt, dass er sich da ganz gut auskennt. Nur hat das alles wenig Sinn, Hanno ist tot. Und warum sollte er eigentlich den Tierarzt, ein BI-Mitglied, anschwärzen? Obwohl ... Eifersucht wäre ein Motiv. Der Hanno hat bestimmt gesehen, dass auch der Gregor Börnsen ein Auge auf meine Frauke geworfen hat. Und Hanno ist ... war schließlich oft radikal in Ansichten und Taten.

Hat er den Jens Iversen womöglich doch umgebracht? Und dann die Nachricht über das DarkNet abgeschickt? Gelegenheit dazu hätte er gehabt. Aber wer hat dann ihn kurz darauf umgebracht? Das gibt doch alles keinen Sinn. War das mit dem Draht über der Straße auf Hannos Heimweg nur ein total idiotischer Streich? Das hat's früher schon mal auf der Insel gegeben, nur wurde das rechtzeitig entdeckt, bevor jemand zu Schaden kommen konnte.

Vielleicht war das der gleiche Hirnkranke, der sehen wollte, wie er mit einer solchen Aktion Macht über andere ausüben und Schrecken verbreiten kann. Genauso wie die Steinewerfer an Autobahnbrücken. Jean-Marie hat mal erzählt, wie solche bescheuerten Steinwerfer vor Jahren sein Auto schwer beschädigt haben. Er ist da nichtsahnend langgefahren, hat zwei Typen oben auf einer Brücke stehen sehen, schon hat's geknallt. Zum Glück ist ihm nichts passiert, nur das Autodach war eingedrückt. Er rechts ran, raus aus dem Auto, die Typen waren aber schon weg. Er hat das angezeigt, nach ein paar Wochen kam die Nachricht, dass die Ermittlungen eingestellt worden sind. Jean-Marie ist kein Freund eines Überwachungsstaates, der überall Kameras anbringt und alles filmt, was die Bürger machen. In dem Fall würde er freilich gern eine Ausnahme machen. Aber seine Petition, die immerhin von einigen Tausend Leuten unterstützt worden ist, hat nichts gebracht. Seitdem, sagte er, hat er immer eine Schrotflinte im Auto. Und wenn er nochmal solche Steinewerfer sieht, dann wird scharf geschossen, ohne Rücksicht auf die Folgen. Diese Typen müssen gestoppt werden, dafür geht er zur Not auch selbst in den Knast. Vielleicht trifft er da sogar die Steinewerfer wieder. Obwohl er noch nie davon gehört hat, dass jemals irgendwer bei so was erwischt worden ist. Die machen ihre Mordanschläge und hauen ab. In der Zeitung lesen sie dann von ihren „Heldentaten" und können sich daran aufgeilen. Jean-Marie hat sich furchtbar aufgeregt. Ich kann das gut verstehen, auch wenn die Sache mit der Schrotflinte natürlich nach hinten losgehen kann, im wahren Sinne des Wortes.

Je mehr ich darüber nachdenke, um so mehr scheint mir, das mit dem Draht war auch so eine Aktion. Da wollte sich jemand ganz wichtig fühlen. Und Hanno war das beliebige, ahnungslose Opfer. Vielleicht hat der Täter nicht damit gerechnet, dass um die Zeit im Sturm überhaupt einer da entlangfährt. Dann wäre der Draht am nächsten Tag im Hellen aufgefallen und nichts wäre passiert. Der Weg ist nicht stark befahren, das erste Fahrzeug am Morgen wäre vielleicht der Milchwagen gewesen, oder das neuerdings elektrisch betriebene Postauto. Oder ein Trecker.

Und wenn es doch gezielt war, und es kamen nur verschiedene Sachen zusammen, die miteinander nichts zu tun haben? Das eine ist der Streit um das Projekt, das andere vielleicht eine persönliche Sache. Möglich wär's ja. Irgendwie verknotet sich das alles in meinem armen Katzenhirn, ich muss jetzt raus, frische Seeluft auf dem Deich bringt vielleicht Klarheit in meine Gedanken. Und ich muss schnell meine Kundschafterin finden.

TAG 5, VORMITTAG / MITTAG

Auftrag für Emma: Was ist mit dem Tierarzt?

Wie es der Zufall will, streicht meine Emma in großen Kreisen über unseren Hof und ist sofort unten, als ich sie rufe. Als ob sie schon gewartet hätte! Ich verkneife mir aber das Lob, nachher bildet sie sich noch etwas darauf ein. ICH leite hier die Ermittlungen!

Der Auftrag lautet, schnellstens nach Wyk zu fliegen und wenn irgend möglich die Vernehmung des Tierarztes zu belauschen. Vielleicht wissen auch die Polizeihunde etwas Neues. Sollten die sich anstellen von wegen Vertraulichkeit polizeilicher Ermittlungen, hilft vielleicht ein Hinweis auf die Statuten von „Föhr Nutz". Die Unterstützung tierischer Ermittlungen unter besonderer Berücksichtigung der Einbindung auch von Vertretern von „Föhr Wild" könnte sich schließlich positiv auf das Image der ganzen Föhrer Hundewelt auswirken. Dass ich mir den Ermittlungsauftrag selbst gegeben habe, müssen die ja nicht unbedingt wissen. Wenn das alles erstmal aufgeklärt ist, kann ich meine Beziehungen zu namhaften Vorstandsmitgliedern spielen lassen und dann läuft das schon. Letzteres behalte ich für mich. Die Emmas sind für ihre Schwatzhaftigkeit bekannt.

Die Emma hat aber auch etwas für mich: Die Mizzi ist gesehen worden, und zwar am Abend vor der Sache am Teich, also kurz bevor der Mord am Bürgermeister geschehen ist. Emma 32 625 war gerade von Sylt rübergekommen, man hat Neuigkeiten ausgetauscht, und die andere Emma hat tatsächlich die auffällig dreifarbige Katze am frühen Abend gesehen. Wo? Im Garten, in der Nähe eines Schuppens auf dem Hof Lüdersen in Dunsum!

Das ist freilich nicht überraschend, schließlich wohnt sie da. Mit dieser Beobachtung kann ich nicht viel anfangen. Aber vielleicht sollte ich mir trotzdem die Mühe machen, nach der Schicht da mal vorbeizuschauen, so weit ist das von meinem Abschnitt aus nicht. Wahrscheinlich hat sie jemand eingesperrt und sie ist tagelang nicht rausgekommen, dann muss sie doch in Not sein!

Die Emma kann jetzt erst mal los, ich laufe nochmals ins Haus und bestelle mir den Franz für nachher auf den Deich. Spätestens um 22.00 Uhr soll er am Schöpfwerk Dunsum sein, schärfe ich ihm ein.

Das Schöpfwerk, nebenbei bemerkt, ist für den Deichschutz sehr wichtig. Hier wird ständig Wasser aus der Marsch abgepumpt und in die Nordsee geschafft. Dazu haben die Menschen auf Föhr Sielzüge und Vorfluter, also eigentlich Wasserläufe, mit einer Länge von gut 164 Kilometern angelegt. Darin sammelt sich das Wasser, das dann über drei Schöpfwerke in die Nordsee gepumpt wird. Allein das Schöpfwerk Dunsum entlastet die Insel jährlich um 2,8 Millionen Kubikmeter Wasser. Nicht auszudenken, wenn es das nicht gäbe, dann wären wir längst alle innerhalb der Deiche abgesoffen und ertrunken!

Der Franz nimmt das mit Interesse auf, so was gibt's ja in seinen komischen Bergen nicht. Jetzt aber bleibt er erst einmal hier, er hat da so eine Idee, was man mit den Kühen noch einüben könnte. Was, will er mir nicht verraten. Schöner Detektiv, aber das muss ja auch sein. Wir müssen doch Fraukes Hof um eine Attraktion bereichern! Bin nur gespannt, ob der General sich da reinreden lässt. Ist aber sein Problem, also das des Hundes. Ich bin dann mal weg.

Der Nachmittag am Deich verläuft erst einmal ziemlich ereignislos, bis auf die Kinder, die mir mit lauten „Mieziii, Mieziii!"-Rufen hinterherrennen müssen. Haben die noch nie eine Katze bei der Arbeit gesehen, gibt's denn da überhaupt keinen Respekt? Ich muss mich der Verfolgung durch Flucht ins Gestrüpp jenseits des Deichverteidigungsweges – Strunwai heißt der hier in meinem Abschnitt – entziehen. Ein Gutes hat das allerdings, kann ich doch nach dieser Aktion eine der fetten Bisamratten überraschen, die sich gerade am Deichfuß zu schaffen macht. Jetzt gibt's da einen Deichaufgräber weniger.

Als die Kinder wieder weg sind, geht's zurück auf den Deich. Der Wind ist inzwischen wieder ganz gut auszuhalten, vor allem, wenn man unterhalb der Deichkrone in Lee bleibt. Es kommt sogar gelegentlich die Sonne heraus. Ich bleibe in Bewegung und spähe nach weiteren Deichnagern, aber bis auf eine kleine dumme Maus kommt mir nichts in Sicht. Ohne Schafe ist das hier, muss ich zugeben, einigermaßen langweilig. Ab und zu kreist eine Möwe über mir, aber keine lässt sich herab. Sollen sie doch, ich warte auf meine Emma.

Endlich das vertraute Kreischen – ja, ich kann die alle gut voneinander unterscheiden, die Emmas! Und schon setzt sie elegant neben mir auf und spult ihren Bericht ab.

Emmas Bericht

„Also, ich mit Schwung rüber nach Wyk, entlang der Dörfer, also Süderende, Oldsum, Alkersum, Oevenum und Wrixum. Spitze Rückenwind. Hab dabei gleich mal Ausschau gehalten nach verdächtigen Menschen, da war aber nichts."

(Bericht aufnehmender Kater verdreht die Augen, das war eigentlich nicht der Auftrag. Da geht doch kostbare Zeit verloren, nachher verpasst sie noch die Vernehmung.)

„Grad zur rechten Zeit war ich in Wyk, da kamen die mit dem Polizeiauto erst am Gebäude am Hafen an. Gab vorher einen Stau, da sind an der Kreuzung Nieblumstieg – Ocke-Nerong-Straße ein Laster und drei Touristenautos ineinandergekracht. Das hat gedauert, bis alles frei war. Der Börnsen kam hinterher.

Also die in das Haus rein, ich die Fenster entlang, um zu sehen, wo die die Vernehmung machen. Das richtige Fenster hab ich auch glücklich entdeckt, und – wie schön – das steht offen und ich kann alles hören."

(Bericht aufnehmender Kater bittet um Kurzfassung des Gehörten.)

„Na gut, dann eben kurz, bittesehr, bittesehr: Polizei fragt den, wie Börnsen sich das mit der Nachricht erklärt, er hätte Bürgermeister Jens Iversen umgebracht. Börnsen kann nichts dazu sagen, einzige Möglichkeit: Da mag ihn wohl einer nicht. Wer den Drohbrief geschrieben hat, den unter anderem die Amtsverwaltung Föhr-Amrum, die Presse und diverse Projektbefürworter erhalten haben, weiß er auch nicht. In dem Brief steht, hat die Polizei gesagt, dass alle, die das Projekt vorantreiben, mit ernsten Folgen zu rechnen hätten. Der Tierarzt hat gesagt, das ist nicht sein Stil. Er ist gegen das Projekt, das der Geschichte des Ausverkaufs der Insel ein weiteres unschönes Kapitel draufsetzt, aber so einen Blödsinn macht er nicht. Die Polizei hat ja seine Technik beschlagnahmt, die würden dann schon sehen, dass das nicht von ihm ist.

Wo der Börnsen in der fraglichen Zeit gewesen ist, also in der Nacht von Mittwoch auf Donnerstag, als Iversen getötet wurde: Da lacht der doch und sagt, dass sie gern die Kühe von Bauer Harmsen befragen können und den Bauern und seine Frau gleich mit. Da war er nämlich die ganze Nacht auf dem Hof im Einsatz, weil gleich mehrere Kühe gekalbt haben. Eins der Tiere wäre fast gestorben, das wäre sehr problematisch gewesen und hätte gedauert.

Der eine Polizist ist da aus dem Zimmer und hat wohl gleich bei Harmsens angerufen, jedenfalls ist er dann zurückgekommen und hat das bestätigt. Der Tierarzt war tatsächlich von abends 9.00 Uhr bis zum nächsten Morgen, 8.00 Uhr, auf dem Hof bei den Tieren, der Bauer immer dabei und zeitweise seine Frau und die Kinder. Danach hat man noch ordentlich gefrühstückt, der Tierarzt ist erst um zehn Uhr morgens weggekommen.

(Bericht aufnehmender Kater stellt fest: Das Alibi ist damit klar. Der Tierarzt fällt auch aus für die Erschreck-Aktion mit Bauer Lüdersen. Das hätte er von der Uhrzeit her gar nicht sein können. Harmsens Hof liegt weit weg auf der anderen Seite der Insel.)

Die Polizei hat aber nicht lockergelassen, da war ja schließlich noch die Sache mit dem Drahtseil auf Hanno Iversens Heimweg gewesen. Als Börnsen dann mitgeteilt hat, dass er zu der Zeit noch bei Frauke war, nach der BI-Versammlung, weil der Hund sich so merkwürdig benommen hatte, haben sie ihn gehen lassen."

(Bericht aufnehmender Kater ist irgendwie nicht unzufrieden: Für alle in Frage kommenden Zeiten hat der Tierarzt ein Alibi. Das wird Frauke beruhigen. Man stelle sich vor, er wäre ein Mörder und sie hätte gerade angefangen, sich an ihn zu gewöhnen oder sich gar zu verlieben. Niemals mehr danach würde sie doch einem Menschen vertrauen können. Er ist zwar der Tierarzt, aber das ist schon besser so.)

„Ich wollte gerade zu den Hunden runter, da kommen schon die nächsten Leute zur Vernehmung. Alles Mitglieder dieser Bürgerinitiative, nehme ich an. Ich finde übrigens so ein neues Dorf nicht schlecht, da wohnen dann Menschen, die immer mal was für uns Möwen übriglassen ..."

(Bericht aufnehmender Kater unterbricht, Möwe möchte doch bitte bei der Sache bleiben.)

„... ja ja, du hast dich wohl auch schon entschieden gegen das neue Dorf. Dabei könnte dir das doch egal sein. Aber bitte, also weiter. Die Namen von den allen weiß ich jetzt nicht, eine ältere Frau, ein älterer Mann, dann noch jüngere. Sogar der Sohn von dem Lüdersen musste kommen, die haben da keine Ausnahme gemacht und ihn tatsächlich gefragt, ob er den Anschlag auf seinen Vater gemacht hätte. Wie er überhaupt zu dem Bauern stehen würde, und noch mehr. Der hat wie alle anderen alles abgestritten. Zu der Zeit wäre er im Bett gewesen, ist natürlich kein gutes Alibi. Aber bei den anderen war das teilweise auch so. Die meisten waren zuhause, als der Jens Iversen umgebracht wurde, und die fast alle hatten Zeugen dafür wenn man Ehefrauen, Ehemänner und Kinder als Zeugen rechnen darf. Zwei BI-Leute waren in der Nacht auf dem Festland, da hatten sie auch Zeugen. In der Sturmnacht, als Hanno starb, waren sie die einen bei der BI-Versammlung, da hätten sie kaum Gelegenheit gehabt, noch einen Draht zu spannen. Oder sie hätten das vor der Versammlung machen müssen – aber warum? Alle haben das empört abgestritten. Andere waren zuhause und hatten dafür ihre Zeugen. Einer war in einer Kneipe in Boldixum, da hätte er natürlich x Zeugen dafür, vom Wirt bis zu den Kumpels von der Freiwilligen Feuerwehr. Alle haben freiwillig einen DNA-Test gemacht. Da sie es nicht gewesen wären, würde man sowieso nichts finden! Und dann haben noch alle ordentlich gemeckert, dass sie ihr Computerzeug abgeben mussten. Das hat denen aber nichts genützt. Einer hat gar keinen Computer, dass wollten die Polizisten erstmal gar nicht glauben. Jeder hat doch heute so was. Immer wieder haben die auf den eingeredet, dass das besonders verdächtig ist und so, ob er das verschwinden ließ womöglich. Aber andere von den BI-Leuten haben das bestätigt. Für die BI-Versammlungen musste er immer angerufen werden, weil er keine Iih-Mehl nicht kriegen kann, der Technikverweigerer. Extra für ihn mussten die Versammlungsprotokolle immer ausgedruckt werden, die hatte er zuhause alle fein säuberlich in einer dicken Akte zusammen mit Zeitungsausschnitten und allem möglichen Kram über Bebauungspläne, Einspruchsfristen, Gerichtsurteile und noch mehr. Die Akte hat die Polizei mit ihm zusammen durchgesehen, da war aber nichts Besonderes dabei, also nichts Geheimes oder Verdächtiges.

Zu den BI-Leuten, zu jedem einzelnen, hat die Polizei noch gesagt, dass sie sich das mit der Demo am Anleger und in der Wyker Innenstadt gut überlegen sollten. Demonstrationen könnten sie machen, das wäre ihr gutes Recht, aber das wäre ordnungsgemäß anzumelden. Sollten die das aber ohne Anmeldung durchziehen und dann noch mit dem geplanten oder einem anderen Täuschungsmanöver, dann würd's richtig Ärger geben. Das mussten sie alle schlucken, aber dann konnten auch alle gehen. Keiner wurde verhaftet, langweilig.

Dann aber bin ich nochmal runter zu den Hunden geflogen. Die wussten aber auch nichts Neues, außer dass jetzt die Spurensicherungsleute vom Festland rübergekommen sind und gleich die Tatorte untersuchen sollen.

Das ist alles. Ach nee, Moment. Beim Rückflug habe ich noch das offene Auto von der blonden Immobilientante aus Wyk gesehen, im Hof von dem Architekten, der jetzt hier so große Geschäfte macht. Die ging gerade mit einer großen Papprolle unter dem Arm in das Haus."

(Bericht aufnehmender Kater weiß zwar, um wen es sich handelt, aber nicht, was er mit dieser Information anfangen soll. Die verfolgen das Bauprojekt weiter, auch ohne den Jens Iversen, was sonst?)

„Die Frau habe ich übrigens gestern auch mal vor dem Haus des toten Bürgermeisters gesehen, da hat die sich mit der Ehefrau übel gestritten. Die wollten fast aufeinander los, das fand ich so interessant, dass ich mir das von Dach aus angesehen habe. Die Blonde wollte unbedingt ins Haus, sie müsste wichtige Unterlagen einsehen, die sie dem Mann der Anderen gegeben hätte. Die aber hat sich breitbeinig vor die Tür gestellt und geschrien, hier kommt reiner rein und das Betthäschen von ihrem Mann schon gar nicht. Und was das wohl für Unterlagen wären, die so wichtig seien, die wolle sie sich dann lieber erst mal selber durchschauen. Abgesehen davon wäre die Polizei schon dagewesen und hätte einiges mitgenommen. Und die Sachen vom Bürgermeister sind öffentliche Angelegenheit, da kann nicht jede dahergelaufene Immobilientussi einfach reinglotzen, wär ja noch schöner! Da ist die Blonde dann wütend abgezischt und hat mit ihrem schicken Auto beinahe zwei ältere Radfahrer umgefahren, die gerade am Haus vorbeiwollten."

(Bericht aufnehmender Kater würde zu gern diese Unterlagen einsehen. Wer weiß, wie weiß, vielleicht verraten die etwas über dunkle Machenschaften, Bestechung und dergleichen, all das, was Hanno immer gemutmaßt hat. Musste der deshalb sterben, weil er mit seinen zufälligen Annahmen zu nah an die Wahrheit geraten ist? Oder kannte er diese Unterlagen, schließlich ist ... war der Jens ja sein Bruder?)

Emma bekommt das verdiente Lob für detektivische Spitzenklasse und präzise Berichterstattung, hat aber noch eine Frage: „Krieg ich jetzt mein Honorar?"

Mist, das Honorar, das habe ich ganz vergessen. Bisamratte schmeckt der Möwe nicht, das Mäuschen habe ich selber gegessen. Also verspreche ich Emma das nächste Kaninchen, das wird sicher nicht lange auf sich warten lassen. Eins fängt man weg, in der Zwischenzeit sind zwei neue da. Die Kaninchen vermehren sich ja auf unserer Insel wie ... die Kaninchen.

Der Rest der Schicht verläuft ereignislos. Nicht ein Kaninchen lässt sich blicken. Aber die Schafe sind wieder da, der Schäfer ist eingetroffen und hat die Herde bei Frauke abgeholt. Die dürfen jetzt wieder auf den Deich, der Wind ist erträglich, da fliegen sie nicht mehr weg. Ich freue mich, dass die Schafe sich freuen, wieder draußen sein zu dürfen. Ich schätze auch mal, die hatten die Nase voll von Egons Geschichten. Wenn er die nämlich alle nacheinander abgespult hat, fängt er wieder von vorn an und denkt, niemand würde das merken. Dazu bringt er zwar schlau kleine Veränderungen hinein, mal sind es Daten, mal Namen oder die Umstände. Aber auch die Varianten hat er irgendwann mal durch, und dann wird es schwer erträglich.

TAG 5, SPÄTER ABEND

Mizzis Befreiung

Kurz nach 22.15 Uhr taucht der Franz auf, zu spät, wenigstens hat er unseren Termin nicht vergessen. Er ist nur nicht rechtzeitig weggekommen. Der Egon konnte wieder kein Ende finden mit seiner großen Geschichte über das legendäre Bundes-Ringreiten vor 15 Jahren. Da hat schließlich er persönlich die Föhrer Mannschaft gegen stärkste Konkurrenz zum Sieg geführt!

Nun gut, ich kenne das und habe Verständnis für den Franz. Der Egon kann sehr böse werden, wenn man den Raum verlässt, während er eines seiner großen Abenteuer zum Besten gibt. Nun aber los, auf zum Hof Lüdersen, die Mizzi suchen!

Der Franz meckert, ihm ist es zu dunkel. Über Katzen, lieber Franz, weißt du nicht gerade viel. Ich erkläre es ihm also zum etwa siebten Mal: Was dem Hund seine Nase, sind der Katze ihr Auge und Ohr! Wir beide zusammen sind unschlagbar, wenn es darum geht, Vermisste zu suchen. Das sieht er ein. Ich führe also, er hinterher. Ich soll allerdings nichts darüber erzählen, wie sieht das denn aus, ein großer starker Hund muss sich von einer kleinen Katze führen lassen! Ich verspreche es. Was er nicht zu wissen braucht, betrifft die Tatsache, dass es mir bei dieser Erkundung ganz lieb ist, ihn bei mir zu haben. Falls irgendeine Gefahr auftauchen sollte. So einem fiesen Menschenmörder wäre ich allein wohl nicht gewachsen!

Der Weg – nicht am Deich entlang, wir laufen über die Felder und durch das kleine Wäldchen – zieht sich. Aber was soll man machen. Dunsum liegt halt ein schönes Stück entfernt. Schließlich aber sind wir da. Der Lüdersen-Hof liegt völlig im Dunkel, merkwürdig. Da wohnen doch etliche Leute, der alte Lüdersen, sein Sohn – der gerade im Krankenhaus liegt – mit seiner Frau und deren Sohn Stefan, der Zwillingsbruder von der Bärbel. Der hat im großen Haus eine eigene Wohnung, soweit ich weiß. Da muss er wenigstens keine Miete zahlen. Das Gehalt eines Landmaschinenmechanikers – das arbeitet der nämlich – reicht natürlich nicht für ein Appartement in Wyk. Das ist ganz vernünftig, aber so manche Frau wird da schon die Nase rümpfen, so alt und wohnt immer noch bei den Eltern. Auch wenn das vernünftig ist. Das alles weiß ich aus den Gesprächen von Frauke und Gila, die das schon mehrfach durchgekaut haben. Gewundert haben sie sich nur, dass er nicht längst aufs Festland gezogen ist. Als Mechaniker kann er im ganzen Land sein Geld verdienen und muss hier nicht auf der Insel bei seinen Eltern versauern.

Der Stefan ist mir aber auch herzlich egal. Vielleicht ist der unterwegs, und die anderen schlafen schon. Umso besser für uns, da können wir uns in Ruhe umsehen.

Erst mal machen wir eine Runde um die verschiedenen Hofgebäude. So gut kenne ich mich hier nicht aus. Die Mizzi hat das zwar mal beschrieben, aber das habe ich mir nicht gemerkt. Wie sollte ich denn ahnen, dass das mal nützlich werden würde? Wir Katzen leben fein säuberlich voneinander getrennt, jede und jeder hat sein Zuhause, sein Revier, die anderen lässt man in Ruhe.

Wenigstens gibt es an einigen Türen Katzenklappen. So kann ich leicht in das Innere gelangen. Der dicke Franz muss dann halt draußen bleiben.

Die Schweine im Stall wissen nichts, die Katze? Die haben sie schon länger nicht gesehen, grunz grunz, aber die interessiert sich sowieso nicht für uns, warum sollen wir uns für die interessieren? Die Kühe sind nachts auf der Weide, ist ja wieder ganz erträglich draußen. Da renne ich erst einmal nicht hinterher. So schlau wie unsere sind die garantiert nicht, die haben ja keinen, der sie täglich zu Höchstleistungen triezt wie unser General. Einen Hund gibt es hier nicht, die Hütte im Hof ist leer. An sich ist das komisch. Aber ich habe gehört, dass der alte Hasso vor ein paar Tagen erst gestorben ist. Da hat der Bauer noch gar keine Zeit gehabt, einen neuen anzuschaffen, und dann musste er überraschend ins Krankenhaus. Außer der Mizzi gibt es hier auch keine Katzen, das wundert mich erst recht. Ein so großer Hof braucht viele Katzen, sonst übernehmen Ratten und Mäuse das Regiment! Die Mizzi hat mir mal erzählt, jetzt fällt es mir wieder ein, dass der Bauer lieber Gift streut als Katzen zu halten. Sie fühlt sich manchmal auch nur geduldet, der Bauer mag Menschen nicht und Tiere nur, soweit sie ihm Geld einbringen. Was ein trauriges Dasein.

So, die Ställe haben wir durch, jetzt ist nur noch das Wohngebäude da und ein kleiner Schuppen hinten im Garten, wo die Bäuerin diverses Gemüse zieht. Ich mag die Frau, auch wenn ich sie kaum kenne. In einer Ecke des Gartens zieht sie massenweise Katzenminze! Ich bin einigermaßen benebelt, als ich bei der Hütte ankomme, kann aber noch nach der Mizzi rufen. Einmal, zweimal, dreimal ... schließlich höre ich ein Scharren und ein schwaches Maunzen. Da ist was in der Hütte, sage ich zum Franz, garantiert hat einer die Mizzi da eingesperrt. Mach mal die Tür auf!

Das lässt sich der Franz nicht zweimal sagen ... allein, er kriegt die Tür nicht auf. Der altmodische Riegel ist mit einem Vorhängeschloss gesichert. Was nun? Ich renne einmal um den Schuppen herum, vielleicht kann man ja irgendwie anders da hinein. Hoffnung habe ich nicht, denn wenn man rein kann, kann man wohl auch raus, und die Mizzi ist ja nicht doof. In der Tat, keine Chance. Da gibt es nur zwei kleine Fenster, und noch nicht mal mit Fensterbrett.

Der Franz hat sich, als ich einmal um den Schuppen herum bin, die Tür näher angesehen. Er sagt, das schafft er auch so, und ehe ich fragen kann, was er mit „auch so" meint, ist er ein paar Schritte zurückgelaufen und wirft sich dann mit Karacho gegen die Tür, dass es nur so splittert. Ein paar Bretter sind kaputt, das Holz ist alt und fast schon morsch. Wunderbar, Franz! Die vielen Kilos, der auf der Hüfte hat, sind doch für was gut! Das sage ich aber nicht, das denke ich nur, der Franz ist da etwas eigen. Als Bergretter muss man eine gewisse Speckschicht haben, hat er mir vor Tagen erklärt. Was nützt es den zu rettenden Menschen, wenn der Hund erfriert, bevor er sie retten kann!

In den Schuppen geht er nicht, das Loch ist nicht groß genug. Und nochmal gegen die Tür rumsen kommt nicht in Frage.

Nachher zieht er sich noch Splitter rein, das will er nicht. Das muss er auch nicht, denn ich bin längst drin und bei der Mizzi, die da tatsächlich in einer Ecke auf ein paar alten Kartoffelsäcken liegt. Völlig erschöpft ist sie, seit Tagen hat sie nichts zu essen und zu trinken bekommen.

Mit viel Zureden schaffe ich es, dass sie aufsteht und mitkommt zum Wohngebäude. Da wird es ja wohl was zu essen und zu trinken für sie geben! Das gut gemeinte Angebot vom Franz, sie dahinzutragen, lehnt sie aber ab. Wir Katzen sind einfach zu stolz für so etwas! Und außerdem haben wir wahnsinnig große Reserven, wenn's hart auf hart kommt.

Ihre erste Frage ist, wie das mit ihrem Deichdienst gelaufen ist, wo sie doch nicht da sein konnte. Ich kann sie beruhigen, alles im Lot. Jetzt muss sie sich erst einmal berappeln. Reden können wir später.

In der Küche, sieh an, finden wir einen gefüllten Wassernapf und daneben einen Napf mit Trockenfutter. Die Mizzi muss ich ermahnen, nicht zu schnell zu fressen und zu trinken, das ist nicht gut. Macht sie auch, während ich im Haus auf Erkundung gehe.

Und noch ein Toter!

Ich horche erst einmal, aber außer dem Knacksen und Schmatzen und Schlabbern von der Mizzi in der Küche kann ich im Haus nicht das leiseste Geräusch hören. Fast alle Türen stehen offen oder sind nur angelehnt, so kann ich überall hineinsehen. Am Ende des Korridors – die Zimmer gehen sonst immer nach rechts und links ab – ist ein großer Raum, den betrete ich zuletzt. Am Schreibtisch, den Rücken zu mir, tief nach vorn gebeugt, sitzt jemand! Der regt sich aber nicht und macht keinen Mucks, kein Atemgeräusch, nichts. Das Licht ist aus. Komisch! Vorsichtig schleiche ich mich näher, komme um ihn herum, springe dann auf den Tisch. Meine Ahnung bestätigt sich: Der alte Lüdersen ist tot. Vor ihm auf dem Tisch liegt ein Stück Papier, ein angefangener Brief.

Noch ein Toter ... das ist jetzt richtig unheimlich. Will hier jemand die Inselbevölkerung ausrotten? Ich kann aber keine Spuren von Gewaltanwendung bei ihm sehen, allerdings es ist recht dunkel, vielleicht übersehe ich etwas. Ich schnuppere – kein Geruch nach Blut. Der Franz wäre hier jetzt nützlich, der kann ja noch viel besser riechen als ich. Aber der sitzt draußen vor der abgeschlossenen Haustür. Auf dem Tisch ist außer Schreibkram auch nichts, was Hinweise auf Mord oder Selbstmord liefern könnte. Keine Pistole, keine verdächtigen Tabletten, keine Tasse mit einem Rest vergifteten Friesentees, nix. Ich nehme mal an: Herzinfarkt oder Schlaganfall, ganz plötzlich. Kein Fall für mich. Sollen die Menschen das selber herausfinden.

Ich horche nach draußen. Die Mizzi ist immer noch in der Küche zugange, soll sie. Am besten sage ich ihr das erst mal nicht. Der Schock soll sie nicht noch zusätzlich belasten. Oder doch? Nachher, wenn wir reden, werde ich das entscheiden. Erstmal muss ich den ersten Stock inspizieren. Also vom Flur die Treppe hoch. Oben ist auch alles still. Hier muss wohl der Stefan wohnen, aber ich kann nirgendwo rein, alle Türen außer einer Badezimmertür sind zu. In dem Bad ist nichts Besonderes zu entdecken, nur Handtücher, Waschlappen, Rasierzeug, Seife, Deo, Shampoo und anderes, was Menschen – Männer – so zur Körperpflege brauchen. In einer Ecke steht ein Korb mit Schmutzwäsche. Der riecht ein wenig ... der Stefan sollte vielleicht öfter mal selber waschen statt die stinkigen Klamotten einfach nur in den Korb zu pfeffern und zu warten, dass Mutti schon tätig wird. An einer Wandgarderobe im Flur hängen zwei Jacken, eine helle, die andere dunkel. Viel mehr kann ich in dem schwach erleuchteten Flur nicht sehen. Neben einem Schränkchen steht ein Paar dreckige Stiefel. Hätte man auch mal putzen können. Tss.

Ich horche sicherheitshalber noch einmal an allen Türen. Keine Geräusche, auch nicht Schlafgeräusche. Da ist niemand. Der Stefan ist nicht da, seine Mutter auch nicht. Vielleicht sind die ja im Krankenhaus bei Ehemann und Vater. Aber um diese Zeit? Oder sie haben den alten Lüdersen gefunden und sind entsetzt weggefahren. Aber nein, das ergibt doch keinen Sinn. Dann holt man den Arzt und den Bestatter und fährt nicht weg, oder?

Unten in der Küche hat die Mizzi ihre Mahlzeit beendet, es geht ihr tatsächlich schon etwas besser. Ja, wir Katzen, da guckt ihr! Ich will gerade mit der Befragung anfangen, da fällt mir der Franz ein, der draußen alleine rumsteht und nicht weiß, was hier los ist. Gut, er hat ein wenig an der Tür gerumpelt. Also bitte ich die Mizzi, mit nach draußen zu kommen, dann kann der Franz auch dabei sein.

Draußen machen wir es uns auf einer Gartenbank gemütlich, also wir zwei Katzen. Der dicke Franz muss unten bleiben, sonst würde er die ganze Bank allein einnehmen. Das macht ihm auch nichts, jedenfalls sagt er nichts dazu und setzt sich aufmerksam vor uns hin.

Mizzis Bericht

„Ungefähr eine Stunde vor Schichtbeginn, also neun Uhr abends, habe ich im Garten nochmal nach dem Rechten gesehen. Da höre ich doch verdächtige Geräusche im Schuppen! Wär' nicht das erste Mal gewesen, dass ich da eine Ratte erwische. Ich habe mich also angeschlichen, tatsächlich war da jemand, allerdings keine Ratte. Ein Igel war's, den habe ich höflich gebeten, sich eine andere Bleibe zu suchen, hier wären ständig Menschen, das würde ihm ganz sicher nicht gefallen. Das hat er auch gleich eingesehen und ist weg.

Ich habe dann den Schuppen inspiziert, auf neue Mauselöcher vor allem. Wie ich da in der hintersten Ecke neben dem alten Handrasenmäher stehe, kommt auf einmal unser Stefan herein, schnappt sich irgendetwas von dem Tisch mit dem Werkzeug und ist schneller wieder draußen als ich mich bemerkbar machen kann. Die Tür knallt er zu und schließt das Schloss ab, da war ich gefangen! Ich auf den Tisch, da kann man durch das eine Fenster nach draußen sehen. Natürlich habe ich sofort laut miaut, dass er mich befreien soll, aber er war schon auf dem Weg von der Hütte weg und hat mich nicht gehört. Oder nicht beachtet. Ins Haus ist er nicht gegangen, sondern um die Hausecke, und seitdem habe ich ihn nicht mehr gesehen.

Da saß ich nun kurz vor Schichtbeginn fest! Am nächsten Morgen habe ich den Bauern mit dem Auto wegfahren hören. Komisch ist, dass der überhaupt nicht wiedergekommen ist, von einer Reise war in der Familie jedenfalls keine Rede vorher.

(Bericht aufnehmender Kater teilt mit, dass es eine Art Anschlag auf den Bauern gegeben hat. Jemand, eine Art Gespenst in heller Kleidung, ist frühmorgens vor sein Auto gesprungen. Das hat ihn so erschreckt, dass er einen Unfall gebaut hat und ins Krankenhaus musste, wo er immer noch ist. Mizzi nimmt das mit Fassung.)

Den alten Bauern habe ich am nächsten Tag mal im Garten gesehen, und auch die Bauersfrau. Ich habe miaut und miaut, so laut ich konnte, aber die haben mich nicht gehört. Ich dachte dann, der Stefan müsste ja wohl mal zurückkommen und das Ding in den Schuppen zurückbringen, was er mitgenommen hat. Ich nehme an, dass das ein Werkzeug war, der braucht ja immer so etwas für seinen Beruf.

Gestern morgen war die Polizei auf dem Hof, eine ganze Weile. Was die da gemacht haben, konnte ich aber nicht sehen oder hören. Mich haben die leider nicht beachtet."

(Bericht aufnehmender Kater informiert darüber, dass die Polizei den BI-Mitgliedern ihre Computer, Drucker und Handys abgenommen hat, um die kriminaltechnisch zu untersuchen. Der Stefan ist ja auch öfter bei den BI-Versammlungen dabei gewesen.)

„Bis heute Abend saß ich also in dem Schuppen, allein ohne Essen und Trinken. Wenn es hier wenigstens reingeregnet hätte, dann hätte ich wenigstens was zum Trinken gehabt. Habt ihr euch eigentlich keine Gedanken gemacht, wo ich bin? Ich habe noch nie eine Schicht verpasst. Ich dachte, dass wenigstens du, Tom, mal nachgucken kommst. Das hat ja ziemlich gedauert."

(Bericht aufnehmender Kater ist betroffen, tatsächlich hätte er viel früher reagieren sollen. Recht lahm entschuldigt er sich mit den sich überschlagenden Ereignissen, von denen er der Kollegin jetzt zusammenfassend berichtet: Zwei Morde, ein Attentat, ständig die Polizei, BI-Versammlung, Sturm mitsamt Schafsrettungsaktion, Dienstpflichten ... immerhin hat er sich Sorgen gemacht.) Die Eröffnung, dass nun auch noch der alte Bauer tot ist, macht Mizzi vollends fertig. Aber was soll ich machen, sie merkt es ja doch ganz schnell. Also investiere ich so viel Schmuse- und Trostenergie wie möglich, muss aber bald fort. Der Franz wartet, und die Ereignisse überschlagen sich. Das sieht sie auch ein. Wir sehen uns bald wieder, ganz bestimmt. Die Reaktion der Deichkatzenkollegin zeigt mir jedenfalls, dass ich demnächst in die Beziehung sehr viel mehr an Aufmerksamkeit investieren sollte.

Was soll man nun für Schlüsse ziehen? Das einzig Interessante ist wohl, dass der Stefan kurz vor dem Mord an seinem Schwager Jens Iversen in der Hütte war und von dort ein Werkzeug, jedenfalls einen verdächtigen Metallgegenstand, mitgenommen hat. So spät am Abend wird er das kaum für seine Arbeit gebraucht haben. Dieses Metallding, war es gar das Tatwerkzeug?

Was hat Zeuge Speckmöhrchen noch gesagt? Der Täter – oder die Täterin, noch wissen wir das nicht – hat einen Gegenstand aus der Jacke geholt und damit zugeschlagen. So ein Metallwerkzeug könnte das ja tatsächlich gewesen sein.

Man müsste herausbekommen, womit der Iversen genau umgebracht worden ist. Ich nehme mal an, die Inselpolizei konnte das noch nicht sicher feststellen. Die mussten ja wegen des Sturms auf die Fachleute vom Festland warten. Ich werde so schnell wie möglich die Emma darauf ansetzen. Die muss die Polizisten in Wyk solange belauschen, bis die das endlich mal sagen. Dann wissen wir mehr. Nur jetzt geht das leider nicht, Möwen sind ja nicht nachtaktiv. Also gleich morgen.

Und noch ein Überfall. Wann hört das endlich auf?

Schließlich machen der Franz und ich uns wieder auf. Diesmal nehmen wir die Route über den Deich – Kontrolle der Azubis, wenn ich schon mal da bin! Wir treffen sie an, während sie auf der Deichkrone hin- und herpatrouillieren. Keine besonderen Vorkommnisse. Na gut. Ich lasse noch eine freundliche Bemerkung darüber fallen, wie schwierig das manchmal ist, die Schafködel und die Gänsekacke im Dunkeln zu sehen, jedenfalls wenn das Gras so hoch ist wie aktuell. Und außerdem sind die Deichnager auf der Hut, wenn da Katzen herumlaufen. Das wollen sie sich merken. Ich denke, die müssen noch einiges lernen. Mindestens werden sie noch in dieser Nacht ihre zarten Pfötchen zum Abwaschen in die Nordsee tauchen müssen.

Die Schafe haben sich zum Schlafen am Deichfuß niedergelegt, ich will die mal nicht stören. Wird Zeit, dass wir nach Hause kommen. Das Schüsselchen mit ein paar Leckerli – zehn, Tom, nicht mehr als zehn, sagt Frauke immer, gibt dann aber zwölf – wartet in der Küche, und dann Gute Nacht! Mir reicht's für heute.

Es ist aber wie verhext. Wir sind noch nicht mal im Haus, da höre ich von der Weide ein aufgeregtes Muhen. Das kommt von der Gesa, wenn ich mich nicht irre. Und ich irre mich selten. Da ist etwas passiert. Was denn jetzt noch!

Also rennen wir, der Franz und ich, gleich weiter. Auf der Weide, zum Glück gar nicht weit vom Hof und dicht an der Straße steht die Gesa und brüllt sich die Seele aus dem Hals. Erst als sie uns sieht, hört sie auf. Sie muss auch nicht viel erklären, wir sehen es selbst: Ihr zu Füßen liegt ein Bündel – ein Mensch! Am Straßenrand sehe ich, halb in dem kleinen Graben zwischen Wiese und Straße, ein Fahrrad liegen.

Der Franz ist schneller an dem Menschen dran als ich. Das muss der Bergretterreflex sein – und schon höre ich es gluckern. Nein! Nicht noch eine Leiche mit Alkohol begießen, nicht nochmal diese ganze Aktion! Da aber höre ich den Menschen – einen Mann – stöhnen und schlucken, ein Glück, der lebt! Der Franz bellt triumphierend. Jetzt bin ich auch da und erkenne ich ihn sofort: Gregor Börnsen, der Tierarzt! Ich habe ihm ja schon die Pest an den Hals gewünscht, aber das hat er nicht verdient.

Der Franz stellt fest, dass er eine Kopfwunde hat und ordentlich blutet. Das Blut hat er schon von weitem gerochen, sagt er. Der brennende Schmerz des Alkohols in der Wunde hat den Mann offenbar aufgeweckt. Er stöhnt jetzt laut. Die Gesa sagt mir, dass sie ihn gerade erst gefunden hat. Sie wollte sich ein wenig die Beine vertreten, als sie zufällig an diese Stelle gekommen ist, und da hat er gelegen, also liegt er, der Tierarzt. Sie hat ihn natürlich auch gleich erkannt, ist ja eine seiner treuen Kundinnen.

Ich sage dem Franz, dass er schnell Frauke holen soll. Es wird ihm schon was einfallen, wie er sie hierherkriegt. Die Hunde im Fernsehen schaffen das ja auch immer. Ich bleibe erst einmal hier. Und weg ist der Franz im Galopp. Ich muss schon sagen, dass er eine gute Kondition hat, vor allem nach dieser ganzen Marschiererei nach Dunsum und zurück.

Als ich schaue, ob der Börnsen vielleicht noch andere Verletzungen hat, schlägt er die Augen auf und sieht mich anscheinend. „Eine Kuh. Ein Hund. Eine Katze. Das glaubt mir doch kein Schwein." Ich schaue mich um. Nein, Schweine sind hier keine. Dann verpasse ich ihm ein wenig Randrück- und Schnurrenergie, das sollte ihn erst einmal beruhigen.

Nach einer Weile höre ich Schritte und das Hecheln vom Franz. Er hat Frauke tatsächlich überzeugen können, ihm zu folgen. Als sie da ist und erkannt hat, wer es ist, wirft sie sich über ihn und fangt an zu schluchzen und irgendwas zu stammeln. Ich kann nicht alles verstehen, aber mir scheint, sie möchte, dass der Spuk endlich aufhören soll.

Frauke, das ist jetzt nicht der Zeitpunkt, hier zu heulen! Der Mann braucht andere Hilfe. Ich muss sie ein wenig anstupsen, sie fragt aber nur, was ich denn hier will. Ja, was soll ich hier wohl wollen? Dass du endlich den Krankenwagen holst! Das fällt ihr jetzt auch ein, aber ihr Handy hat sie nicht dabei. Sie will schon zum Hof zurückrennen, als sie mich mit Börnsens Telefon im Maul sieht. Das habe ich gerade neben ihm gefunden und will es ihr geben.

Kapieren tut sie schon schnell, sie nimmt es mir aus dem Maul und ruft die Notrufnummer an. Die Leute am Telefon wollen wissen, wo sie hinkommen sollen und schärfen ihr ein, vorsichtig mit ihm zu sein. Sie soll ihn in die stabile Seitenlage bringen, mehr nicht, und mit ihm reden, wach soll er bleiben. Der Notarzt ist schon unterwegs!

Nach gut zehn Minuten hören wir einen Wagen heranpreschen, die haben ordentlich Gas gegeben, wie sich das bei so einem Notfall gehört. Frauke stellt sich an den Weg und winkt, als die Scheinwerfer und das Blaulicht des Krankenwagens sichtbar werden. Wir Tiere ziehen uns inzwischen vorsichtig zurück, wozu sollen die Krankenwagenleute sich unnötige Fragen stellen, was wir hier machen. Nachher denkt noch einer, die Gesa hätte den Tierarzt angegriffen. Da wollen wir mal gleich keinerlei Missverständnisse aufkommen lassen. Ich schicke die Kuh zurück in den Stall, wenn hier der Attentäter umgeht, dann muss sie nicht allein draußen herumlaufen. Das sieht sie schnell ein. Dass der vermutlich nicht auf die Idee kommen dürfte, tierische Zeugen seines bösen Treibens beseitigen zu müssen, verschweige ich lieber. Es ist besser, wenn wir auf dem Hof zusammenbleiben und gemeinsam aufpassen. Der Gesa sage ich noch, dass sie bestimmt das Leben des Tierarztes gerettet hat, da ist sie ganz stolz. Ohne sie wäre der vielleicht hier verblutet.

Ich sehe noch, dass Frauke mit ins Krankenhaus fährt. Ist vielleicht besser so, dann ist sie in dieser Nacht nicht allein zuhause. Wir müssen uns ja selber erst mal ausschlafen und erholen. Es war echt zuviel heute.

Ich will aufbrechen, aber der Franz bleibt ganz stur stehen. Nein, er steht gar nicht, er schnüffelt jetzt auf dem Boden herum, an der Stelle, wo der Börnsen gelegen hat, auf der Wiese im immer größer werdenden Halbkreis, dann am Graben und auf der Straße. Ich verstehe, natürlich! Jetzt haben wir vielleicht die Chance, mit Hilfe seines Geruchssinnes den Täter zu bestimmen! Schon ist meine Müdigkeit wie weggeblasen. Der Franz hört schließlich auf und kratzt sich ausgiebig mit dem linken Hinterbein am Kopf. Da sind leider so viele verschiedene frische Geruchsspuren, dass er sich nicht festlegen möchte. Natürlich die vom Börnsen und von Frauke, von uns Tieren sowieso, dann von der Besatzung des Rettungswagens. Die kann er alle ausschließen und ausblenden, aber dazu kommen noch ganz viele Geruchsspuren von fremden Leute, Touristen vor allem, die hier abends spazieren gehen. Die kennt er natürlich alle nicht. Ein Geruch kommt ihm vage bekannt vor, den hat er heute schon mal wahrgenommen. Aber von wem könnte der sein?

Das kann er sich auch auf dem Hof überlegen. Ich überzeuge ihn davon, dass wir jetzt erstmal schlafen müssen. Morgen fassen wir den Täter, und wenn wir jeden einzelnen Menschen auf der Insel beschnuppern müssen!

TAG 6, MORGEN

Es war nicht so schlimm

Die aufregenden Ereignisse haben dafür gesorgt, dass ich nicht besonders gut schlafe. Und der Franz schnarcht, der wenigstens hat die Ruhe weg. Zwischen fünf und sechs Uhr schließlich reicht's mir, ich gehe mal raus, frische Luft schnappen. Das Unwetter ist vorbei, am Morgenhimmel stehen nur wenige Wolken. Es wird ein schöner Tag werden – jedenfalls für alle, die keine Morde und Attentate aufklären müssen, sondern sich dem süßen Nichtstun hingeben dürfen. Von mir aus könnte es auch Schafe und Ziegen regnen, wenn nur die Bedrohung endlich vorbei wäre.

Als hätte sie auch mich gewartet, segelt auf einmal meine Emma heran. Ich kann ihr immerhin schon mal die Maus kredenzen, die ich gerade vor dem Stall erwischt habe, als Anzahlung. Da ist sie auch gleich wieder stark motiviert, neue Aufträge anzunehmen. Als allererstes soll sie doch mal zum Krankenhaus fliegen und schauen, wie es dem Tierarzt geht und ob meine Frauke noch bei ihm ist. Und schon ist sie fort.

Das mit Frauke hat sich auch gleich erledigt. Eine halbe Stunde später kommt sie mit dem Taxi auf den Hof gefahren, so früh ist der Inselbus ja noch nicht unterwegs. Sie steigt aus, gibt dem Fahrer sein Geld, dann sieht sie mich und streichelt mir über den Rücken. „Na, mein Tomchen, dir geht's ja bestimmt gut. Ich möchte am liebsten mit dir tauschen, glaub's mir. Wenigstens geht es dem Gregor besser, so schlimm war seine Verletzung zum Glück nicht. Er hat nur stark geblutet und eine leichte Gehirnerschütterung. In ein paar Tagen ist er wieder gesund. Wer war das, Tom? Hast du das gesehen? Du und der Franz? Was macht ihr überhaupt den ganzen Tag, man sieht euch ja kaum. Vielleicht solltet ihr mithelfen, diesen Verbrecher zu suchen. Dann wär' mir wohler, und wenn ihr ihn habt, beißt ihr in ordentlich ins Bein, oder besser gleich die Hand ab, und du kratzt dem die Augen aus. Das wär's doch, dann haben wir ihn und der ganze Stress ist vorbei. Ich glaub', ich kann bald nicht mehr."

Frauke richtet sich mit einem kleinen Ächzen wieder auf – die ganze Zeit hat sie mich gestreichelt und Schnurrenergie aufgenommen – und reibt sich den Rücken. Jünger wird sie ja auch nicht und bestimmt hat sie die ganze Nacht am Krankenbett von dem Tierarzt gesessen. Sie wird sich ja wohl kaum zu ihm ins Bett gelegt haben, so was geht ja wohl nicht. Das „Tomchen" habe ich ihr verziehen, sie ist ja schließlich völlig übermüdet, da weiß man nicht so, was man sagt. Tomchen! Also bitte!

Der Auftrag an die Emma ist damit überflüssig geworden, nur kann ich ihr das nicht mehr sagen. Nun ja, hoffentlich ist sie nicht ärgerlich und kündigt. So ein fliegendes Auge und Ohr ist echt unersetzbar. Ich werd' wohl besser noch ein, zwei Mäuschen zur Belohnung drauflegen, ist mir ja ein leichtes. Da will ich mich doch gleich mal im Stall umsehen!

Nachdem das erledigt ist, gehe ich in die Küche: Frühstückszeit! Der so ausgeschlafene wie hungrige Franz – ein Bergretter hat immer Appetit, man weiß ja in den Bergen nie, wann man wieder etwas zu essen bekommt! – ist natürlich auch schon da und sitzt erwartungsvoll neben seinem Napf.

Frauke ist im Stall gewesen und hat die Kühe versorgt, die sind danach gleich auf die Weide, mitsamt Ziegen. Das wird wieder ein harter Tag für die acht, da bin ich sicher. Der General hat vorhin schon recht aggressiv herumgemeckert und den Adjutanten zur Sau ... also heruntergeputzt, wegen Ordnung und Sauberkeit in seiner Schlafecke. Na super, dann hat der Adju auch schlechte Laune, und die Kühe kriegen das alles ab. Ich sollte vielleicht unauffällig dazwischengehen und sie auf neue Ideen für die große Tier-Unterhaltungsshow bringen. Dann ließe sich die momentan negative Energie in positive Äcktschen – Mist, jetzt sage ich das auch noch! Zu viel Umgang mit Menschen verdirbt die vornehme Katzenkultur! – umwandeln.

Das will ich gerade dem Franz vorschlagen, als der Stefan Lüdersen zur Tür hereinkommt. Ich werde nachlässig, den hatte ich gar nicht kommen gehört. Ist aber auch echt zuviel für einen Katzenkopf.

Bewaffneter Besuch

Frauke freut sich sichtlich, dass er da ist. Obwohl wir ja bei ihr sind, scheint sie sich allein nicht wohlzufühlen. Ist ja auch kein Wunder.

Aber was hat der Franz? Er knurrt leise, tief und so böse, wie ich ihn die ganze Zeit noch nicht erlebt habe. Frauke ruft ihn zur Ordnung, das ist doch nur der Stefan, den kennt er doch schon. Ja, freilich kennt er den schon. Der Franz knurrt, dass er jetzt weiß, wer gestern Abend noch am Weg war, wo der Tierarzt angegriffen wurde: Genau dieser Stefan! Wahrscheinlich mit einem Fahrrad, weil nach wenigen Metern der Geruchsspur weg war. Und genauso war das am Teich, jetzt sieht der Franz klar.

Frauke, du bist in Gefahr! Stefan ist der Mörder! Das rufe ich ihr zu, der Franz grollt immer noch leise. Ich kann gar nicht verhindern, dass sich mein Rücken zum Buckel aufrichtet und sich alle Haare aufstellen.

Wegen der Bedeutung des folgenden Geschehens mache ich mir die Mühe, den Dialog von Frauke und dem Stefan aus dem Gedächtnis zu zitieren:

„Ich weiß gar nicht, was die haben", sagt Frauke zum Stefan, „die trauen keinem mehr und wollen mich bestimmt beschützen."

Ja, das wollen wir!

„Wenn ihr nicht Ruhe gebt, schmeiß' ich euch raus", droht Frauke.

Na, das wäre ja noch schöner! Ich verständige mich wortlos mit dem Franz, wir müssen bei ihr bleiben. Was, wenn der Stefan auch noch über sie herfällt?

Der Stefan sagt: „Das kann ich verstehen, Frauke. Deshalb bin ich ja jetzt hier. Als ich das mit dem Gregor Börnsen gehört hab', bin ich gleich los zu dir. All das ist in deiner näheren Umgebung passiert, das kann doch kein Zufall sein! Ich hab' aber was mitgebracht, hier passiert jetzt nichts mehr."

Dabei greift er in eine Tasche seines grünen Overalls, ist wohl seine Arbeitskleidung ... und legt eine schwarze, glänzende Pistole auf den Tisch. Frauke fallen fast die Augen heraus.

„Stefan, woher hast du die!", will sie wissen.

„Spielt doch keine Rolle", meint er, „aber wenn du das genau wissen willst, die ist von meinem Uropa. Der hatte die noch aus dem Krieg und gut auf dem Boden versteckt, mitsamt Munition. Das hab' ich schon als Kind rausgefunden, aber ich hab' mich nie getraut, die auszuprobieren. Guck mal, die sieht doch tadellos aus, Opa und Vater haben die sicher gelegentlich mal eingeölt."

„Nimm das Ding weg", Frauke ist empört, „und bring das sofort zur Polizei! Du kannst hier nicht diesem Ding rumfuchteln!"

„Und wie willst du dich verteidigen, wenn der Mörder auch bei dir auftaucht?"

„Wieso soll der ausgerechnet zu mir kommen? Ich hab' doch nichts getan!"

„Der kommt hier garantiert vorbei. Der hat es doch auf die wichtigsten Leute von der Initiative abgesehen. Hanno ist schon tot. Der Börnsen ist beinahe erschlagen worden. Und die anderen sollten sich besser auch vorsehen."

„Und wieso hat es dann jemand auf Jens abgesehen, und deinen Vater? Die gehören ja nicht gerade zur BI. Da glaub' ich nicht dran!"

Ich auch nicht. Der Stefan erfindet hier nur Geschichten.

„Das mit dem Gespenst, was Vater gesehen haben will, war garantiert nur Morgennebel. Da ha er sich verjagt, und schon war's passiert. Ein Unfall, mehr nicht."

„Und der Jens?", will Frauke wissen.

„Das könnte was ganz anderes sein. Vielleicht müsste man mal die Bärbel unter die Lupe nehmen."

„Stefan!", protestiert Frauke, „das ist deine Schwester!"

„Ja, schöne Schwester", sagt Stefan, „die denkt den ganzen Tag nur an drei Sachen: Geld, Geld und nochmal Geld. Und wenn sie nicht an Geld denkt, lackiert sie sich Finger- und Fußnägel. Im Hof hat die nie was angepackt, die feine Dame, nur nicht die feinen Fingerchen schmutzig machen. Das war schon immer so, und Vater fand das auch noch gut. Die Bärbel, das war schon immer sein Augenstern, die sollte was Besseres werden als Bauersfrau." Stefan giftet das förmlich.

„Und warum soll sie dann ihren Mann umbringen", fragt Frauke, „das hat doch keinen Sinn. Der war doch dabei, ihren Reichtum noch viel größer zu machen. Und Karriere könnte der ... also hätte er sicher auch noch gemacht, die Bärbel gleich mit!"

Der Stefan weiß aber auch hier etwas: „Denk doch mal an die Immobilientante, diese Lehnert. Der Jens hat was mit der gehabt. Das hab' ich selber gesehen. Und ich weiß auch, dass die Bärbel das weiß. Da war nicht nur Wimpernklimpern hier und Händchenhalten da im unbeobachteten Moment. Die haben's richtig miteinander getrieben. Ich hab' vor kurzem einen saftigen Krach zwischen Bärbel und Jens mitgekriegt. Das war so was von eindeutig!"

Noch nie habe ich den Stefan so viel reden hören wie jetzt.

Frauke wird nachdenklich. Soweit war sie ja auch schon, aber bisher waren das nur Vermutungen. Ich finde ja auch, dass die Polizei da mal genau hinterfassen sollte, und sei es, um die Bärbel als Verdächtige ausschließen zu können. Es ist aber auch zu blöd, dass man von der Polizeiarbeit nur Bruchstücke mitbekommt. Eigentlich müsste ich in der Wache in Wyk eine ständige Nachrichtenquelle platzieren. Haben die da vielleicht Tiere, außer den

Polizeihunden natürlich, vielleicht einen Kanarienvogel? Der könnte meiner Emma immer schön die wichtigen Informationen vorsingen.

Ablenkung kann ich mir jetzt nicht erlauben, verdammt, reiß dich zusammen, Kater! Ich überlege fieberhaft, wie wir den Stefan mit seiner Pistole von Frauke wegkriegen können. Oder wenigstens, wie wir die Pistole hier rausschaffen können. Vielleicht, wenn ich einfach auf den Tisch springe, mit der Pistole wegrenne und die irgendwo im Gebüsch verstecke. Oder wir gehen überraschend auf ihn los, der Franz und ich. Der Franz schmeißt ihn einfach um und bleibt mit seinen vielen Kilos auf ihm sitzen, die Zähne an seinem Hals. In der Zeit bringe ich die Pistole weg, dann haben wir ihn. Ich tausche Blicke mit dem Hund, mache unauffällig Zeichen mit Schnurrhaaren und Schwanz, um anzudeuten, was ich meine. Jetzt kommt's drauf an, zeigen wir doch mal, dass Katz und Hund sich sehr wohl verstehen!

Der Franz hat bald kapiert, gut. Dann muss ich ihm nur noch das Signal zum Losschlagen geben. Eine Sorge habe ich nur – wird Frauke das verstehen? Die ist anscheinend völlig ahnungslos!

Das Geständnis

Das Telefon klingelt im Flur, das alte Festnetztelefon. Frauke will aufstehen und rangehen, aber der Stefan hält sie mit seiner Rechten am Ärmel fest. Frauke will sich losmachen: „Was soll das, Stefan, lass mich los! Das ist vielleicht wichtig!"

Der Stefan sagt aber nichts, der guckt nur. Die linke Hand hat er auf der Pistole, Mist! Die kann ich mir nicht mehr so einfach schnappen.

Nach fünfmaligem Klingeln schaltet sich der Anrufbeantworter ein und sagt Fraukes kurzen Spruch auf. Dann ist die Stimme von Gregor Börnsen zu hören. Er sagt, dass er sich selbst entlassen hat, ist ja nichts Großes. Er ist auf dem Weg zu ihr, sie soll keinen reinlassen.

Zu spät, Herr Tierarzt. Da ist schon jemand reingekommen! Er weiß jetzt, sagt die Stimme vom Börnsen, wer der Mörder ist. Als er heute Morgen aufgewacht ist, hat er sich erinnert. Die Polizei ist auch schon informiert und müsste gerade losgefahren sein. Und keinen, niemand, niemand reinlassen! In zehn, fünfzehn Minuten sind sie da. Dann legt er auf. Den Namen hat er nicht genannt, wieso nicht?

Einen Moment ist Stille. Meine Frauke guckt den Stefan fassungslos an. Der hat sie immer noch am Arm gepackt, jetzt lässt er los ... und richtet die Pistole auf sie!

„Stefan, was machst du!", ächzt Frauke, die Stimme bleibt ihr fast weg.

„Ich mache, was ich schon lange hätte machen sollen", schreit der Stefan da auf einmal los. „Du gehörst mir und niemand sonst!"

„Stefan, ich gehöre niemandem", sagt sie leise.

„Doch!" schreit er, „Du gehörst mir, und zwar immer schon! Damals in der Schule, als du mit dem Hanno zusammenwarst, ist mir das klar geworden. Ich konnte dir das nur nicht sagen, du hast mich ja nicht mal angeguckt. Aber ich wusste immer, dass da zwischen uns was ist."

„Stefan, da war nichts", flüstert Frauke.

„Doch! Meinst du, ich hab' das nicht gemerkt? Du hast mich manchmal angefasst, sogar mal angelehnt, das war doch was. Du hast mich auch deinen Busen sehen lassen, in dem Blumenkleid. Und einmal sind wir sogar nackt in der Nordsee gewesen, nur wir zwei, hast du das vergessen?"

„Nein, natürlich nicht", sagt Frauke, „aber das war doch harmlos, nur Freundschaft!"

„Dann warst du weg, das hab' ich ja verstanden. Weil das mit deiner Mutter passiert ist. Ich frag mich nur, wieso du nicht mal wiedergekommen bist. Ich wär' schon für dich dagewesen, Tag und Nacht, ich hätte doch beschützt. So, wie ich dich jetzt auch beschützen werde."

„Stefan, vor wem willst du mich beschützen?", fragt Frauke.

„Ja, vor dem Börnsen!", schreit der Stefan wieder, „merkst du das nicht, der hat das auf dich abgesehen! Du gehörst aber mir, ich lasse nicht zu, dass sich da wieder einer zwischen uns drängt!"

„Hast du den Hanno ..."

„Ja, das hab' ich. Das Schwein wollte sich wieder an dich ranmachen, das ging nicht. Dem musste ich ein- für allemal ausschalten, Schluss, der hätte dich doch nie in Ruhe gelassen, das Arschloch."

„Und der Jens? Der hatte es nicht auf mich abgesehen, das weißt du doch." Fraukes Stimme ist ganz leise, sie ist den Tränen nahe. „Du verstehst es nicht, nichts verstehst du! Meinst du, ich lasse den Jens dir dein Land wegnehmen? Meinst du, ich lasse zu, dass er dich bescheißt wie alle anderen beschissenen Idioten, die auf sein widerliches Gelaber reingefallen sind? Dann bist du weg, und es ist aus. Meinst du, das lasse ich zu??"

„Stefan, gleich kommt die Polizei, hast du doch gehört. Du musst dich stellen. Gib mir die Pistole. Bitte!"

Der Stefan schreit: „Sollen sie kommen, ich leg' sie alle um. Den Börnsen, das Schwein, zuerst. Darauf kommt's jetzt auch nicht mehr an! Niemand soll dich haben!"

Dabei fuchtelt er mit der Pistole in der Luft herum. Will er Frauke umbringen? Niemand soll sie haben, was heißt das? Ob noch ein günstigerer Moment kommt, kann ich nicht absehen. Der Stefan hat sich dermaßen in Wut geredet, der ist völlig unberechenbar. Also jetzt oder nie. Ich gebe also dem Franz das Signal.

Und dann: Showdown (Teil 1)

Der Franz schnellt blitzartig hoch, das hätte ich ihm gar nicht zugetraut. Mit einem gewaltigen Satz wirft er sich auf den Stefan, kommt aber nicht so gut ab, weil er auf dem Läufer ausrutscht, auf dem er gelegen hat. Der Stefan hört das, dreht sich schnell um und sieht den Hund. Ein ohrenbetäubendes Krachen in der Küche, die Pistole! Mir wird fast schlecht vor Schmerz, meine armen Ohren! Schlimmer noch, der Franz jault schrecklich auf, er muss getroffen sein. Oh nein!

Aber ich bin ja auch noch da, nicht beirren lassen, Tom, dein Moment ist gekommen! Mit aller Sprungkraft stoße ich mich ab, werfe mich auf den Stefan, treffe ihn an der Brust und am linken Arm, kralle mich da fest, das schwarze Ding fliegt weg – Gut! Frauke! Schnapp dir das!! – und der Stefan schreit auf, als ich mich schnell hochziehe und tief in sein Gesicht hineinkralle. Achtzehn scharfe Krallen, du Mörder, das ist eigentlich nicht genug für dich! Ich beiße und spucke, kratze und trete wie ich nur kann! Der Stefan lässt ein schauerliches Heulen und Kreischen los. Ja Freundchen, hättest du das mal gelassen mit der Mörderei, jetzt kommt die Rache für alles, was du getan hast und noch tun wolltest! Niemand tut meiner Frauke was zu Leide! Der Geschmack von seinem Blut ist süß, süß. Aber irgendwie hat er mich auf einmal im Nacken, reißt mich von seinem Kopf weg, ich lasse los – scheiß Reflexe! – und fliege quer durch die Küche. Ich sehe noch, dass die Tür auf ist. Frauke, bist du entkommen? Dann kracht es schrecklich, ein Schmerz, überall ist Schmerz. Dann ist nichts mehr.

In der Gegenwart

Dann ist wieder was. Dieses Pieken. Der Tierarzt. Die Frauke. Sie lebt. Allen Katzengöttern sei Dank. Was ist mit dem Franz? Ein Hecheln kann ich hören. Der Franz lebt auch. Gut, dann kann ich ja schlafen ...

Showdown (Teil 2)

Als ich später, viel später meine Sinne wieder beisammen habe, erzählt mir der Franz, was passiert ist, nachdem der Stefan uns ausgeschaltet hat. Lieber hätte ich ja ihn ausgeschaltet, aber lassen wir das. Es ist, wie es ist, und es scheint doch noch gut ausgegangen zu sein.

Der Franz hat einen Schuss in die Brust bekommen, aber ein Riesenglück gehabt, es ist nichts Lebenswichtiges getroffen worden. Das meiste hat der starke Lederriemen vom Fässchen abgehalten – gutes Fässchen, ich will nie wieder lästern! – und die Kugel weitgehend zur Seite abgelenkt. So ist es nur eine Fleischwunde geworden. Der Tierarzt hat ihn an Ort und Stelle operiert, und mich danach.

Ich finde ja, dass ich schlimmer dran bin als der Franz. Mir sind ein paar Rippen gebrochen und das linke Hinterbein, als der Stefan mich an die Wand geschleudert hat. Ein großes Stück Fell hat er auch noch rausgerissen. Wie sieht das wohl aus? Werde ich mich je wieder Angela und ihren Schafen zeigen können?

Zurück zum Wesentlichen, geschwätziger Kater! Unser Angriff auf den Mörder hat Frauke gerade so viel Zeit verschafft, dass sie schnell aus der Küche laufen konnte. Der Stefan hat sich dann irgendwie berappelt, die Pistole geschnappt und ist ihr hinterher. Völlig in Panik ist Frauke auf die Wiese gelaufen, da waren die Kühe und die Ziegen, zu denen ist sie hin. Als die den blutüberströmten Stefan mit der Pistole in der Hand hinterherkommen sahen, haben die sofort begriffen, was los ist. Die Kühe haben einen Kreis um Frauke gebildet, Kopf nach außen, Hörner gesenkt. Mustergültig, genauso wie eingeübt. Der Stefan stand vor denen, ist um die rumgelaufen, überall Hörner. Da hat er versucht, auf die Kühe zu schießen, aber zum Glück ging die Pistole nicht.

Und dann? Dann kam das Kommando. Ich sage nur: Ein Mal, wenigstens dieses eine Mal, sollte der General mit seiner Truppe zufrieden sein! Und ich mit dem General.

Ob der Stefan das überlebt, ist noch nicht sicher. Sämtliche Knochen gebrochen, innere Verletzungen, nichts ist an ihm heil geblieben. Das weiß der Franz von meiner Emma, die das Krankenhaus observiert und ständig die neuesten Neuigkeiten von der Polizeistation besorgt. Die Hunde da sind sehr gesprächig.

Epilog

Stefan Lüdersen hat erst nach Wochen das Bewusstsein wiedererlangt. Seine Verletzungen sind so schwer gewesen, dass er für immer vom Hals abwärts gelähmt sein wird.

Die Polizei hat bis jetzt nicht herausgefunden, wer Bürgermeister Jens Iversen in der Nacht an einem Teich bei Utersum erschlagen hat. Das Tatwerkzeug, wahrscheinlich ein Schraubenschlüssel, wurde ebenfalls nicht gefunden. Die Polizei ist der Auffassung, dass vieles auf seinen Bruder Hanno als Täter hindeutet. Der aber kann nicht mehr befragt werden, man hat bei der Durchsuchung seines Hauses zudem nichts eindeutig Belastendes finden können. Offenbar ist niemandem aufgefallen, dass im Schuppen auf dem Hof der Lüdersens ein Werkzeug fehlt, das der Stefan Lüdersen am Abend vor der Tat dort mitgenommen hat. Der Stefan leugnet aber diese Tat.

Stefan Lüdersen ist schuld am Tod von Hanno Iversen. Am Draht, der Hanno zum Verhängnis wurde, fanden sie seine DNA-Spuren – genug, um sie ihm zweifelsfrei zuordnen zu können. Gregor Börnsen hat ausgesagt, dass er ihn bei dem Überfall auf ihn zweifelsfrei erkannt hat.

Ungeklärt bleibt der Anschlag – oder war es doch nur ein Nebelgespenst? – auf Georg Lüdersen. Und der alte Lüdersen, sein Vater, ist an einem Herzinfarkt gestorben. Hat es ihn erwischt, als er erkannte, was sein Enkel getan hat?

Die Bärbel hat sich aufs Festland abgesetzt. Sie soll in München bei einer Kosmetikfirma einen Job gefunden haben. Vielleicht kommt sie irgendwann wieder. Ob man sie mag oder nicht, eigentlich ist sie ja auch ein Opfer.

Die Polizei hat außerdem Ermittlungen gegen einen bekannten Föhrer Architekten und eine Mitarbeiterin einer auf der Insel in Immobiliengeschäften überaus aktiven Bank aufgenommen. Es besteht der begründete Verdacht, dass die beiden versucht haben, mit Bestechungsgeld frühzeitig Einfluss auf wichtige Entscheider für das Bauprojekt am Deich zu nehmen. Bei der Durchsuchung der Wohnung des toten Jens Iversen ist eine große Summe Bargeld gefunden worden. Die Bärbel wusste nichts davon. Na hoffentlich.

Wie geht das wohl mit dem Bauprojekt weiter? Der Planungsprozess ist vorerst gestoppt. Die Leute von der Bürgerinitiative meinen ja, das ist das Ende, seitdem mehrere Fernsehsender über die Sache berichtet haben. Hier baut so schnell keiner ein neues Luxusdorf. Frauke hat sich die ganze Mühe mit den T-Shirts, Flyern, Aufklebern, Plakaten und dem anderen Kram völlig umsonst gemacht.

Und wir, die Tiere? Nun, das Leben hat sich wieder normalisiert. Frauke konnte mit Unterstützung von Gregor Börnsen, der immer häufiger bei uns anzutreffen ist und das auch über Nacht – nun ja, was soll ich machen? – verhindern, dass die Kühe und die Ziegen für den Angriff auf Stefan Lüdersen bestraft werden. Im Gegenteil, die Zeitung hat uns alle als Helden groß herausgebracht – mich und den Franz, also den Franz und mich natürlich, die Kühe und die Ziegen. Wir haben unserer Frauke das Leben gerettet und letzlich sogar eine Schießerei verhindert, bei der noch mehr Menschen hätten sterben können!

Fraukes Ferienpension ist jetzt überall bekannt. Immer mehr Leute wollen bei ihr wohnen und uns tapfere Tiere persönlich kennenlernen. Wir sind die Stars! Sie kann demnächst anbauen und noch mehr Wohnungen vermieten. Und wir führen unsere Kunststücke vor und verdienen eine Mörderkohle ... na gut, das Wort ist unpassend. Wir unterstützen unsere Frauke, wo wir nur können! Nachteil ist, dass ich eine Ermahnung von „Föhr Nutz" bekommen habe – man müsste mich zu oft vertreten, und das bei dem Fachkräftemangel! Natürlich hat man mich auch belobigt, für außerordentliche Tapferkeit, aber das zählt dann auf einmal nicht mehr.

Der Egon ist immer noch sauer. Der hat nämlich, abgesehen von einem Knall, bei dem er sich nichts gedacht hat, überhaupt nichts mitgekriegt. Keine schöne Geschichte, die er jetzt ahnungslosen

Lämmchen erzählen kann. Ich bin gespannt, wie lange es dauert, bis er sich in das dramatische Geschehen, und da in eine tragende Rolle, hineinmanövriert hat.

Und die Schafe? Die sind ungeheuer stolz auf mich, es hat seitdem keinen einzigen Fehlalarm mehr gegeben.

***

Über den Autor ... und die Geschichte dieses Buches

Martin Dodenhoeft, geboren am 8.9.1957 in Schleswig-Holstein (wenn auch „nur" an der Ostsee), war im Hauptberuf lange Redakteur und Leiter Kommunikation und Marketing eines bekannten gemeinnützigen Vereins. Aus jahrzehntelang geübter Pflicht zum Schreiben von Texten aller Art entwickelte er Freude daran, eigene Welten zu erfinden und diese Anderen zugänglich zu machen.

Viel Zeit blieb freilich nicht dafür, aber immerhin erblickten ...

... 2008: Finale auf Föhr (Regionalkrimi, prolibris-Verlag, Kassel; Gesamtauflage bis 2018 ca. 5 000)

und

... 2012: Kasseler Katzen-Krimi (Regionalkrimi, Herkules-Verlag, Kassel; Auflage 1 000, vergriffen)

das Licht der Welt.

Dieses Buch entstand in den Sommerurlauben 2015 bis 2018 am Küchentisch einer Ferienwohnung in Utersum auf Föhr – und zwar ausschließlich dort, mit Blick auf die Lebens- und Wirkungsstätte seiner tierischen und menschlichen Helden.